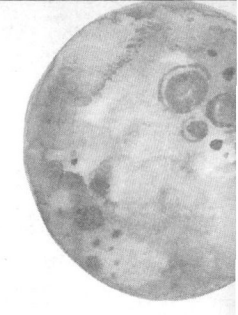
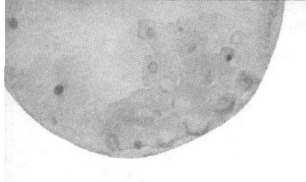
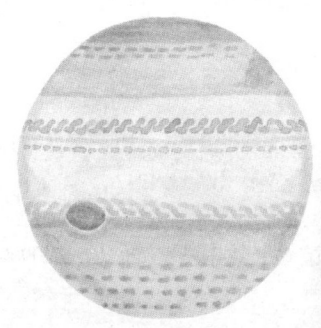

生存实验

刘慈欣
王晋康
何 夕
著

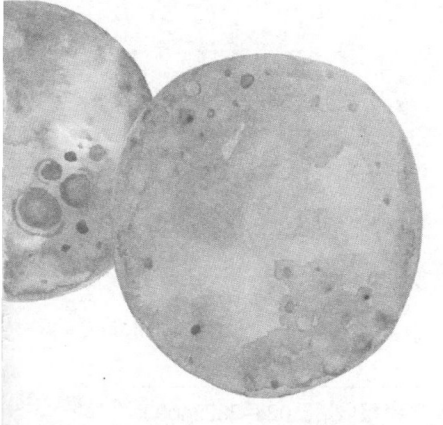
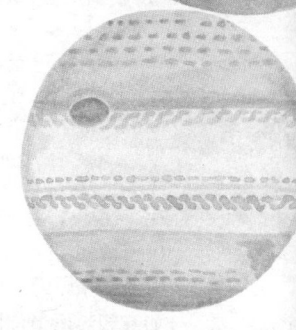

北方联合出版传媒（集团）股份有限公司
万卷出版公司

Ⓒ 刘慈欣 王晋康 何夕 2021

图书在版编目（CIP）数据

生存实验 / 刘慈欣，王晋康，何夕著. -- 沈阳：万卷出版公司，2021.3
ISBN 978-7-5470-5602-8

Ⅰ.①生… Ⅱ.①刘… ②王… ③何… Ⅲ.①幻想小说—小说集—中国—当代 Ⅳ.① I247.7

中国版本图书馆 CIP 数据核字 (2021) 第 009099 号

出 品 人：王维良
出版发行：北方联合出版传媒（集团）股份有限公司
　　　　　万卷出版公司
　　　　　（地址：沈阳市和平区十一纬路 25 号　邮编：110003）
印 刷 者：三河市嘉科万达彩色印刷有限公司
经 销 者：全国新华书店
幅面尺寸：145mm×210mm
字　　数：260 千字
印　　张：9.5
出版时间：2021 年 3 月第 1 版
印刷时间：2021 年 3 月第 1 次印刷
责任编辑：胡　利
责任校对：高　辉
装帧设计：平　平
ISBN 978-7-5470-5602-8
定　　价：58.00 元
联系电话：024-23284090
传　　真：024-23284448

常年法律顾问：李　福　版权所有　侵权必究　举报电话：024-23284090
如有印装质量问题，请与印刷厂联系。联系电话：0316-3159777

从武侠看中国科幻三巨头

刘慈欣、王晋康、何夕三人的作品各有特点，年轻的时候，更喜欢何夕，喜欢他的随意挥洒傲岸不羁，更喜欢他高冷的寂寞和孤独，喜欢他在描写《伤心者》时展现的那种绝望；长大一点更喜欢刘慈欣，对他在硬科幻上的造诣几近膜拜，他那些作品若没有雄厚的数学功底是不可能写得出来的，而且还需要与生俱来的科幻天赋；年龄再大一点就会爱上王晋康，他对科学进步的担忧不是杞人忧天而是直面现实，只有深具人文情怀的作者才会写出这样的作品。

金庸、梁羽生、古龙是新派武侠小说里公认的"三大家"，他们以武侠爱情故事的发展重构自己梦想中的大千世界，其中夹杂的江湖恩怨与儿女情长，令每一个华人读者都难以忘怀。可以说有华人的地方就有武侠，有武侠的地方就有金梁古。

而中国科幻圈就没有那么幸运了，至今为止，虽然已经开始感知到科幻的力量，但它仍然是一个小圈子。在这个圈子如果一定要选出"三个代表"来的话，那就是刘慈欣、王晋康和何夕。刘慈欣像金庸，王晋康像梁羽生，何夕像古龙。刘慈欣自不必说，他已经是中国科幻的旗帜性人物，成为时代认可的主流作家，当前影响力已经不在金庸之下。王晋康在科幻圈的地位一直与刘慈欣并列，只是因为《三体》气场太强，将整个科幻圈都笼罩在阴影之下，才让很多人不自觉地忽略了王晋康这位科幻界同样优秀的存在。而何夕跟刘慈欣和王晋康又不一样，他像一个独行侠，似乎并不在意自己是否是一个科幻作家，同时又游离于主流文学之外，个性随意无拘无束，完全沉迷于自己世界，像一个颓废浪子，又像一个吟游诗人，与古龙有太多相似之处。

作为中国三大科幻作家之首的刘慈欣，他的作品构建出一个又一个气象万千的宇宙世界，手法熟稔，结构宏大，略有瑕疵的是，工程师出身的大刘构建小说着重科幻本身，在文字方面不事雕琢，有点像程序员一样只求以极简方式达到目标，但却并没有去追求代码里的美感，所以其人物塑造略显粗糙与简陋，对于主流文学界作家而言，个体复杂，人性难测，用程式化去构造一个人就是粗鄙无文的表现，而刘慈欣笔下的人物往往形象单一，所以《三体》中程心的形象被很多人认为是一个败笔。其实作者试图将人性中最善良的部分寄托在一个女性身上，希望她的真善美能够为人类找到一丝存在价值,为无限黑暗的宇宙点燃一点光明,然而最终结果是很多读者认为程心是一个"圣母婊",刘慈欣后期作品明显开始注意到这些缺点并试图去弥补。《球状闪电》和《三体》这两部长篇作品,越读到后面越能感觉到他底蕴深厚,想象深邃,其作品正统宏大,其恢宏意境以及层出不穷的铺陈与金庸有些相似,在文字美感和人文情怀方面,刘慈欣亦应该拥有巨大潜能。我们知道金庸是世所公认的集武侠之大成者,他的十四部作品"飞雪连天射白鹿,笑书神侠倚碧鸳"(《越女剑》不在其中)无一不是精品,人物刻画栩栩如生,故事情节环环相扣,出手气象恢宏,落笔必有丘壑。对大事件的把握,以及故事情节的构造,重峦叠嶂,悠然厚重,金、刘二位相似处极多。

王晋康的作品,公认的特点是"沉郁苍凉",到底这种"沉郁苍凉"感是怎么产生的,至今无法解释,因为王老的外形上并不具有这样的气质,而且他的文字朴素且并无萧瑟气息,这种"沉郁苍凉"到底隐藏在王老故事里的哪个角落,一直是很多读者探讨的话题。而"沉郁苍凉"正是梁羽生武侠小说里极特殊的气质,塞外奇情,尘垢不染,朔风呼啸,爱而弥远。无论是《白发魔女传》里的练霓裳和卓一航,还是《云海玉弓缘》里的金世遗和厉胜男,以及《塞外奇侠传》中的杨云聪和飞红巾……我们都能感觉到这种冲灵空旷的抑郁,以及大漠孤烟的苍凉,而王晋康的作品表面上却看不出这些,但内里却能让人同样触摸到这种冷清。比如,他的《蚁人》《生命之歌》《水星播种》,其间对人性的深沉诘问,对宇宙终极目的的反思都让人不由得从心底升起一丝凉意。王晋康作品的另一特点是对科技的自我反思，其富含哲理的行文让资深并具有人文情怀的科幻迷喜欢，和刘慈欣"万花筒"式的硬科幻不同，他喜欢将一个包袱包装成一整篇完整的故事，借助两性观念，营造大家熟悉的家庭氛围，与冰冷的科技形成强烈对照，酝酿感性人生和理性科技的冲突。在梁羽生的作品中，英雄美人也往往在家族恩怨中演绎悲情故事，柳梦蝶与左含英的爱情演绎成《龙虎斗京华》主线，《萍踪侠影录》中张丹枫与云蕾的家族世仇是故事发展的驱动力，专注于家族，然后将故事点燃，这也是两者之间相通之处。现在主流读者对于王晋康的认识还比较浅薄，这主要是因为科幻读者的年龄和阅历限制，其实王晋康作品最深刻的地方并不是故事本身，而是他对科技发展的审视和反思，如果没有较深的人文关怀和思辨能力，很难意识到王晋康的厚重，但事实上这种超越科幻圈之外的清醒，是对人类社会的终极关怀，而这，似乎才是科幻的本真命题，更应受到关注和尊重。

何夕，则是科幻界一位活生生的古龙，他的文章有一种难以言说的诗意，这种诗性气质让人感觉到他的超然和洒脱，甚至有点与尘世格格不入，所以何夕的文章在科幻读者中有两个极端，喜欢他的人喜欢得要命，不喜欢的人说他装×。古龙亦如是，喜欢他的人觉得他已超越了金庸，不喜欢他的人说他只知道自己抄袭自己。何夕的小说更像是兴之所至、笔之所至，不知道他师承何派，与西方的正统科幻没有任何牵连，与本土作家的文风亦相去甚远。何夕小说的主人公就是他自己，虽然这种自恋情结让人很是不爽，但正是这种投入感使得其文章直达人心，甚至接近癫狂。比如何夕在描写《伤心者》时，你能感受到他内心深处的黑暗，这种来自骨子里的诗性悲哀是科幻界任何一个作家都难望其项背的，他心中的黑暗和绝望，不是因为宇宙，而是他的内心世界，这是成为一个伟大作家的必备潜质，用第六感去触摸几万光年以外的绝望，这需要极其强大的想象力。从技术层面来讲，甚至可以说这两种思维是完全背逆的，一种是文学作品本身所需要的性感和海阔天空，一边又是科幻需要的理性和逻辑清晰，一种是社会科学思维，一种是自然科学思维，将这两者结合得很好并非易事，所以在科幻圈或者科幻迷的眼中，谈到文笔更多读者推崇的是何夕，认为只有他的文字才能与主流作家一较高下。何夕的《伤心者》非常全面地展示了他的文笔功底，小说讲述了一个非主流基础数学男坎坷的经历，性格描述入木三分，与古龙小说《边城浪子》里的傅红雪、《多情剑客无情剑》里的阿飞极为类似，他们都是不世出的天才，不容于尘世，这种落拓被写得荡气回肠，让人心灵震撼。何夕和古龙，都以想法奇特、描写诡异在各自领域独树一帜，他们以"剑走偏锋"的方式成就了自己的江湖地位。

刘慈欣、王晋康、何夕三人的作品各有特点，年轻的时候，更喜欢何夕，喜欢他的随意挥洒傲岸不羁，更喜欢他高冷的寂寞和孤独，喜欢他在描写《伤心者》时展现的那种绝望；长大一点更喜欢刘慈欣，对他在硬科幻上的造诣几近膜拜，他那些作品若没有雄厚的数学功底是不可能写得出来的，而且还需要与生俱来的科幻天赋；年龄再大一点就会爱上王晋康，他对科学进步的担忧不是杞人忧天而是直面现实，只有深具人文情怀的作者才会写出这样的作品。

中国科幻圈冷清多年，这三位作者各自做出了自己的努力，因为《三体》的关系，目前国内科幻市场逐渐向市场巅峰靠近，但是刘慈欣还是比较有自知之明的，在媒体和科幻迷都因为《三体》乐观估计中国科幻就此兴起的时候，刘慈欣还在说，中国科幻的销量还不够，中国科幻还有很长的路要走。相比于红了近40年的武侠，科幻仍然还是一片处女地，相比于武侠万部长篇，科幻的长篇作品屈指可数，相比于武侠层出不穷的接棒者，科幻圈新生代寥寥无几。

谈中国科幻三大家，固然有些草率轻浮，但数年观察也并非完全杜撰，只是希望有一些高峰的存在，让更多年轻人有追寻目标，希望在不久的将来，能看到中国科幻圈不仅只是高山巍峨，还有更多的是群峰耸立！

科幻作家、前南都网评论主编　罗金海

目录
Contents

刘慈欣
- 002 乡村教师
- 040 镜子
- 098 微纪元

王晋康
- 126 生存实验
- 168 七重外壳
- 205 一掷赌生死

何夕
- 240 我是谁
- 277 蛇发族

刘慈欣

上帝啊，一万年对你是多么短啊!

上帝说：就一秒钟。

上帝啊，一亿元对你是多么少啊!

上帝说：就一分钱。

上帝啊，给我一分钱吧!

上帝说：请等一秒钟。

——刘慈欣《微纪元》

乡村教师

他知道,这最后一课要提前讲了。

又一阵剧痛从肝部袭来,使他几乎晕厥过去。他已没有气力下床了,便艰难地挪向床边的窗口。月光映在窗纸上,银亮亮的,使小小的窗户看上去像是通向另一个世界的门。那个世界的一切一定都是银亮亮的,如同用银子和不冻人的雪做成的盆景。他颤颤地抬起头,从窗纸的破洞中望出去,幻觉立刻消失了,他看到了远处自己度过了一生的村庄。

村庄静静地卧在月光下,像是百年前就没了人似的。那些黄土高原上特有的平顶小屋,形状同村子周围的黄土包没啥区别,在月夜中颜色也一样,整个村子仿佛已融入这黄土坡之中。只有村前那棵老槐树很清楚,树上干枯枝杈间的几个老鸹窝更是黑黑的,像是落在这暗银色画面上的几滴醒目的墨点……其实,村子也有美丽温暖的时候。比如秋收时，外面打工的男人女人大都回来了，村里有了人声和笑声，家家屋顶上堆着金灿灿的玉米，打谷场上娃们在秸秆堆里打滚。再比如过年的时候，打谷场被汽灯照得通亮，在那里连着几天闹红火，摇旱船，舞狮子。那几个狮子只剩下咔嗒作响的木头脑壳，上面油漆都脱了，村里没钱置新狮子皮，就用几张床单代替，玩得也挺高兴……但正月十五一过，村里的青壮年都外出打工挣生活去了，村子一下没了生气。只有每天黄昏，当稀拉拉几缕炊烟升起时，村头可能出现一两个老人，抑起山核桃一样的脸，眼巴巴地望着那条通向山外的路，直到在老槐树上挂着的最后一抹夕阳消失。天黑后，村里早早就没了灯光——娃娃和老人睡得都早，电费贵，现在到一块八一度了。

　　这时村里隐约传出一声狗叫，声音很轻，好像那狗在说梦话。他看着村子周围月光下的黄土地，突然觉得那仿佛是纹丝不动的水面。要真是水就好了，今年是连着第五个旱年了，要想有收成，又要挑水浇地了。想起田地，他的目光向更远方移去。那些小块的山田，月光下如同巨人登山时留下的一个个脚印。在这只长荆条和毛蒿的石头山上，田也只能是这么东一小块西一小块的。别说农机，连牲口都转不开身，只能凭人力耕种。去年一家什么农机厂到这儿来，推销一种微型手扶拖拉机，可以在这些巴掌大的地里干活儿。那东西真是不错，可村里人说他们这是闹笑话哩！他们想过那些巴掌地能产出多少东西来吗？就是绣花似的种，能种出一年的口粮就不错了，遇上这样的旱年，可能种子钱都收不回来！为这样的田买那三五千一台的拖拉机，再搭上两块多一升的柴油？！唉，这山里人的难处，外人哪能知晓？

这时，窗前走过了几个小小的黑影，在不远的田垄上围成一圈蹲下来，不知要干什么。他知道他们都是自己的学生。其实只要他们在近旁，不用眼睛他也能感觉到他们的存在，这直觉是他一生积累出来的，只是在这生命的最后时间里更敏锐了。

他甚至能认出月光下的那几个孩子，其中肯定有刘宝柱和郭翠花。这两个孩子都是本村人，本来不必住校的，但他还是收他们住了。刘宝柱的爹十年前买了个川妹子成亲，生了宝柱，五年后娃大了，对那女人看得也松了，结果有一天她跑回四川了，还卷走了家里所有的钱。这以后，宝柱爹也变得不成样儿了，开始是赌，同村子里那几个老光棍一样，把个家折腾得只剩四堵墙一张床。然后是喝，每天晚上都用八毛钱一斤的地瓜烧把自己灌得烂醉，拿孩子出气，每天一小揍三天一大揍，直到上个月的一天半夜，抡了根烧火棍差点儿把宝柱的命要了。郭翠花更惨了，要说她妈还是正经娶来的，这在这儿可是个稀罕事，男人也很荣光了。可好景不长，喜事刚办完大家就发现她妈是个疯子，之所以迎亲时没看出来，大概是吃了什么药。本来嘛，好端端的女人哪会到这穷得鸟都不拉屎的地方来？但不管怎么说，翠花还是生下来了，并艰难地长大。但她那疯妈妈的病也越来越重，犯起病来，白天拿菜刀砍人，晚上放火烧房，更多的时间是阴森森地笑，那声音让人汗毛直竖⋯⋯

剩下的都是外村的孩子了。他们的村子距这里最近的也有十里山路，只能住校。在这所简陋的乡村小学里，他们一住就是一个学期。娃们来时，除了带自己的铺盖，每人还背了一袋米或面，十多个孩子在学校的那个大灶做饭吃。当冬夜降临时,娃们围在灶边,看着菜面糊糊在大铁锅中翻腾,灶膛里秸秆橘红色的火光映在他们脸上……这是他一生中看到过的最温暖的画面,他会把这画面带到另一个世界的。

窗外的田垄上,在那圈娃们中间,亮起了几点红色的小火星。在这一片银灰色的月夜背景上,火星的红色格外醒目。这些娃在烧香,接着他们又烧起纸来,这使他又想起了那灶边的画面。他脑海中还出现了另一个类似的画面:当学校停电时(可能是因为线路坏了,但大多数时间是因为交不起电费),他给娃们上晚课,手里举着一根蜡烛照着黑板。"看见不?"他问。"看不见!"娃们总是这样回答。那么一点点亮光,确实难看清,但娃们缺课多,晚课是必须上的。于是他再点上一根蜡,手里两根举着。"还是看不见!"娃们喊。他于是再点上一根,虽然还是看不清,但娃们不喊了,他们知道再喊老师也不会加蜡了——蜡太多了也是点不起的。烛光中,他看到下面娃们的面容时隐时现,像一群用自己的全部生命拼命挣脱黑暗的小虫虫。

娃们和火光,娃们和火光,总是娃们和火光,总是夜中的娃们和火光,这是这个世界深深刻在他脑子中的画面,但他始终不明其含义。

他知道娃们是在为他烧香和烧纸,他们以前多次这么干过,只是这次,他已没有力气斥责他们迷信了。他用尽了一生在娃们的心中燃起科学和文明的火苗,但他明白,同笼罩着这偏远山村的愚昧和迷信相比,那火苗是多么弱小,就像这深山冬夜中教室里的那根蜡烛。半年前,村里的一些人来到学校,要从本来已很破旧的校舍取下橡子木,说是修村头的老君庙用。问他们校舍没顶了,娃们以后住哪儿,他们说可以睡教室里嘛。他说那教室四面漏风,大冬天能住?他们说反正都是外村人。他拿起一根扁担和他们拼命,结果被人家打断了两根肋骨。好心人抬着他走了三十多里山路,送到了镇医院。

就是在那次检查伤势时,意外发现他患了食道癌。这并不稀奇,这一带是食道癌高发区。镇医院的医生恭喜他因祸得福,因为他的食道癌现处于早期,还未扩散,动手术就能治愈。食道癌是手术治愈率最高的癌症之一,他算捡了条命。

于是他去了省城,去了肿瘤医院,在那里他问医生动一次这样的手术要多少钱,医生说像他这样的情况可以住医院的扶贫病房,其他费用也可适当减免,最后下来不会太多的,也就两万多元吧。想到他来自偏远山区,医生接着很详细地给他介绍住院手续怎么办。他默默地听着,突然问:"要是不手术,我还有多长时间?"

医生呆呆地看了他好一阵儿,才说:"半年吧。"他长出了一口气,好像得到了很大安慰。

至少能送走这届毕业班了。

他真的拿不出这两万多元。虽然民办教师工资很低,但干了这么多年,孤身一人无牵无挂,按说也能攒下一些钱了。只是他把钱都花在娃们身上了,他已记不清给多少学生代交了学杂费,最近的就有刘宝柱和郭翠花。更多的时候,他看到娃们的饭锅里没有多少油星星,就用自己的工资买些肉和猪油回来……反正到现在,他全部的钱也只有手术所需费用的十分之一。

沿省省城那条窄长的大街，他向火车站走去。这时天已黑了，城市的霓虹灯开始发出迷人的光芒，多彩而斑斓，让他迷惑。还有那些高楼，一入夜就变成了一盏盏高耸入云的巨大彩灯。音乐声在夜空中飘荡，疯狂的，轻柔的，走一段一个样。

就在这个不属于他的世界里，他慢慢地回忆起自己不算长的一生。他很坦然，各人有各人的命，早在20年前初中毕业回到山村小学时，他就选定了自己的命。再说，他这条命很大一部分是另一位乡村教师给的。他就是在自己现在任教的这所小学度过童年的，他爹妈死得早，那所简陋的乡村小学就是他的家，他的小学老师把他当亲儿子待，日子虽然穷，但他的童年并不缺少爱。那年，放寒假了，老师要把他带回自己的家里过冬。老师的家很远，他们走了很长的积雪的山路，看到老师家所在的村子的一点灯光时，已是半夜了。他们身后不远处浮现出四点绿莹莹的亮光，那是两双狼眼。那时山里狼很多的，学校周围就能看到一堆堆狼屎。有一次他淘气，把那灰白色的东西点着扔进教室，浓浓的狼烟充满了教室，把娃们都呛得跑了出来，让老师很生气。现在，那两只狼向他们慢慢逼近，老师折下一根粗树枝，挥动着它拦住狼的来路，同时大声喊着让他向村里跑。他当时吓糊涂了，只顾跑，只想着那狼会不会绕过老师来追他，没想着会不会遇到其他的狼。他上气不接下气地跑进村子，同几个拿猎枪的汉子去接老师，却发现老师躺在一片已冻成糊状的血泊中，半条腿和整只胳膊都被狼咬掉了。老师在被送往镇医院的路上就咽了气。在火把的光芒中，他看到了老师的眼睛，老师的腮帮被深深地咬下一大块，已说不出话，但用目光把一种心急如焚的牵挂传给了他。他读懂了那牵挂，记住了那牵挂。

初中毕业后，他放弃了在镇政府里一个不错的工作机会，直接回到了这个举目无亲的山村，回到了老师牵挂的这所乡村小学。这时，学校因为没有教师已荒废好几年了。

前不久，教委出台新政策，取消了民办教师，其中的一部分经考试考核转为公办。当他拿到教师证时，知道自己已成为一名国家承认的小学教师了，很高兴，但也只是高兴而已，不像别的同事那么激动。他不在乎什么民办公办，只在乎那一批又一批的娃，从他的学校读完了小学，走向生活。不管他们是走出山去还是留在山里，他们的生活同那些没卜过一天学的娃总是有些不一样的。

他所在的山区，是这个国家最贫困的地区之一。但穷不是最可怕的，最可怕的是那里的人们对现状的麻木。记得那是好多年前了，搞包产到户，村里开始分田，然后又分其他东西。对于村里唯一的一台拖拉机，油钱怎么出，出机时怎么分配，大伙总也谈不拢，最后大家唯一都能接受的办法是把拖拉机分了——真的分了，你家拿一个轮子，他家拿一根轴……再就是两个月前，有一家工厂来扶贫，给村里安了一台潜水泵，考虑到用电贵，人家还给带了一台小柴油机和足够的柴油。挺好的事儿，但人家前脚走，村里后脚就把机器都卖了，连泵带柴油机，只卖了1500块钱，全村好好吃了两顿，算是过了个好年……一家皮革厂来买地建厂，村里什么都不清楚就把地卖了。那厂子建起后，硝皮子的毒水流进了河里，渗进了井里，人一喝了那些水浑身就起红疙瘩。就这也没人在乎，还沾沾自喜那地卖了个好价钱……村里那些娶不上老婆的光棍，每天除了赌就是喝，但不去种地。他们都能算清：县里每年总会有些救济，那钱算下来也比在那巴掌大的山地里刨一年土坷垃挣得多……没有文化，人们都变得下作了。穷山恶水固然让人灰心，但真正让人感到没指望的，是山里人那呆滞的目光。

　　他走累了，就在人行道边坐下来。他面前，是一家豪华的大餐馆，靠街的全是一整面透明玻璃，华丽的枝形吊灯把光芒投射到外面。整个餐馆像一个巨大的鱼缸，里面穿着华贵的客人则像一群多彩的观赏鱼。他看到在靠街的一张桌子旁坐着一个胖男人，头发和脸似乎都在冒油，看上去像用一大团表面涂了油的蜡做的。男人两旁各坐着一个身材高挑、穿着暴露的女郎，男人转头对一个女郎说了句什么，把她逗得大笑起来，男人跟着笑起来；另一个女郎则娇嗔地用两个小拳头捶那个男的……真没想到还有个子这么高的女孩子，秀秀的个儿，大概只到她们一半……他叹了口气。唉，又想起秀秀了。

　　秀秀是本村唯一没有嫁到山外的姑娘，也许是因为她从未出过山，怕外面的世界，也许是别的什么原因。他和秀秀好过两年多，最后那阵差点儿就成了。秀秀家里也通情达理，只要1500块的肚疼钱（生养费）。但后来，村子里出去打工的人赚了些钱回来，和他同岁的二蛋虽不识字但脑子活，去城里干起了挨家挨户清洗抽油烟机的活儿，一年下来竟赚了个万把块。前年回来待了一个月，秀秀不知怎的就跟这个二蛋好上了。秀秀一家全是睁眼瞎，家里粗糙的干打垒墙壁上，除了贴着一团一团用泥巴和起来的瓜种子，还划着长长短短的道道儿，那是她爹多少年来记的账……秀秀没上过学，但自小对识文断字的人有好感，这是她同他好的主要原因。但二蛋的一瓶廉价香水和一串镀金项链就把这种好感全打消了，"识文断字又不能当饭吃。"秀秀对他说。虽然他知道识文断字是能当饭吃的，但具体到他身上，吃得确实比二蛋差好远，所以他也说不出什么。秀秀看他那样儿，转身走了，只留下一股让他皱鼻子的香水味。

和二蛋成亲一年后，秀秀生娃死了。他还记得那个接生婆，把那些锈不拉叽的刀刀铲铲放到火上烧一烧就向里捅。秀秀可倒霉了，血流了一铜盆，在送镇医院的路上就咽气了。成亲办喜事的时候，二蛋花了三万块，那排场在村里真是风光死了，可他怎的就舍不得花点钱让秀秀到镇医院去生娃呢？后来他一打听，这花费一般也就二三百，就二三百呀。但村里历来都是这样，生娃是从不去医院的。所以没人怪二蛋，秀秀就这命。后来他听说，比起二蛋妈来，她还算幸运。二蛋妈生二蛋时难产，二蛋爹从产婆那儿得知是个男娃，就决定只要娃了，于是把二蛋妈放到驴子背上，让那驴子一圈圈走，硬是把二蛋挤出来。听当时看见的人说，在院子里血流了一圈……

想到这里，他长出了一口气，笼罩着家乡的愚昧和绝望使他窒息。

但娃们还是有指望的。对那些在冬夜寒冷的教室中盯着烛光照着的黑板的娃们来说，他也是蜡烛，不管能点多长时间，发出的光有多亮，他总算是从头点到尾了。

他站起身来继续走，没走多远就拐进了一家书店。城里就是好，还有夜里开门的书店。除了回程的路费,他把身上所有的钱都买了书,以充实他的乡村小学里那小小的图书室。半夜,提着两捆沉重的书,他踏上了回家的火车。

在距地球五万光年的远方,在银河系的中心,一场延续了两万年的星际战争已接近尾声。

那里的太空中渐渐出现了一个方形区域,仿佛灿烂的群星的背景被剪出一个方口。这个区域的边长约十万公里,区域的内部是一种比周围太空更黑的黑暗,让人感到一种虚空中的虚空。从这黑色的正方形中,开始浮现出一些实体,它们形状各异,都有月球大小,呈耀眼的银色。这些物体越来越多,组成了一个整齐的立方体方阵。这银色的方阵庄严地驶出黑色正方形,构成了一幅挂在宇宙永恒墙壁上的镶嵌画。这幅画以绝对黑体的正方形天鹅绒为衬底,由纯净的耀眼的白银小构件镶嵌而成,仿佛是一首宇宙交响乐的固化。渐渐地,黑色的正方形消融在星空中,群星填补了它的位置,银色的方阵庄严地悬浮在群星之间。

银河系碳基联邦的星际舰队,完成了本次巡航的第一次时空跃迁。

在舰队的旗舰上,碳基联邦的最高执政官看着眼前银色的金属大地,上面布满了错综复杂的纹路,像一块无限广阔的银色蚀刻电路板,不时有几个闪光的水滴状小艇出现在大地上,沿着纹路以令人目眩的速度行驶几秒钟,然后无声地消失在一口突然出现的深井中。时空跃迁带过来的太空尘埃被电离,成为一团团发着暗红色光的云,笼罩在银色大地的上空。

最高执政官以冷静著称,他周围那似乎永远波澜不惊的淡蓝色智能场就是他人格的象征。但现在,像周围的人一样,他的智能场也微微泛出黄光。

"终于结束了。"最高执政官的智能场振动了一下,把这个信息传送给站在他两旁的参议员和舰队统帅。

"是啊,结束了。战争的历程太长太长,以至于我们都忘记了它的开始。"参议员回答。

这时,舰队开始了亚光速巡航,它们的亚光速发动机同时启动,旗舰周围突然出现了几千个蓝色的太阳,银色的金属大地像一面无限广阔的镜子,把蓝太阳的数量又复制了一倍。

远古的记忆似乎被点燃了。其实,谁能忘记战争的开始呢?这记忆虽然传承了几百上千代,但在碳基联邦的万亿公民的脑海中,它仍那么鲜活,那么铭心刻骨。

两万年前的那一时刻,硅基帝国从银河系外围对碳基联邦发动全面进攻。在长达一万光年的战线上,硅基帝国的500多万艘星际战舰同时开始恒星蛙跳。每艘战舰首先借助一颗恒星的能量打开一个时空虫洞,然后从这个虫洞跃迁至另一个恒星,再用这颗恒星的能量打开第二个虫洞继续跃迁……由于打开虫洞消耗了恒星大量的能量,恒星的光谱会暂时红移。当飞船完成跃迁后,恒星的光谱会渐渐恢复原状。当几百万艘战舰同时进行恒星蛙跳时,所产生的这种效应是十分恐怖的——银河系的边缘出现一条长达一万光年的红色光带,向银河系的中心移过来。这个景象在光速视界是看不到的，但在超空间监视器上却能显示出来。那条由变色恒星组成的红带，如同一道一万米年长的血潮，向碳基联邦的疆域涌来。

碳基联邦最先接触硅基帝国攻击前锋的是绿洋星。这颗美丽的行星围绕着一对双星恒星运行，它的表面全部被海洋覆盖。那生机盎然的海洋中漂浮着由柔软的长藤植物构成的森林，温和美丽、身体晶莹透明的绿洋星人在这海中的绿色森林间轻盈地游动，创造了绿洋星伊甸园般的文明。突然，几万道刺目的光束从天而降，硅基帝国舰队开始用激光蒸发绿洋星的海洋。在很短的时间内，绿洋星变成了一口沸腾的大锅。这颗行星上包括50亿绿洋星人在内的所有生物都在沸水中极度痛苦地死去，它们被煮熟的有机质使整个海洋变成了绿色的浓汤。最后海洋全部蒸发了，昔日美丽的绿洋星变成了一个由厚厚蒸汽包裹着的地狱般的灰色行星。

这是一场几乎波及整个银河系的星际大战，是银河系中碳基和硅基文明之间惨烈的生存竞争，但双方谁都没有料到战争会持续两万银河年！

现在，除了历史学家，谁也记不清有百万艘以上战舰参加的大战役有多少次了。规模最大的一次超级战役是第二旋臂战役，战役在银河系第二旋臂中部进行，双方投入了上千万艘星际战舰。据历史记载，在那广漠的战场上，被引爆的超新星就达2000多颗。那些超新星像第二旋臂中部黑暗太空中怒放的焰火，使那里变成超强辐射的海洋，只有一群群幽灵似的黑洞漂行其间。战役的最后，双方的星际舰队几乎同归于尽。15000年过去了，第二旋臂战役现在听起来就像上古时代缥缈的神话，只有那仍然存在的古战场证明它确实发生过。但很少有飞船真正进入过古战场，那里是银河系中最恐怖的区域，这并不仅仅是因为辐射和黑洞。当时，双方数量多得难以想象的战舰为了进行战术机动，进行了大量的超短距离时空跃迁。据说一些星际歼击机在空间格斗时，时空跃迁的距离竟短到令人难以置信的几千米！这样就把古战场的时空结构搞得千疮百孔，像一块内部被老鼠钻了无数长洞的大乳酪。飞船一旦误入这个区域，就可能在瞬间被畸变的空间扭成一根细长的金属绳，或压成一张面积有几亿平方公里但厚度只有几个原子的薄膜，立刻被辐射狂风撕得粉碎。但更为常见的是飞船变为建造它们时的一块块钢板，或者旧得只剩下一个破外壳，内部的一切都变成古老灰尘。人在这里也可能瞬间回到胚胎状态或变成一堆白骨……

但最后的决战不是神话，它就发生在一年前。在银河系第一和第二旋臂之间的荒凉太空中，硅基帝国集结了最后的力量，这支由150万艘星际战舰组成的舰队在自己周围构筑了半径1000光年的反物质云屏障。碳基联邦投入攻击的第一个战舰群刚完成时空跃迁就陷入了反物质云中。反物质云十分稀薄，但对战舰具有极大的杀伤力。碳基联邦的战舰立刻变成一个个刺目的火球，但它们仍奋勇冲向目标。每艘战舰都拖着长长的火尾，在后面留下一条发着荧光的航迹，这由30多万个火流星组成的阵列构成了碳硅战争中最为壮观、最为惨烈的画面。在反物质云中，这些火流星渐渐缩小，最后在距硅基帝国战舰阵列很近的地方消失了，但它们用自己的牺牲为后续的攻击舰队在反物质云中打开了一条通道。在这场战役中，硅基帝国最后的舰队被赶到银河系最荒凉的区域——第一旋臂的顶端。

现在，这支碳基联邦舰队将完成碳硅战争中最后一项使命——在第一旋臂的中部建立一条500光年宽的隔离带。隔离带中的大部分恒星将被摧毁，以制止硅基帝国的恒星蛙跳。恒星蛙跳是银河系中大吨位战舰进行远距离快速攻击的唯一途径，而一次蛙跳的最大距离是200光年。隔离带一旦建立，硅基帝国的重型战舰要想进入银河系中心区域，就只能以亚光速跨越这500光年的距离。这样，硅基帝国实际上被禁锢在第一旋臂顶端，再也无法对银河系中心区域的碳基文明构成任何严重威胁。

"我带来了联邦议会的意愿，"参议员用振动的智能场对最高执政官说，"他们仍然强烈建议：在摧毁隔离带中的恒星前，对它们进行生命级别的保护甄别。"

"我理解议会。"最高执政官说，"在这场漫长的战争中，各种生命流出的血足够形成上千颗行星的海洋了。战后，银河系中最迫切需要重建的是对生命的尊重。这种尊重不仅是对碳基生命的，也是对硅基生命的。正是基于这种尊重，碳基联邦才没有彻底消灭硅基文明。但硅基帝国并没有这种对生命的感情。如果说碳硅战争之前，战争和征服对于它们还仅仅是一种本能和乐趣的话，那么现在这种东西已根植于它们的每个基因和每行代码之中，成为它们生存的终极目的。由于硅基生物对信息的存贮和处理能力大大高于我们，可以预测硅基帝国在第一旋臂顶端的恢复和发展将是神速的，所以我们必须在碳基联邦和硅基帝国之间建成足够宽的隔离带。在这种情况下，对隔离带中数以亿计的恒星进行生命级别的保护甄别是不现实的。第一旋臂虽属银河系中最荒凉的区域，但其拥有生命行星的恒星仍可能达到支持蛙跳的密度，这种密度足以支持中型战舰进行蛙跳，而即使只有一艘硅基帝国的中型战舰闯入碳基联邦的疆域，可能造成的破坏也是巨大的。所以在隔离带中只能进行文明级别的甄别。我们不得不牺牲隔离带中某些恒星周围的低级生命，是为了拯救银河系中更多的高级和低级生命。这一点我已向议会说明。"

参议员说："议会也理解您和联邦防御委员会，所以我带来的只是建议而不是法案。但隔离带中周围已形成3C级以上文明的恒星必须被保护。"

"这一点毋庸置疑。"最高执政官的智能场闪现出坚定的红色，"对隔离带中拥有行星的恒星文明检测将是十分严格的！"

舰队统帅的智能场第一次发出信息："其实我觉得你们多虑了。第一旋臂是银河系中最荒凉的荒漠，那里不会有3C级以上文明的。"

"但愿如此。"最高执政官和参议员同时发出了这个信息，他们智能场的共振使一道弧形的等离子体波纹向银色金属大地的上空扩散开去。

舰队开始了第二次时空跃迁，以近乎无限的速度奔向银河系第一旋臂。

夜深了，烛光中，全班的娃们围在老师的病床前。

"老师歇着吧，明儿个讲也行的。"一个男娃说。

他艰难地苦笑了一下："明儿个有明儿个的课。"

他想，如果真能拖到明天当然好，那就再讲一堂课，但直觉告诉他，怕是不行了。

他做了个手势，一个娃把一块小黑板放到他胸前的被单上。这最后一个月，他就是这样把课讲下来的。他用软弱无力的手接过娃递过来的半截粉笔，吃力地把粉笔头放到黑板上，这时又一阵剧痛袭来，手颤抖了几下，粉笔嗒嗒地在黑板上敲出了几个白点儿。从省城回来后，他再也没去过医院。两个月后，他的肝部疼了起来，他知道癌细胞已转移到那儿了。这种疼痛越来越厉害，最后变成了压倒一切的痛苦。他一只手在枕头下摸索着，找出了一些止痛片，是最常见的用塑料长条包装的那种。对于癌症晚期的剧痛，这药已经没有任何作用。可能是由于精神暗示，他吃了后总觉得好一些。哌替啶倒是也不算贵，但医院不让带出来用，就是带回来也没人给他注射。他像往常一样从塑料条上取下两片药来，但想了想，便把所有剩下的十二片全剥出来，一把吞了下去——他知道以后再也用不着吃药了。他又挣扎着想向黑板上写字，但头突然偏向一边，一个娃赶紧把盆接到他嘴边，他吐出了一口黑红的血，然后虚弱地靠在枕头上喘息着。

娃们中传出了低低的抽泣声。

他放弃了在黑板上写字的努力，无力地挥了一下手，让一个娃把黑板拿走。他开始说话，声音细若游丝。

"今天的课同前两天一样，也是初中的课。这本来不是教学大纲上要求的，但我想你们中的大部分人，这一辈子可能永远也听不到初中的课了，所以我最后讲一讲，也让你们知道稍深一些的学问是什么样子。昨天讲了鲁迅的《狂人日记》,你们肯定不大懂,不管懂不懂都要多看几遍,最好能背下来,等长大了,总会懂的。鲁迅是个很了不起的人,他的书是每一个中国人都应该读读的,你们将来也一定找来读读。"

他累了,停下来喘息着歇歇,看着跳动的烛光。鲁迅写下的几段文字在他的脑海中浮现出来。那不是《狂人日记》中的,课本上没有,他是从自己那套本数不全、已经翻烂的《鲁迅全集》上读到的,许多年前读第一遍时,那些文字就深深地刻在他脑子里:

> 假如一间铁屋子,是绝无窗户而万难破毁的,里面有许多熟睡的人们,不久都要闷死了,然而是从昏睡入死灭,并不感到就死的悲哀。现在你大嚷起来,惊起了较为清醒的几个人,使这不幸的少数者来受无可挽救的临终的苦楚,你倒以为对得起他们么?
>
> 然而几个人既然起来,你不能说决没有毁坏这铁屋的希望。

他用尽最后的力气,接着讲下去。

"今天我们讲初中物理。物理你们以前可能没有听说过,它讲的是物质世界的道理,是一门很深很深的学问。

"这课讲牛顿三定律。牛顿是从前英国的一个大科学家,他说了三句话,这三句话很神的,把人间天上所有东西的规律都包括进去了,上到太阳月亮,下到流水刮风,都跑不出这三句话画定的圈圈。用这三句话,可以算出什么时候日食,就是村里老人说的天狗吃太阳,一分一秒都不差的。人飞上月球,也要靠这三句话。这就是牛顿三定律。

"下面讲第一定律:当一个物体没有受到外力作用时,它将保持静止或匀速直线运动不变。"

娃们在烛光中默默地看着他,没有反应。

"就是说,你猛推一下谷场上那个石碾子,它就一直滚下去,滚到天边也不停下来。宝柱你笑什么?是啊,它当然不会那样,这是因为有摩擦力,摩擦力让它停下来。这世界上,没有摩擦力的环境可是没有的……"

是啊,他人生的摩擦力就太大了。在村里他是外姓人,本来就没什么分量,加上他这个倔脾气,这些年来把全村人都得罪了。他挨家挨户拉人家的娃入学,跑到县里,把跟着爹做买卖的娃拉回来上学,拍着胸脯保证垫学费……这一切并没有赢得多少感激。关键在于,他对过日子的看法同周围的人太不一样,成天想的说的,都是些不着边际的事,这是最让人讨厌的。在查出病来之前,他曾跑县里,居然从教育局要回一笔维修学校的款子,村子里只拿走了一小部分,想过节请个戏班子唱两天戏,结果让他搅了,愣从县里拉了个副县长来,让村里把钱拿回来,可当时戏台子都搭好了。学校倒是修了,但他扫了全村人的兴,以后的日子更难过。先是村里的电工——村主任的侄子,把学校的电掐了,接着做饭取暖用的秸秆村里也不给了,害得他扔下自个儿的地不种了,一人上山打柴。更别提后来拆校舍的房椽子那事了……这些摩擦力无所不在,让他心力交瘁，让他无法做匀速直线运动，他不得不停下来了。

也许，他就要去的那个世界是没有摩擦力的，那里的一切都是光滑可爱的，但那有什么意义？在那边，他的心仍留在这个充满灰尘和摩擦力的世界上，留在这所他倾注了全部生命的乡村小学里。他不在了以后，剩下的两个教师也会离去，这所他用力推了一辈子的小学校就会像谷场上那个石碾子一样停下来。他陷入深深的悲哀，但不论在这个世界或是那个世界，他都无力回天。

"牛顿第二定律比较难懂，我们最后讲。下面先讲牛顿第三定律：当一个物体对第二个物体施加一个力，第二个物体也会对第一个物体施加一个力，这两个力大小相等，方向相反。"

娃们又陷入了长时间的沉默。

"听懂了没？谁说说？"

班上学习最好的赵拉宝说："我知道是啥意思，可总觉得说不通。晌午我和李权贵打架，他把我的脸打得那么痛，肿起来了，所以作用力应该不相等的才对，我受的肯定比他大嘛！"

喘息了好一会儿，他才解释说："你痛是因为你的腮帮子比权贵的拳头软，它们相互的作用力还是相等的……"

他想用手比画一下，但手已抬不起来了。他感到四肢像铁块一样沉，这沉重感很快扩展到全身，他感到自己的躯体像要压塌床板，陷入地下似的。

时间不多了。

"目标编号：1033715。绝对目视星等：3.5。演化阶段：主星序偏上。发现两颗行星，平均轨道半径分别为 1.3 个和 4.7 个距离单位，在一号行星上发现生命。这是红 69012 舰的报告。"

碳基联邦星际舰队的十万艘战舰目前已散布在一条长一万光年的带状区域中，这就是正在建立的隔离带。工程刚刚开始，只是试验性地摧毁了 5000 颗恒星，其中拥有行星的只有 137 颗，而行星上有生命的这是第一颗。

"第一旋臂真是个荒凉的地方啊。"最高执政官感叹道。他的智能场振动了一下，用全息图隐去了脚下的旗舰和上方的星空，使他、舰队统帅和参议员悬浮于无际的黑色虚空中。接着，他调出了探测器发回的图像——虚空出现了一个发着蓝光的火球，最高执政官的智能场产生了一个白色的方框，那方框调整大小，圈住了这颗恒星并把它的图像隐去了，他们于是又陷入无边的黑暗之中。但这黑暗中有一个小小的黄色光点，图像的焦距开始大幅度调整，行星的图像以令人目眩的速度推向前来，很快占满了半个虚空，三个人都沉浸在它反射的橙黄色光芒中。

这是一颗被浓密大气包裹着的行星。在它那橙黄色的气体海洋上，汹涌的大气运动描绘出极端复杂的不断变幻的线条。行星图像继续移向前来，直到占据了整个虚空，三个人被橙黄色的气体海洋吞没了。探测器带着他们在这浓雾中穿行，很快雾气稀薄了一些，他们看到了这颗行星上的生命。

那是一群在浓密大气上层飘浮的气球状生物，表面有美丽的花纹，不停变幻着色彩和形状，时而呈条纹状，时而呈斑点状，不知这是不是一种可视语言。每个气球都有一条长尾，那长尾的尾端不时炫目地闪烁一下,光沿着长尾传到气球上,化为一片弥漫的荧光。

"开始四维扫描!"红69012舰上的一名上尉值勤军官说。

一束极细的波束开始从上至下飞快地扫描那群气球。这束波只有几个原子粗细,但它的波管内的空间维度比外部宇宙多一维。扫描数据传回舰上,在主计算机的内存中,那群气球被切成了几亿亿个薄片,每个薄片只有一个原子的厚度。在薄片上,每个夸克的状态都被精确地记录下来。

"开始数据镜像组合!"

主计算机的内存中,那几亿亿个薄片按原有顺序叠加起来,很快组合成一群虚拟气球。在计算机内部广漠的数字宇宙中,这个行星上的那群生物体有了精确的复制品。

"开始3C级文明测试!"

在数字宇宙中,计算机敏锐地定位了气球的思维器官,它是悬在气球内部错综复杂的神经丛中间的一个椭圆体。计算机在瞬间分析了这个椭圆体的结构,并越过所有低级感官,直接同它建立了高速信息接口。

文明测试是从一个庞大的数据库中任意地选取试题,测试对象如果能答对其中三道,则测试通过。如果头三道题没有答对,测试者有两种选择:可以认为测试对象没有通过,也可以继续测试,题数不限,直到测试对象答对的题数达到三道,这时可认为其通过测试。

"3C文明测试试题1号:请叙述你们已探知的组成物质的最小

单元。"

"滴滴，嘟嘟嘟，滴滴滴滴。"气球回答。

"1号试题测试未通过。3C文明测试试题2号：你们观察到物体中热能的流向有什么特点？这种流向是否可逆？"

"嘟嘟嘟，滴滴，滴滴嘟嘟。"气球回答。

"2号试题测试未通过。3C文明测试试题3号：圆的周长和它的直径之比是多少？"

"滴滴滴滴嘟嘟嘟嘟嘟。"气球回答。

"3号试题测试未通过。3C文明测试试题4号……"

"到此为止吧，"当测试题数达到10道时，最高执政官说，"我们时间不多。"他转身对旁边的舰队统帅示意了一下。

"发射奇点炸弹！"舰队统帅命令。

奇点炸弹实际上是没有大小的，它是一个严格意义上的几何点，一个原子同它相比都是无穷大，虽然最大的奇点炸弹质量有上百亿吨，最小的也有几千万吨。当一颗奇点炸弹沿着长长的导轨从红69012舰的武器舱中滑出时，可以看到一个直径达几百米的发着幽幽荧光的球体，这荧光是周围的太空尘埃被吸入这个微型黑洞时产生的辐射。同恒星引力坍缩形成的黑洞不同，这些小黑洞在宇宙之初就形成了，它们是大爆炸前的奇点宇宙的微缩模型。碳基联邦和硅基帝国都有庞大的船队，游弋在银河系银道面外的黑暗荒漠搜集微型黑洞。有的海洋行星上的种群把这些船队戏称为"远洋捕鱼船队"，而这些船队带回的东西，是银河系中最具威力的武器之一，是迄今为止唯一能够摧毁恒星的武器。

奇点炸弹脱离导轨后，沿一条由母舰发出的力场束加速，直奔目标恒星。过了不长的一段时间，这颗灰尘似的黑洞高速射入了恒星表面火的海洋。想象在太平洋的中部突然出现一个半径100公里的深井，就可以大概把握这时的情形。巨量的恒星物质开始被吸入黑洞，汹涌的物质洪流从所有方向会聚到一点并消失在那里。物质被吸入时产生的辐射在恒星表面产生了一团刺目的光球，仿佛给恒星戴上了一枚光彩夺目的钻石戒指。随着黑洞向恒星内部沉下去，光团暗淡下来，可以看到它处于一个直径达几百万公里的大旋涡正中。那巨大的旋涡散射着光团的强光，缓缓转动着，呈现出飞速变幻的色彩，使恒星从这个方向看去仿佛是一张狰狞的巨脸。很快，光团消失了，旋涡也渐渐消失，恒星表面似乎又恢复了它原来的色彩和光度。但这只是毁灭前最后的平静。随着黑洞向恒星中心下沉，这个贪婪的饕餮者更疯狂地吞食周围密度急剧增高的物质，在一秒钟内吸入的恒星物质总量可能相当于上百个中等行星。黑洞巨量吸入物质时产生的超强辐射向恒星表面蔓延，由于恒星物质的阻滞，只有一小部分到达了表面，其余辐射的能量留在了恒星内部，快速破坏着恒星的每一个细胞，从整体上把它飞快地拉离平衡态。从外部看，恒星的色彩在缓缓变化，从浅红色变为明黄色，从明黄色变为鲜艳的绿色，从绿色变为如洗的碧蓝，从碧蓝变为恐怖的紫色。这时，在恒星中心的黑洞产生的辐射能已远远大于恒星本身辐射的能量。随着更多的能量以非可见光形式溢出恒星，紫色渐渐加深，这颗恒星看上去像太空中一个在忍受超级痛苦的灵魂。痛苦急剧增大，紫色已深到极限，这颗恒星用不到一个小时的时间走完了它未来几十亿年的旅程。

一团似乎吞没整个宇宙的强光闪起,然后慢慢消失。在原来恒星所在的位置上,可以看到一个急剧膨胀的薄球层,像一个被吹大的气球,这是被炸飞的恒星表面。随着薄球层体积的增大,它变得透明了,可以看到它内部的第二个膨胀的薄球层,然后又可以看到更深处的第三个薄球层……这颗爆炸中的恒星,就像宇宙中突然显现的一个套一个的玲珑剔透的镂花玻璃球,其中最深处的薄球层的体积也是恒星原来体积的几十万倍。当爆炸的恒星的第一层膨胀外壳穿过那个橙黄色行星时,它立刻被汽化了。其实,在恒星爆炸的壮丽场景中根本就看不到它。同那膨胀的恒星外壳相比,它只是一粒微不足道的灰尘,其大小甚至不能成为那几层镂花玻璃球上的一个小点。

"你们感到消沉?"舰队统帅问。他看到最高执政官和参议员的智能场暗下来了。

"又一个生命世界毁灭了,像烈日下的露珠。"

"那您就想想伟大的第二旋臂战役,当 2000 多颗超新星被引爆时,有 12 万个这样的世界同碳硅双方的舰队一起化为蒸汽。阁下,时至今日,我们应该超越这种无谓的多愁善感了。"

参议员没有理会舰队统帅的话,径直对最高执政官说:"这种对行星表面取随机点的检测方式是不可靠的,可能漏掉行星表面的文明特征。我们应该进行面积检测。"

最高执政官说:"这一点我也同议会讨论过。在隔离带中我们要摧毁的恒星有上亿颗,其中估计有 1000 万个行星系,行星数量可能达5000万颗。我们时间紧迫，对每颗行星都进行面积检测是不现实的。我们只能尽量加宽检测波束，以增大随机点覆盖的面积。除此之外，只能祈祷隔离带中那些可能存在的文明在其星球表面的分布尽量均匀了。"

"下面我们讲牛顿第二定律……"

他心急如焚，极力想在有限的时间里给娃们多讲一些。

"一个物体的加速度，与它所受的力成正比，与它的质量成反比。首先，加速度，这是速度随时间的变化率，它与速度是不同的，速度大，加速度不一定大；加速度大，速度也不一定大。比如，一个物体现在的速度是110米每秒，2秒后的速度是120米每秒，那么它的加速度就是120减110再除以2，5米每秒——呵，不对，5米每秒的平方。另一个物体现在的速度是10米每秒，2秒后的速度是30米每秒，那么它的加速度就是30减10再除以2，10米每秒平方。看，后面这个物体虽然速度小，但加速度大！呵，刚才说到平方，平方就是一个数自个儿乘自个儿……"

他惊奇自己的头脑如此清晰，思维如此敏捷。他知道，自己生命的蜡烛已燃到根上，棉芯倒下了，把最后的一小块蜡全部引燃了，一团比以前的烛苗亮十倍的火焰熊熊燃烧起来。剧痛消失了，身体也不再沉重。其实，他已感觉不到身体的存在，他的全部生命似乎只剩下那个在疯狂运行的大脑。那个悬在空中的大脑竭尽全力，尽量多尽量快地把自己存贮的信息输出给周围的娃们，但靠说话来传输知识是来不及了。他产生了一个幻象：一把水晶样的斧子把自己的大脑无声地劈开,他一生中积累的那些知识——虽不是很多但他很看重的——像一把发光的小珠子毫无保留地落在地上,发出一阵悦耳的叮当声,娃们像见到过年的糖果一样抢那些小珠子……这幻象让他有一种幸福的感觉。

"你们听懂了没?"他焦急地问。他已经看不到周围的娃们,但还能听到他们的声音。

"我们懂了!老师快歇着吧!"

他感觉到那团最后的火焰在弱下去,"我知道你们不懂,但你们把它背下来,以后慢慢会懂的。一个物体的加速度,与它所受的力成正比,与它的质量成反比。"

"老师,我们真懂了,求求你快歇着吧!"

他用尽最后的力气喊道:"背呀!"

娃们抽泣着背了起来:"一个物体的加速度,与它所受的力成正比,与它的质量成反比。一个物体的加速度,与它所受的力成正比,与它的质量成反比……"

这几百年前就在欧洲化为尘土的卓越头脑产生的思想,以浓重西北方言的童音在 20 世纪中国最偏僻的山村中回荡,就在这声音中,那烛火灭了。

娃们围着老师已没有生命的躯体大哭起来。

"目标编号:500921473。绝对目视星等:4.71。演化阶段:主星序正中,带有九颗行星。这是蓝 84210 号舰的报告。"

"一个精致完美的行星系。"舰队统帅赞叹。

最高执政官很有同感："是的，它的固态小体积行星和气液态大体积行星的配置很有韵律感。小行星带的位置恰到好处，像一条美妙的装饰链。还有最外侧那颗小小的甲烷冰行星，似乎是这首音乐最后一个余音未尽的音符，暗示着某种新周期的开始。"

"这是蓝84210号舰，将对最内侧1号行星进行生命检测，检测波束发射。该行星没有大气，自转缓慢，温差悬殊。1号随机点检测，白色结果；2号随机点检测，白色结果……10号随机点检测，白色结果。蓝84210号舰报告，该行星没有生命。"

舰队统帅不以为然地说："这颗行星的表面温度可以当冶炼炉了，没必要浪费时间。"

"开始2号行星生命检测，波束发射。该行星有稠密大气，表面温度较高且均匀，大部分为酸性云层覆盖。1号随机点检测，白色结果；2号随机点检测，白色结果……10号随机点检测，白色结果。蓝84210号舰报告，该行星没有生命。"

通过四维通信，最高执政官对1000光年之外蓝84210号舰上的值勤军官说："直觉告诉我，3号行星有生命可能性很大，在它上面检测30个随机点。"

"阁下，我们时间很紧了。"舰队统帅说。

"照我说的做。"最高执政官坚定地说。

"是，阁下。开始3号行星生命检测，波束发射。该行星有中等密度的大气，表面大部为海洋覆盖……"

来自太空的生命检测波束落到了亚洲大陆靠南一些的一点上，

在地面上形成了一个直径约 5000 米的圆形。如果是在白天,用肉眼有可能觉察到波束的存在,因为当波束到达时,在它的覆盖范围内,一切无生命的物体都将变成透明状态。现在它覆盖的中国西北的这片山区将如同水晶的山脉——阳光在这些山脉中折射,将是一幅十分奇异壮观的景象——大地也会变成深不可测的深渊。而被波束判断为有生命的物体则保持原状态不变,人、树木和草在这水晶世界中显得格外清晰醒目。但这效应只持续半秒钟,检测波束完成初始化后,一切就会恢复原状,旁观者肯定会认为自己产生了一瞬间的幻觉。但现在,这里正是深夜,自然难以觉察到什么了。

这所山村小学,正好位于检测波束圆形覆盖区的圆心上。

"1 号随机点检测,结果……绿色结果,绿色结果!蓝 84210 号舰报告,目标编号:500921473,第 3 号行星发现生命!"

检测波束对覆盖范围内的众多种类生命体进行分类。在以生命结构的复杂度和初步估计的智能等级进行排序的数据库中,一个方形掩蔽物下的一簇生命体排在首位。于是波束迅速收缩,会聚到那个掩蔽物上。

最高执政官的智能场接收到从蓝 84210 号舰上发回的图像,并把它放大到整个太空背景上。图像处理系统已经隐去了掩蔽物,但那簇生命体的图像仍不清晰。它们的外形太不醒目了,几乎同周围行星表面的以硅元素为主的黄色土壤融为一体。计算机只好把图像中所有的无生命部分,包括这些生命体中间的那具体形较大的已没有生命的躯体,全部隐去,这样那一簇生命体就仿佛悬浮在虚空之中。尽管如此，它们看上去仍是那么平淡和缺乏色彩，像一簇黄色的植物，一看就知道是那种在它们身上不会发生任何奇迹的生物。

一束纤细的四维波束从蓝84210号舰发射。这艘有一个月球大小的星际战舰正停泊在木星轨道之外，使太阳系暂时多了一颗行星。那束四维波束在三维太空中以接近无限的速度到达地球，穿过那所乡村小学校舍的屋顶，以基本粒子的精度对这18个孩子进行扫描。数据的洪流以人类难以想象的速率传回太空。很快，在蓝84210号舰主计算机的广阔内存中，孩子们的数字复制体形成了。

18个孩子悬浮在一个无际的空间里，那空间呈一种无法形容的色彩——实际上那不是色彩，虚无是没有色彩的，虚无是透明中的透明。孩子们都不由得想拉住旁边的伙伴，但手却从伙伴身体里毫无阻力地穿过去了。孩子们感到了难以形容的恐惧。计算机觉察到这一点，认为这些生命体需要一些熟悉的东西，于是在自己内存宇宙的这一部分模拟出这个行星天空的颜色。孩子们立刻看到了蓝天，没有太阳，没有云，更没有浮尘，只有蓝色，那么纯净，那么深邃。孩子们的脚下不是大地，而是与头顶一样的蓝天。他们似乎置身于一个无限的蓝色宇宙中，而他们是这宇宙中唯一的实体。计算机感觉到，这些数字生命体仍然处于惊恐中。它用了亿分之一秒想了想，终于明白了：银河系中大多数生命体并不惧怕悬浮于虚空之中，但这些生命体不同，它们是大地上的生物。于是，它给了孩子们一个大地，并给了它们重力感。孩子们惊奇地看着脚下突然出现的大地，它是纯白色的，上面有黑线画出的整齐方格。他们仿佛站在一个无限广阔的语文作业本上。他们中有人蹲下来摸摸地面,这是他们见过的最光滑的东西。他们迈开双脚走,但原地不动——这地面是绝对光滑的,摩擦力为零。他们很惊奇自己为什么不会滑倒。这时有个孩子脱下自己的一只鞋子,沿着地面扔出去。那鞋子以匀速直线运动向前滑去,孩子们呆呆地看着它以恒定的速度渐渐远去。

他们看到了牛顿第一定律。

有一个声音,空灵而悠扬,在这数字宇宙中回荡。

"开始 3C 级文明测试,3C 文明测试试题 1 号:请叙述你所在星球生物进化的基本原理,是自然淘汰型还是基因突变型?"

孩子茫然地沉默着。

"3C 文明测试试题 2 号:请简要说明恒星能量的来源。"

孩子茫然地沉默着。

……

"3C 文明测试试题 10 号:请说明你们星球上海洋的液体的分子构成。"

孩子仍然茫然地沉默着。

那只鞋在遥远的地平线处变成一个小黑点消失了。

"到此为止吧!"在 1000 光年之外,舰队统帅对最高执政官说,"不能再耽误时间了,否则我们肯定不能按时完成第一阶段的任务。"

最高执政官的智能场发出了微弱的表示同意的振动。

"发射奇点炸弹!"

载有命令信息的波束越过四维空间，瞬间到达了停泊在太阳系中的蓝84210号舰。那个发着幽幽荧光的雾球滑出了战舰前方长长的导轨，沿着看不见的力场束急剧加速，向太阳扑去。

最高执政官、参议员和舰队统帅把注意力转向了隔离带的其他区域，那里又发现了几个有生命的行星系，但其中最高级的生命是一种生活在泥浆中的无脑蠕虫。接连爆炸的恒星像宇宙中怒放的焰火，使他们想起了史诗般的第二旋臂战役。

不知过了多长时间，最高执政官智能场的一小部分下意识地游移到太阳系，他听到了蓝84210号舰舰长的声音："准备脱离爆炸威力圈，时空跃迁准备，30秒倒数！"

"等一下，奇点炸弹到达目标还需多长时间？"最高执政官说，舰队统帅和参议员的注意力也被吸引过来。

"它正越过内侧1号行星的轨道，大约还有10分钟。"

"用5分钟时间，再进行一些测试吧。"

"是，阁下。"

接着听到了蓝84210号舰值勤军官的声音："3C文明测试试题11号：一个三维平面上的直角三角形，它的三条边的关系是什么？"

沉默。

"3C文明测试试题12号：你们的星球是你们行星系的第几颗行星？"

沉默。

"这没有意义，阁下。"舰队统帅说。

"3C文明测试试题13号：当一个物体没有受到外力作用时，它的运行状态如何？"

数字宇宙广漠的蓝色空间中突然响起了孩子们清脆的声音："当一个物体没有受到外力作用时，它将保持静止或匀速直线运动不变。"

"3C文明测试试题13号通过！3C文明测试试题14号……"

"等等！"参议员打断了值勤军官，"下一道试题也出关于甚低速力学基本近似定律的。"他又问最高执政官，"这不违反测试准则吧。"

"当然不，只要是测试数据库中的试题。"舰队统帅代为回答。这些令他大感意外的生命体把他的注意力全部吸引过来了。

"3C文明测试试题14号：请叙述相互作用的两个物体间力的关系。"

孩子们说："当一个物体对第二个物体施加一个力，第二个物体也会对第一个物体施加一个力，这两个力大小相等，方向相反！"

"3C文明测试试题14号通过！3C文明测试试题15号：对于一个物体，请说明它的质量、所受外力和加速度之间的关系。"

孩子们齐声说："一个物体的加速度，与它所受的力成正比，与它的质量成反比！"

"3C文明测试试题15号通过，文明测试通过！确定目标恒星500921473的3号行星上存在3C级文明。"

"奇点炸弹转向！脱离目标！"最高执政官的智能场急剧闪动着，用最大的能量把命令通过超空间传送到蓝84210号舰上。

在太阳系，推送奇点炸弹的力场束弯曲了。长达几亿公里的力场束此时像一根弓起的长杆，努力把奇点炸弹挑离射向太阳的轨道。蓝 84210 号舰上的力场发动机以最大功率工作，巨大的散热片由暗红变为耀眼的白炽色。力场束向外的推力分量开始显示出效果，奇点炸弹的轨道开始弯曲，但它已越过水星轨道，距太阳太近了，谁也不知道这努力是否能成功。通过超空间直播，全银河系都在盯着那个模糊的雾团的轨迹。它的亮度急剧增大，这是一个可怕的迹象，说明炸弹已能感受到太阳外围空间粒子密度的增大。舰长的手已放到了那个红色的时空跃迁启动按钮上，以在奇点炸弹击中太阳前的一刹那脱离这个空间。但奇点炸弹最终像一颗子弹一样擦过太阳的边缘。当它以仅几万米的高度掠过太阳表面时，由于黑洞吸入太阳大气中大量的物质，亮度增到最大，太阳边缘出现了一个刺眼的蓝白色光球，使它在这一刻看上去像一个紧密的双星系统，这奇观对人类将永远是个难解之谜。蓝白色光球飞速掠过时，下面太阳浩瀚的火海黯然失色。像一艘快艇掠过平静的水面，黑洞的引力在太阳表面划出了一道"V"形的划痕，波及半个太阳。奇点炸弹撞断了一条日珥，这条从太阳表面升起的百万公里长的美丽轻纱在高速冲击下，碎成一群欢快舞蹈着的小小的等离子体旋涡……奇点炸弹掠过太阳后，亮度很快暗下来，最后消失在茫茫太空的永恒之夜中。

"我们险些毁灭了一个碳基文明。"参议员长出一口气说。

"真是不可思议，在这么荒凉的地方竟会存在 3C 级文明！"舰队统帅感叹说。

"是啊，无论是碳基联邦，还是硅基帝国，其文明扩展和培植计划都不包括这一区域。如果这是一个自己进化的文明，那可是一件很不寻常的事。"最高执政官说。

"蓝84210号舰，你们继续留在那个行星系，对3号行星进行全表面文明检测，你舰前面的任务将由其他舰只接替。"舰队司令命令道。

同他们在木星轨道之外的数字复制品不一样，山村小学中的娃们丝毫没有觉察到什么。在那间校舍里的烛光下，他们只是围着老师的遗体哭啊哭。不知哭了多长时间，娃们最后安静下来。

"咱们去村里告诉大人吧。"郭翠花抽泣着说。

"那又咋的？"刘宝柱低着头说，"老师活着时村里的人都腻歪他，这会儿肯定连棺材钱都没人给他出呢！"

最后，娃们决定自己掩埋自己的老师。他们拿起锄头铁锹，开始在学校旁边的山地上挖墓坑。灿烂的群星在整个宇宙中静静地看着他们。

"天啊！这颗行星上的文明不是3C级，是5B级！"看着蓝84210号舰从1000光年之外发回的检测报告，参议员惊呼起来。

人类城市的摩天大楼群的影像在旗舰上方的太空中显现。

"他们已经开始使用核能，并用化学推进方式进入太空，甚至已登上了他们所在行星的卫星。"

"他们的基本特征是什么？"舰队统帅问。

"您想知道哪些方面？"蓝84210号上的值勤军官问。

"比如，这个行星上生命体记忆遗传的等级是多少？"

"他们没有记忆遗传，所有记忆都是后天取得的。"

"那么，他们的个体相互之间信息交流的方式是什么？"

"极其原始，也十分罕见。他们身体内有一种很薄的器官，在这个行星以氧氮为主的大气中振动时可产生声波，同时把要传输的信息调制到声波之中，接收方也用一种薄膜器官从声波中接收信息。"

"这种方式信息传输的速率是多大？"

"大约每秒1至10比特。"

"什么？！"旗舰上听到这话的所有人都大笑起来。

"真的是每秒1至10比特，我们开始也不相信，但反复核实过。"

"上尉，你是个白痴吗？！"舰队统帅大怒，"你是想告诉我们，一种没有记忆遗传，相互间用声波进行信息交流，并且是以令人难以置信的每秒1至10比特的速率进行交流的物种，能创造出5B级文明？！而且这种文明是在没有任何外部高级文明培植的情况下自行进化的？！"

"但，阁下，确实如此。"

"但在这种状态下，这个物种根本不可能在每代之间积累和传递知识，而这是文明进化所必需的！"

"他们有一种个体，有一定数量，分布于这个种群的各个角落，这类个体充当两代生命体之间知识传递的媒介。"

"听起来像神话。"

"不，"参议员说，"在银河文明的太古时代，确实有过这种个体，但即使在那时也极其罕见。除了我们这些星系文明进化史的专业研究者,很少有人知道。"

"你是说那种在两代生命体之间传递知识的个体?"

"他们叫教师。"

"教——师?"

"一个早已消失的太古文明单词,很生僻,在一般的古词汇数据库中都查不到。"

这时,从太阳系发回的全息影像焦距拉长,显示出蔚蓝色的地球在太空中缓缓转动。

最高执政官说:"在银河系联邦时代,独立进化的文明十分罕见,能进化到5B级的更是绝无仅有。我们应该让这个文明继续不受干扰地进化下去,对它的观察和研究,不仅有助于我们对太古文明的认识,对今天的银河文明也有启示。"

"那就让蓝84210号舰立刻离开那个行星系吧,并把这颗恒星周围100光年的范围列为禁航区。"舰队统帅说。

北半球失眠的人,会看到星空突然微微抖动。那抖动从空中的一点发出,呈圆形向整个星空扩展,仿佛星空是一汪静水,有人用手指在水中央点了一下似的。

蓝84210号舰跃迁时产生的时空激波到达地球时已大大衰减,只使地球上所有的时钟都快了三秒,但在三维空间中的人类是不可能觉察到这一效应的。

"很遗憾，"最高执政官说，"如果没有高级文明的培植，他们还要在亚光速和三维时空中被禁锢2000年，至少还需1000年时间才能掌握和使用湮灭能量，2000年后才能通过多维时空进行通信。至于通过超空间跃迁进行宇宙航行，可能是5000年后的事了。至少要一万年，他们才具备加入银河系碳基文明大家庭的起码条件。"

参议员说："文明的这种孤独进化，是银河系太古时代才有的事。如果古老的记载正确，我那太古的祖先生活在一个海洋行星的深海中。在黑暗世界的无数个王朝后，一个庞大的探险计划开始了。他们发射了第一艘外空飞船，那是一个透明的浮力小球，经过漫长的路程浮上海面。当时正是深夜，小球中的先祖第一次看到了星空……你们能够想象，那对他们是怎样的壮丽和神秘啊！"

最高执政官说："那是一个让人向往的时代。一粒灰尘样的行星对先祖都是一个无限广阔的世界。在那绿色的海洋和紫色的草原上，先祖敬畏地面对群星——这感觉我们已丢失千万年了。"

"可我现在又找回了它！"参议员指着地球的影像说。它那蓝色的晶莹球体上浮动着雪白的云纹，酷似一种来自他祖先星球海洋中的美丽珍珠，"看这个小小的世界，它上面的生命体在过着自己的生活，做着自己的梦。对我们的存在，对银河系中的战争和毁灭全然不知。宇宙对他们来说，是希望和梦想的无限源泉。这真像一首来自太古时代的歌谣。"

他真的吟唱了起来。他们三人的智能场合为一体，荡漾着玫瑰色的波纹。那从遥远得无法想象的太古时代传下来的歌谣听起来悠远、神秘、苍凉，通过超空间传遍了整个银河系。在这团由上千亿颗恒星组成的星云中，数不清的生命感到了久违的温馨和宁静。

"宇宙的最不可理解之处在于它是可以理解的。"最高执政官说。

"宇宙的最可理解之处在于它是不可理解的。"参议员说。

当娃们造好那座新坟时，东方已经放亮了。老师是放在从教室拆下来的一块门板上下葬的，陪他入土的是两盒粉笔和一套已翻破的小学课本。娃们在那个小小的坟头上立了一块石板，上面用粉笔写着"李老师之墓"。

只要一场雨，石板上那稚拙的字迹就会消失。用不了多长时间，这座坟和长眠在里面的人就会被外面的世界忘得干干净净。

太阳从山后露出一角，把一抹金晖投进沉睡着的山村。在仍处于阴影中的山谷草地上，露珠闪着晶莹的光，可听到一两声怯生生的鸟鸣。

娃们沿着小路向村里走去，那一群小小的身影很快消失在山谷淡蓝色的晨雾中。

他们将活下去，为了在这块古老贫瘠的土地上收获虽然微薄但确实存在的希望。

镜子

——随着探索的深入,人们发现量子效应只是物质之海表面的涟漪,是物质更深层规律扰动的影子。当这些规律渐渐明朗时,在量子力学中飘忽不定的实在图像再次稳定下来,确定值重新代替了概率,新的宇宙模型中,本认为已经消失了的因果链再次浮现并清晰起来。

1. 追捕

宽大的办公桌旁有两个人。

"我知道首长很忙,但这事必须汇报,说真的,我从来没遇到过这种事。"桌前一位身着二级警监警服的人说,他年近五十,但身姿挺拔,脸上线条刚劲。

"继峰啊,我清楚你最后这句话的分量,三十年的老刑侦了。"

首长说,他说话的时候看着手中的一支缓缓转动的红蓝铅笔,仿佛在专心评价削出的笔尖形状。大多数时间他都是这样将自己的目光隐藏起来,在过去的岁月中,陈继峰能记起的首长直视自己的次数不超过三次,每一次都是自己一生的关键时刻。

"每次采取行动之前目标总能逃脱,他肯定预先知道。"

"这事,你不会没遇到过吧?"

"当然,要只是这个倒没什么,我们首先能想到的就是内部问题。"

"你手下的这套班子,不太可能。"

"是不可能。按您的吩咐,这个案子的参与范围已经压缩到最小,组里只有四个人,真正知道全部情况的只有两个。不过我还是怕万一,就计划召开一次会议,对参加人员逐个盘查。我让沈兵召集会议,您认识的,十一处很可靠的那个,宋诚的事就是他办的……但这时,邪门的事出现了……您,可别以为我是在胡扯,我下面说的绝对是真的。"陈继峰笑了笑,好像对自己的辩解很不好意思似的,"就在这时,他来了电话,我们追捕的目标给我来了电话!我在手机里听到他说:你们不用开这个会,你们没有内奸。而这个时刻,距我向沈兵说出开会的打算不到三十秒!"

首长手中的铅笔停止了转动。

"您可能想到了窃听,但不可能,我们的谈话地点是随意选的,在一个机关礼堂中央,礼堂里正在排演国庆大合唱,说话凑到耳根儿才能听清。后来这样的怪事接连发生,他给我们来过八次电话,每次都谈到我们刚刚说过的话或做过的事。最可怕的是,他不仅能听到一切，还能看到一切！有一次，沈兵决定对他父母家进行搜查，组里的两个人刚起身，还没走出局办公室呢，就接到他的电话，他说：'你们搜查证拿错了，我的父母都是细心人，可能以为你们是骗子呢。'沈兵掏出搜查证一看，首长，他真的拿错了。"

首长轻轻地将铅笔放在桌上，沉默着等陈继峰继续说下去，但后者好像已经说不出什么了。首长拿出一支烟，陈继峰忙拍拍衣袋找打火机，但没有找到。

桌上两部电话中的一部响了。

"是他……"陈继峰扫了一眼来电显示后低声说。首长沉着地示意了一下，他按下免提键，立刻有话音响起——声音听上去很年轻，有一种疲惫无力感：

"您的打火机在公文包里。"

陈继峰和首长对视了一下，拿起桌上的公文包翻找起来，一时没找到。

"夹在一份文件中了，就是那份关于城市户籍制度改革的文件。"目标在电话中说。

陈继峰拿出那份文件，啪的一声，打火机掉到了桌面上。

"好东西，法国都彭牌的，两面各镶有三十颗钻石，整体用钯金制成，价格……我查查，是 39960 元。"

首长没动，陈继峰却打量了一下办公室，这不是首长的办公室，而是事先在大办公楼里任意选的一间。

目标在继续显示着自己的威力："首长，您那盒中华烟还剩五根，您上衣袋中的降血脂麦非奇罗片只剩一片了，再让秘书拿些吧。"

陈继峰从桌上拿起烟盒,首长则从衣袋中掏出药的包装盒,都证实了目标所说准确无误。

"你们别再追捕我了,我现在也很难,不知道该怎么办。"目标继续说。

"我们能见面谈谈吗?"首长问。

"请您相信,那对我们双方都是一场灾难。"对方说完,电话就挂断了。

陈继峰松了一口气,现在他的话得到了证实,而让首长认为他在胡扯,比这个对手的诡异更令他不安,"见了鬼了……"他摇摇头说。

"我不相信鬼,但看到了危险。"首长说,有生以来第四次,陈继峰看到那双眼睛直视着自己。

2. 犯人和被追捕者

近郊市第二看守所。

宋诚在押解下走进这间已有六个犯人的监室,这里大部分是待审期较长的犯人。宋诚面对着一双双冷眼,看守人员出去后刚关上门,有一个瘦小的家伙就站起来走到他面前:

"板油!"他冲宋诚喊,看到后者迷惑的样子,他解释道,"这儿按规矩分成大油、二油、三油……板油,你就是最板的那个。喂,别以为是爷们儿欺负你来得晚,"他用大拇指向后指了指斜靠在墙根儿的一个满脸胡子的人,"鲍哥刚来三天,已经是大油了。像你这种烂货，虽然以前官儿不小，但现在是最板的！"他转向那人，恭敬地问，"鲍哥，怎么接待？"

"立体声。"那人懒洋洋地说。

几个躺着的犯人呼啦一下站了起来，抓住宋诚将他头朝下倒提起来，悬在马桶的上方，慢慢下降，使他的脑袋大部分伸进了马桶里。

"唱歌儿！"瘦猴命令道，"这就是立体声，就来一首同志歌曲，《左右手》什么的！"

宋诚不唱，那几个人一松手，他的脑袋完全扎进了马桶中。

宋诚挣扎着将头从恶臭的马桶中抽出来，紧接着大口呕吐起来，他现在知道，诬陷者给予他的这个角色，在犯人中都是最受鄙视的。

突然，周围兴高采烈的犯人们一下散开，飞快地闪回到自己的铺位上。门开了，刚才那名看守警察又走了进来，他厌恶地看着蹲在马桶前的宋诚说："到水龙头那儿把脑袋冲冲，有人探视你。"

宋诚冲完头后，跟着看守来到了一间宽大的办公室，探视者正在那里等着他。来人很年轻，面容清瘦，头发纷乱，戴着一副宽边眼镜，拎着一只很大的手提箱。宋诚冷冷地坐下了，没有看来人一眼。被获准在这个时候探视他，而且不去有玻璃隔断的探视室，直接到这里面对面，宋诚已基本猜出了来人是哪一方面的。但对方的第一句话让他吃惊地抬起头，大感意外：

"我叫白冰，气象模拟中心的工程师，他们在到处追捕我，和你一样的原因。"来人说。

宋诚看了来人一眼,觉得他此时的说话方式有问题:这种话应该是低声说出的,而他的声音正常高低,好像他所谈的事根本不用避人。

白冰似乎看出了他的疑惑,说:"两小时前我给首长打了电话,他约我谈谈,我没答应。然后他们就跟踪上了我,一直跟到看守所前,之所以没有抓我,是对我们的会面很好奇,想知道我要对你说些什么,现在,我们的谈话都在被窃听。"

宋诚将目光从白冰身上移开,又看着天花板。他很难相信这人,同时对这事也不感兴趣,即使他在法律上能侥幸免于一死,在精神上的死刑却已经执行,他的心已死了,此时不可能再对什么感兴趣了。

"我知道事情的全部真相。"白冰说。

宋诚的嘴角隐现一丝冷笑,没人知道真相,除了他们,但他懒得说出来了。

"你是七年前到省纪委工作的,提拔到这个位置还不足一年。"

宋诚仍沉默着,他很恼火,白冰的话又将他拉回到他好不容易躲开的回忆中。

3. 大案

自从 21 世纪初 Z 市政府首先以一批副处级岗位招聘博士以来,很多城市都效仿这种做法,后来这种招聘上升到一些省份的省政府一级,而且不限毕业年限,招聘的职位也更高。这种做法确实向外界显示了招聘者的大度和远见，但实质上只是一种华而不实的政绩工程。招聘者确实深谋远虑，他们清楚地知道，这些只会谋事不会谋人的年轻高知没有任何从政经验，一旦进入陌生险恶的政界，就会陷在极其复杂的官场迷宫中不知所措，根本不可能立足，这样到最后在职缺上不会有什么损失，产生的政绩效益却是可观的。就是这个机会，使当时已是法学教授的宋诚离开平静的校园和书斋投身政界。与他一同来的那几位不到一年就全军覆没，垂头丧气地离去，唯一的收获就是对现实的幻灭。但宋诚是个例外，他不但在政界待了下来，而且走得很好。这应归功于两个人，其一是他的大学同学吕文明，本科毕业那年宋诚考研时，吕文明则考上了公务员，依靠优越的家庭背景和自己的奋斗，十多年后成为国内最年轻的省纪委书记。是他力劝宋诚弃学从政的，这位单纯的学者刚来时，吕文明不是手把手——而是手把脚地教他走路，每一步踏在哪儿都细心指点，终于使宋诚绕过只凭自己绝对看不出来的一处处雷区，一路向上地走到今天。他要感谢的另一个人就是首长……想到这里，宋诚的心抽搐了一下。

"得承认，这一切都是你自己的选择，不能说人家没给你退路。"白冰说。

宋诚点点头，是的，人家给退路了，而且是一条光明的康庄大道。

白冰接着说："首长和你在几个月前有过一次会面，你一定记得很清楚。那是在远郊阳河边的一幢别墅里，首长一般是不在那里接见外人的。你一下车就发现他在门口迎接，这是很高的礼遇了。他热情地同你握手，并拉着你的手走进客厅。别墅客厅布置给你的第一印象一定是简单和简朴，但你错了：那套看上去有些旧的红木家具价值百万；墙上唯一一幅不起眼的字画更陈旧，细看还有虫蛀的痕迹，那是明朝吴彬的《宕壑奇姿》，从香港佳士得拍卖行以800万港币购得；还有首长亲自给你泡的那杯茶，那是中国星级茶王赛评出的五星级茶王，500克的价格是90万元。"

宋诚确实想起了白冰说的那杯茶，碧绿的茶水晶莹透明，几根精致的茶叶在这小小的清纯空间里缓缓漂行，仿佛一架古筝奏出的悠扬仙乐……他甚至回忆起自己当时的随感：要是外面的世界也这么纯净该多好啊。宋诚意识中那层麻木的帷帐一下子被掀去了，模糊的意识又聚焦起来，他瞪大震惊的双眼盯着白冰。

他怎么知道这些？这件事处于秘密之井的最底端，是隐秘中的隐秘，这个世界上知道的人加上自己不超过四个！

"你是谁？！"他第一次开口了。

白冰笑笑说："我刚才自我介绍过，只是个普通人，但坦率地告诉你，我不仅仅是知道得很多，而且我什么都知道，或者说什么都能知道，正因为这个他们也要除掉我，就像除掉你一样。"

白冰接着讲下去："首长当时坐得离你很近，一只手放在你的膝盖上，他看着你的慈祥目光能令任何一个晚辈感动，据我所知（记住，我什么都知道），他从未与谁表现得这样亲近，他对你说：年轻人，不要紧张，大家都是同志，有什么事情，只要真诚地以心换心，总是谈得开的……你有思想、有能力、有责任感和使命感，特别是后两项，在现在的年轻干部里面真如沙漠中的清泉一样珍贵啊,这也是我看重你的原因,从你身上,我看到了自己年轻时的影子啊。这里要说明一下,首长的这番话可能是真诚的,以前在工作中你与他交往的机会不是太多,但有好几次,在机关大楼的走廊上偶然相遇,或在散会后,他都主动与你攀谈几句,他很少与下级,特别是年轻的下级这样的,这些人们都看在眼里。虽然在组织会议上他从没有为你说过什么话,但他的那些姿态对你的仕途是起了很大作用的。"

宋诚又点点头,他知道这些,并曾经感激万分,一直想找机会报答。

"首长抬手向后示意了一下,立刻进来一个人,将一大摞文件材料轻轻地放到桌子上,你一定注意到,那个人不是首长平时的秘书。首长抚着那摞材料说:'就说你刚刚完成的这项工作吧,充分证明你的那些宝贵素质:如此巨量而艰难的调查取证,数据充分而翔实,结论深刻,很难相信这些只用半年时间就完成了。你这样出类拔萃的纪检干部要多一些,真是党的事业之大幸啊……'你当时的感觉,我就不用说了吧?"

当然不用说,那是宋诚一生中最惊恐的时刻,那份材料先是令他如触电似的颤抖了一下,然后就像石化般僵住了。

"这一切都是从对一宗中纪委委托调查的非法审批国有土地案的调查开始的。嗯……我记得你童年的时候,曾与两个小伙伴一起到一个溶洞探险,当地人把它叫老君洞,那洞口只有半米高,弯着腰才能进去,但里面却是一个宏伟的黑暗大厅,手电光照不到高高的穹顶,只有纷飞的蝙蝠不断掠过光柱,每一个小小的响动都能激起辽远的回声,阴森的寒气浸入你的骨髓……这就是那次调查的生动写照:你沿着那条看似平常的线索向前走,它把你引到的地方令你越来越不敢相信自己的眼睛,随着调查的深入,一张全省范围的腐败网络气势磅礴地展现在你的面前,这张网上的每一条经络都通向一个地方,一个人。现在,这份本来要上报中纪委的绝密纪检材料,竟拿在这个人的手中!对这项调查,你设想过各种最坏的情况,但眼前发生的事却是你万万没有想到的。你当时完全乱了方寸,结结巴巴地问:'这……这怎么到了您手里?'首长从容地一笑,又轻轻抬手示意了一下,你立刻得到了答案:纪委书记吕文明走进了客厅。

"你站起身,怒视着吕文明说:'你……你怎么能这样?你怎么能这样违反组织原则和纪律?'

"吕文明挥手打断你,用同样的愤怒质问道:'这事为什么不向我打个招呼?'你回答说:'你到中央党校学习的一年期间,是我主持纪委工作,当然不能打招呼,这是组织纪律!'吕文明伤心地摇摇头,好像要难过得流出泪似的:'如果不是我及时截下了这份材料,那……那是什么后果呀!宋诚啊,你这个人最要命的缺陷就是总要分出个黑和白,但现实全是灰色的!'"

宋诚长长地叹息了一声,他记得当时呆呆地看着同学,不相信这话是从他嘴里说出的,因为以前他从未表露过这样的思想,难道那一次次深夜的促膝长谈中表现出的对党内腐败的痛恨,那一次次触动雷区时面对上下左右压力时的坚定不移,那一次次彻夜工作后面对朝阳流露出的对党和国家前途充满使命感的忧虑,都是伪装?

"不能说吕文明以前欺骗了你,只能说他的心灵还从来没有向你敞开到那么深,他就像那道著名的人称火焙阿拉斯加的菜,那道爆炒冰激凌,其中的火热和冰冷都是真实的……首长没有看吕文明,而是猛拍了一下桌子,说:'什么灰色?文明啊,我就看不惯你这一点!宋诚做得非常优秀,无可指责,在这点上他比你强!'接着他转向你说:'小宋啊,就应该这样,一个人,特别是年轻人,失去了信念和使命感,就完了,我看不起那样的人。'"

宋诚当时感触最深的是:虽然他和吕文明同岁,但首长只称他为年轻人,而且反复强调,其含义很明显:跟我斗,你还是个孩子。而宋诚现在也不得不承认这一点。

"首长接着说:'但,年轻人,我们也应该成熟起来。举个例子来说,你这份材料中关于恒宇电解铝基地的问题,确实存在,而且比你已调查出来的还严重,因为除了国内,还涉及外资方勾结政府官员的严重违法行为。一旦处理,外资肯定撤走,这个国内最大的电解铝企业就会瘫痪。为恒宇提供氧化铝原料的桐山铝钒土矿也要陷入困境;然后是橙林核电厂,由于前几年电力紧张时期建设口子放得太大,现在国内电力严重过剩,这座新建核电厂发出的电主要供电解铝基地使用,恒宇一倒,橙林核电厂也将面临破产;接下来,为橙林核电提供浓缩铀的照西口化工厂也将陷入困境……这些,将使近700亿的国家投资无法收回,三四万人失业,这些企业就在省城近郊,这个中心城市必将立刻陷入不稳定之中……上面说的恒宇的问题还只是这个案件的一小部分,这庞大的案子涉及正省级1人、副省级3人、厅局级215人、处级614人,再往下不计其数。省内近一半经营出色的大型企业和最有希望的投资建设项目都被划到了圈子里，盖子一旦揭开，这就意味着全省政治经济的全面瘫痪！而涉及面如此之广的巨大动作，会产生什么其他更可怕的后果还不得而知，也无法预测，省里好不容易得到的政治稳定和经济良性增长的局面将荡然无存，这难道对党和国家就有利？年轻人，你现在不能延续法学家的思维，只要法律正义得到伸张，哪管它洪水滔天！这是不负责任的。平衡，历史都是在各种因素间建立的某种平衡中发展到今天的，不顾平衡一味走极端，在政治上是极其幼稚的表现。'

"首长沉默后，吕文明接着说：'这个事情，中纪委那方面我去办；你，关键要做好专案组那几个干部的工作。下星期我会中断党校学习，回来协助你……'

"'混账！'首长再次猛拍桌子，把吕文明吓得一抖。'你是怎么理解我的话的？你竟认为我是让小宋放弃原则和责任！文明啊，这么多年了，你从心里讲，我是这么一个没有党性没有原则的人吗？你什么时候变得这么圆滑？让人伤心啊。'然后首长转向你：'年轻人，在这件事上，你们前面的工作做得十分出色，一定要顶住干扰和压力坚持下去，让腐败分子得到应有的惩罚！案情触目惊心啊，放过他们，无法向人民交代，天理也不容！我刚才讲的你决不能当成负担，我只是以一个老党员的身份提醒你，要慎重，避免出现不可预测的严重后果，但有一点十分明确，那就是这个腐败大案必须一查到底！'首长说着，拿出了一张纸，郑重地递给你：'这个范围，你看够吗？'"

宋诚当时知道，他们也设下了祭坛，要往上放牺牲品了。他看了一眼那个名单，够了，真的够了，无论从级别上还是从人数上，都真的够了。这将是一个震惊全国的腐败大案，而他宋诚，将随着这个案件的最终告破而成为国家级反腐英雄，将作为正义和良知的化身而被人民敬仰。但他心里清楚，这只是蜥蜴在危急时刻自断的一条尾巴，蜥蜴跑了，尾巴很快还会长出来。他当时看着首长盯着自己的样子，一时间真想到了蜥蜴，浑身一颤。但宋诚也知道他害怕了，自己使他害怕了，这让宋诚感到自豪，正是这自豪，一时间使他大大高估了自己的力量，更由于一个理想主义者血液中固有的某种东西，他做出了致命的选择。

"你站起身来，伸出双手拿起了那摞材料，对首长说：'根据党内监督条例规定，纪委有权对同级党委的领导人进行监督，按组织纪律，这材料不能放在您这里，我拿走了。'吕文明想拦你，但首长轻轻制止了他，你走到门口时听到同学在后面阴沉地说：'宋诚，过分了。'首长一直送你到车上，临别时他握着你的手缓缓地说：'年轻人，慢走。'"

宋诚后来才真正理解这句话的深长意味：慢走，你的路不多了。

4. 宇宙大爆炸

"你到底是谁？！"宋诚充满惊恐地看着白冰，他怎么知道这么多？绝对没人能知道这么多！

"好了，我们不回忆那些事了。"白冰一挥手中断了讲述，"我说说事情的来龙去脉吧，以解开你的疑问——你……你知道宇宙大爆炸吗?"

宋诚呆呆地看着白冰,他的大脑一时还难以理解白冰最后那句话。后来,他终于做出了一般人的正常反应,笑了笑。

"是的是的,我知道太突兀了,但请相信我没有毛病,要想把事情讲清楚,真的得从宇宙诞生的大爆炸讲起!这……妈的,怎么才能向你说清楚呢?还是回到大爆炸吧。你可能多少知道一些,我们的宇宙诞生于200亿年前的一次大爆炸,在一般人的想象中,那次创世爆炸像漆黑空间中一团怒放的焰火,但这个图像是完全错误的:大爆炸之前什么都没有,包括时间和空间,都没有,只有一个奇点,一个没有大小的点,这个奇点急剧扩张开来,形成了我们今天的宇宙,现在一切的一切,包括我们自己,都来自于这个奇点的扩张,它是万物的种子!这理论很深,我也搞不太清楚,与我们这事有关的是这一点:随着物理学的进步,随着弦论之类的超级理论的出现,物理学家们渐渐搞清了那个奇点的结构,并且给出了它的数学模型,与这之前量子力学的模型不同,如果奇点爆炸前的基本参数确定,所生成的宇宙中的一切也就都确定了,一条永不中断的因果链贯穿了宇宙中的一切过程……嗨,真是,这些怎么讲得清呢?"

白冰看到宋诚摇摇头,那意思或是听不懂,或是根本不想听下去。

白冰说:"我说,还是暂时不要想你那些痛苦的经历吧。其实,我的命运比你好不到哪里去。刚才介绍过,我是一个普通人,但现在被追杀,下场可能比你还惨,就因为我什么都知道。如果说你是为使命和信念而献身,我……我他妈的纯粹是倒霉!倒了八辈子霉!所以比你更惨。"

宋诚悲哀的目光表达了一个明确的意思:没有人会比我惨。

5. 诬陷

在与首长会面一个星期后,宋诚被捕了,罪名是故意杀人。

其实,宋诚知道他们会采用非常规手段对付自己,对于一个知道得这么多又在行动中的人,一般的行政和政治手段都不保险了,但他没有想到对手行动这样快,出手又这样狠。

死者罗罗是一个夜总会的舞男,死在宋诚的汽车里,车门锁着,从内部无法打开,车内扔着两罐打火机用的丙烷气,罐皮都被割开了口子,里面的气体全部蒸发,受害人就是因车内的高浓度丙烷气中毒而死的。死者被发现时,手中握着已经破碎的手机,显然是想用它来砸破车窗玻璃。

警方提供的证据很充分,有长达两个小时的录像证明宋诚与罗罗已有三个多月的不正常交往,最为有力的证据是罗罗死前给110打的一个报警电话。

罗罗:"……快!快来!我打不开车门!我喘不上气,我头疼……"

110:"你在哪里?把情况说清楚些!"

罗罗:"……宋……宋诚要杀我……"

……

事后,在死者手机上发现一小段通话录音,里面是宋诚和受害人的几句对话：

宋诚："我们既然已走到了这一步，你就和许雪萍断了吧。"

罗罗："宋哥，这何必呢？我和许姐只是男女关系嘛，影响不了咱们的事，说不定还有帮助呢。"

宋诚："我心里觉得别扭，你别逼我采取行动。"

罗罗："宋哥，我有我的活法儿。"

……

这是十分专业的诬陷，其高明之处就在于，警方掌握的证据几乎百分之百是真实的。

宋诚确实与罗罗有长时间的交往，这种交往是秘密的，要说不正常也可以，那两段录音都不是伪造的，只是后面那段被曲解了。

宋诚认识罗罗是由于许雪萍的缘故，许是昌通集团的总裁，与腐败网络的许多节点都有着密切的经济关系，对其背景和内幕了解很深。宋诚当然不可能直接从她嘴里得到任何东西，但他发现了罗罗这个突破口。

罗罗向宋诚提供情况绝不是出于正义感，在他眼里，世界早就是一块擦屁股纸了，他是为了报复。

这个笼罩在工业烟尘中的内地城市，虽然人均收入排在全国同等城市的最后，却拥有多家国内最豪华的夜总会。首都的那些高干子弟，在京城多少要注意一些影响，不可能像民间富豪那样随意享乐，就在每个周末驱车沿高速公路疾驶四五个小时，来到这座城市消磨荒淫奢靡的两天一夜，在星期天晚上又驱车赶回北京。罗罗所在的蓝浪夜总会是最豪华的一家，这里点一首歌最低三千元，几千元一瓶的马爹利和轩尼诗一夜能卖出两三打。但蓝浪出名的真正原因并不在于此，而是因为它是一家只接待女客的夜总会。

与其他的同伴不同，罗罗并不在意其服务对象给的多少，而在意给的比例。如果是一个年收入仅二三十万元的外资白领（在蓝浪他们是罕见的穷人），给个几百元他也能收下。但许姐不同，她那几十亿元的财富在过去的几年中威震江南，现在到北方来发展也势如破竹，但在交往几个月后，扔出四十万元就把他打发了。让许姐看上不容易，要放到同伴们身上，用罗罗的话说他们要美得肝儿疼了。但罗罗不行，他对许雪萍充满了仇恨。那名高级纪检官员的到来让他看到了报复的希望，于是他施展自己这方面的能力，又和许姐联系上了。平时许雪萍对罗罗嘴也很严，但他们在一起喝多或吸多了时就不一样了。同时，罗罗是个很有心计的人，许多时候，他会选黎明前最黑暗的时候，从熟睡的许姐身边无声地爬起来，在她的随身公文包和抽屉里寻找自己和宋诚需要的东西，用数码相机拍下来。

警方手中那些证明宋诚和罗罗交往的录像，大都是在蓝浪的大舞厅拍的，往往首先拍的是舞台，上面一群妖艳的年轻男孩在疯狂地摇滚着，镜头移动，显示出那些服饰华贵的女客人，在幽暗中凑在一起，对着台上指指点点，不时发出暧昧的笑声。最后镜头总是落到宋诚和罗罗身上，他们往往坐在最后面的角落里，头凑在一起密谈着，显得很亲密。作为唯一的男客，宋诚自然显得很突出……宋诚实在没有办法，大多数时间他只能在蓝浪找到罗罗。舞厅的光线总是很暗，但这些录像十分清晰，显然使用了高级的微光镜头，这种设备不是一般人能拥有的。这么说，他们从一开始就注意到自己了,这令宋诚看到与对手相比自己是何等的不成熟。

这天,罗罗约宋诚通报最新的情况,宋诚在夜总会见到罗罗时,他一反常态,要到他的车里谈,谈完后,他说现在身体不舒服,不想上去了,上去后老板肯定要派事儿,想在宋诚的车里休息一会儿。宋诚以为他的毒瘾又来了,但也没有办法,只好将车开回机关,把车停在机关大楼外面,自己到办公室去处理一些白天没干完的工作,罗罗就待在车里。四十多分钟后他下来时,已经有人发现罗罗死在充满丙烷气味的车里。车门只有宋诚能从外面打开。后来,公安系统参与此案侦查的一位密友告诉宋诚,他的车门锁没有任何被破坏的痕迹,从其他方面也确实能够排除还有其他凶手的可能性。这样,人们理所当然地认为是宋诚杀了罗罗,而宋诚则知道只有一个可能:那两个丙烷罐是罗罗自己带进车里的。

这让宋诚彻底绝望了,他放弃了洗清自己的努力:如果一个人以自己的生命为武器来诬陷他,那他是绝对逃不掉的。

其实,罗罗的自杀并不让宋诚觉得意外,他的 HIV 化验呈阳性。但罗罗以一死来陷害自己,显然是受人指使的,那么罗罗得到了什么样的报酬?那些钱对他还有什么意义?他是为谁挣那些钱?也许报酬根本就不是钱,那是什么?除了报复许雪萍,还有什么更强烈的诱惑或恐惧能征服他吗?这些宋诚永远不可能知道了,但他由此进一步看到了对手的强大和自己的稚嫩。

这就是他为人所知的一生了:一个高级纪检干部,生活腐化变态,因同性恋情杀被捕,他以前在男女交往方面的洁身自好在人们眼里反倒成了证据之一……一只被人群踏死的臭虫,他的一切很快就将消失得干干净净,即使偶尔有人想起他,也不过是想起了一只臭虫。

现在宋诚知道,他以前之所以做好了为信念和使命牺牲的准备,是因为根本就不明白牺牲意味着什么。他曾想当然地把死作为一条底线,现在才发现,牺牲的残酷远在这条底线之下。在进行搜查时他被带回家一次,当时妻子和女儿都在家,他向女儿伸出手去,孩子厌恶地惊叫一声,扑在妈妈的怀里缩到墙角。她们投向自己的那种目光他只见过一次,那是一天早晨,他发现放在衣柜下的捕鼠夹夹住了一只老鼠,他拿起夹子让她们看那只死鼠……

"好了,我们暂时把大爆炸和奇点这些抽象的东西放到一边,"白冰打断了宋诚痛苦的回忆,将那只大手提箱提到桌面上,"看看这个。"

6. 超弦计算机、终极容量和镜像模拟

"这是一台超弦计算机,是我从气象模拟中心带出来的,你说偷出来的也行,我全凭它摆脱追捕了。"白冰拍着那只箱子说。

宋诚将目光移到箱子上,显得很迷惑。

"这是很贵的东西,目前在省里还只有两台。根据超弦理论,物质的基本粒子不是点状物,而是无限细的一维弦,在十一维空间中振动,现在,我们可以操纵这根弦,沿其一维长度存储和处理信息,这就是超弦计算机的原理。

"在传统的电子计算机中的一块CPU,或一条内存,在超弦机

中只是一个原子！超弦电路是基于粒子的十一维微观空间结构运行的，这种超空间微观矩阵，使人类拥有了几乎无限的运算和存储能力。将过去的巨型计算机同超弦机相比，就如我们的十根手指头同那台巨型机相比一般。超弦计算机具有终极容量，终极容量啊，就是说，它可以将已知宇宙中的每一个基本粒子的状态都存储起来并进行运算，就是说，如果是基于三维空间和一维时间，超弦机能够在原子级别上模拟整个宇宙……"

宋诚交替地看着箱子和白冰，与刚才不同，他似乎在很注意地听白冰的话，其实他是在努力寻找一种解脱，让这个神秘来人的这番不着边际的话，将自己从那痛苦的回忆中解脱出来。

白冰说："很抱歉我说了这么多莫名其妙的话，大爆炸奇点超弦计算机什么的，与我们面对的现实好像八竿子打不着，但要把事情解释清楚，就绕不开这些东西。下面谈谈我的专业吧：我是个软件工程师，主要搞模拟软件，也就是建立一个数学模型，在计算机里让它运行，模拟现实世界中的某种事物或过程。我是学数学的，所以建模和编程都搞，以前搞过沙尘暴模拟、黄土高原水土流失模拟、东北能源经济发展趋势模拟等，现在搞大范围天气模拟。我很喜欢这个工作，看着现实世界的某一部分在计算机内存中运动演化，真是一件很有意思的事。"

白冰看看宋诚，后者的双眼正一动不动地盯着他，似乎仍在注意听着，于是他接着说下去："你知道，物理学在近年来连续地大突破，很像上世纪初那阵儿，现在，只要给定边界条件，我们就可以拨开量子效应的迷雾，准确地预测单个或一群基本粒子的运动和演化。注意我说的一群,如果群里粒子的数量足够大,它就构成了一个宏观物体,也就是说,我们现在可以在原子级别上建立一个宏观物体的数学模型。这种模拟被称为镜像模拟,因为它能百分之百地准确再现模拟对象的宏观过程,如同为宏观模拟对象建立了一个数字镜像。打个比方吧:如果用镜像模拟方式为一个鸡蛋建立数学模型,也就是将组成鸡蛋的每一个原子的状态都输入模型的数据库,当这个模型在计算机中运行时,如果给出的边界条件合适,内存中的那个虚拟鸡蛋就会孵出小鸡来,而且那只内存中的虚拟小鸡,与现实中的那个鸡蛋孵出的小鸡一模一样,连每一根毛尖都不会差一丝一毫!你往下想,如果这个模拟目标比鸡蛋再大些呢?大到一棵树、一个人、很多人;大到一座城市、一个国家,甚至大到整个地球?"白冰说到这里激动起来,开始手舞足蹈,"我是一个狂想爱好者,热衷于在想象中把一切都推向终极,这就让我想到,如果镜像模拟的对象是整个宇宙会怎么样?!"白冰进入一种不能自已的亢奋中,"想想,整个宇宙!奶奶的,在一个计算机内存中运行的宇宙!从诞生到毁灭……"

白冰突然中断兴奋的讲述,警觉地站了起来,这时门无声地开了,走进两个神色阴沉的男人,其中一位稍年长些的对着白冰抬抬双手,示意他照着做,白冰和宋诚都看到了他敞开的夹克中的手枪皮套,白冰顺从地举起双手,年轻的那位上前在他的身上十分仔细地上下轻拍了一遍,然后对年长者摇摇头,同时将那只大手提箱从桌上提开,放到离白冰远一些的地方。

年长者走到门口,对外面做了一个"请"的手势,又进来三个人，第一个人是市公安局局长陈继峰，第二人是省纪委书记吕文明，最后进来的是首长。

年轻人拿出了一副手铐，但吕文明冲他摇了摇头，只见陈继峰将头向门的方向微微偏了一下，两个便衣警察走了出去，其中一人走前从办公桌桌腿上取下一个小东西放进衣袋，显然是窃听器。

7. 初始条件

白冰脸上丝毫没有意外的表情，他淡淡一笑说："你们终于抓到我了。"

"准确地说是自投罗网，得承认，如果你真想逃，我们是很难抓到你的。"陈继峰说。

吕文明表情复杂地看了宋诚一眼，欲言又止。首长则缓缓地摇摇头，语气沉重地低声道："宋诚啊，你，怎么堕落到这一步呢……"他双手撑着桌沿长久地默立着，眼睛有些湿润，谁看到都不会怀疑他的悲哀是不真诚的。

"首长，在这儿就不必演戏了吧。"白冰冷眼看着这一切说。

首长没有动。

"诬陷他是您策划的。"

"证据？"首长仍没有动，从容地问。

"那次会面后，关于宋诚您只说过一句话，是对他说的。"白冰指指陈继峰，"'继峰啊，宋诚的事你当然知道意味着什么，还是认真办一办吧。'"

"这能证明什么？"

"从法律意义上当然证明不了什么，这是您的精明和老练之处，即使是密谈都深藏不露。但他，"白冰又指了指陈继峰，"却领会得很准确，他对您的意思一直领会得很准确，对宋诚的诬陷是他指示刚才那两个人中的一个具体干的，那人叫沈兵，是他手下最得力的人，整个过程可是一个复杂的大工程，我就不用细说了吧。"

首长缓缓转过身来，在办公桌边的一把椅子上坐下，两眼看着地板说："年轻人，必须承认，你的突然出现有许多令人吃惊的地方，用陈局长的话说叫见鬼了。"他沉默了一会儿后，语气变得真诚起来，"说明你的真实身份吧，如果你真是上级派来的，请相信，我们是会协助工作的。"

"不是，我多次声明自己是个普通人，身份就是你们已经查明的那样。"

首长点点头，看不出白冰的话让他感到欣慰还是更加忧虑。

"坐，都坐吧。"首长对仍站着的吕、陈二人挥挥手，然后伏身靠近白冰，郑重地说："年轻人，今天，我们把一切都彻底讲清楚，好吗？"

白冰点点头："这也是我的打算。我，从头说起吧。"

"不，不用，你刚才对宋诚说的那些我们都听到了，就从中断处接着说吧。"

白冰语塞，一时想不起刚才说到哪儿了。

"在原子级别模拟整个宇宙。"首长提醒他，看到白冰仍然不知如何说起，他便自己接着说下去，"年轻人，我认为你这个想法是不可能实现的。不错，超弦计算机具有终极容量，为这种模拟运算提供了硬件基础,但,你想过初始状态的问题吗?对宇宙的镜像模拟必须从某个初始状态开始,也就是说,要在模拟开始时的某个时间断面上,将宇宙的全部原子的状态一个一个地输入计算机,以在原子级别上构建一个初始宇宙模型,这可能吗?别说是宇宙了,就是你说的那个鸡蛋都不可能,构成它的原子数比有史以来出现过的所有鸡蛋的数量都要大几个数量级,甚至一个细菌都不可能,它的原子数也是令人望而生畏的。退一步说,就算动用了难以想象的人力和物力,将细菌甚至鸡蛋这类小物体的初始状态从原子级别上输入计算机,那么它们运动和演化所需要的边界条件呢?比如鸡蛋孵出小鸡所需要的温度、湿度等,这些边界条件在原子级别上的数据量同样大得不可想象,甚至可能要大于模拟对象本身。"

"您能对技术问题进行如此描述,我很敬佩。"白冰由衷地说。

"首长是高能物理专业的高才生,是改革开放恢复学位后国内的第一批物理学硕士之一。"吕文明说。

白冰对吕文明点点头,又转向首长:"但您忘了,存在着那样一个时间断面,宇宙是十分简单的,甚至比鸡蛋和细菌都简单,比现实中最简单的东西都简单,因为它那时的原子数是零,没有大小,没有结构。"

"大爆炸奇点?"首长飞快接上话,几乎没有空隙,显示出他沉稳迟缓的外表下灵敏快捷的思维。

"是的,大爆炸奇点。超弦理论已经建立了完善的奇点模型,我们只需要将这个模型用软件实现,输入计算机运算就可以了。"

"是这样,年轻人,真是这样。"首长站起身,走到白冰身边拍拍他的肩膀，显出了少有的兴奋，对刚才的那番对话不甚了了的陈继峰和吕文明则用迷惑的目光看着他。

"这是你从那个科研中心拿出来的超弦计算机吗？"首长指着那只大手提箱问。

"偷出来的。"白冰说。

"呵，没关系，宇宙大爆炸的镜像模拟软件一定在里面吧？"

"是的。"

"做做看。"

8. 创世游戏

白冰点点头，把箱子提到桌面上打开了它。除了显示设备外，箱子里还装着一个圆柱体容器，超弦计算机的主机其实只有一个烟盒大小，但原子电路需要在超低温下运行，所以主机浸在这个绝热容器里的液氮中。白冰将液晶显示器支起来，动了一下鼠标，处于休眠状态下的超弦计算机立刻苏醒，液晶屏亮起来，像睁开了一只惺忪的睡眼，显示出一个很简单的界面，仅由一个下拉文本框和一个小小的标题组成，标题是：请选择创世起爆参数。

白冰点了一下文本框旁边的箭头，下拉出一行行数据组，每组有十几个数据项，各行看上去差别很大，"奇点的性质由十八个参数确定，参数的组合原则上是无限的，但根据超弦理论的推断，能够产生创世爆炸的参数组的数量是有限的，但有多少组目前还是个谜。这里显示的是其中的一小部分，我们随便选一组吧。"

白冰选中一组参数后，屏幕立刻变成了乳白色，正中凸现了两个醒目的大按钮：

引爆、取消。

白冰点了引爆按钮，屏幕上只剩下一片乳白，"这白色象征虚无，这时没有空间，时间也还没有开始，什么都没有。"

屏幕的左下角出现了一个红色数字"0"。

"这个数字是宇宙演化的时间，0的出现说明奇点已经生成，它没有大小，所以我们看不到。"

红色数字开始飞快增长。

"注意，宇宙大爆炸开始了。"

屏幕中央出现了一个蓝色的小点，很快增大为一个球体，发出耀眼的蓝光。球体急剧膨胀，很快占满了整个屏幕，软件将视野拉远，球体重新缩为遥远处的一点，但爆炸中的宇宙很快又充满了整个屏幕。这个过程反复重复着，频率很快，仿佛是一首宏伟乐曲的节拍。

"宇宙现在正处于暴胀阶段，它的膨胀速度远超过光速。"

随着球体膨胀速度的降低，视野拉开的频率渐渐慢下来，随着能量密度的降低，球体的颜色由蓝向黄红渐变，后来宇宙的色彩在红色上固定下来，并渐渐变暗，屏幕上的视野不再拉远，变成黑色的球体在屏幕上缓慢地膨胀着。

"好，现在距大爆炸已经100亿年了，这个宇宙处于稳定的演化阶段，我们进去看看吧。"白冰说完动了动鼠标，球体迅速前移，屏幕完全黑了下来，"好，现在我们就在这个宇宙的太空中了。"

"什么也没有啊？"吕文明说。

"我们看看……"白冰说着，按动鼠标右键弹出了一个很复杂的界面，一个程序开始统计这个宇宙中的物质总量，"呵，这个宇宙中只有十一个基本粒子。"他又调出了一大堆信息仔细读着，"有十个粒子结成了五个粒子对，互相环绕对方运行，不过每个粒子对中的两个粒子相距几千万光年，要上百万年才能相对运动一毫米；还有一个粒子是自由的。"

"十一个基本粒子？！说了半天还是什么都没有。"吕文明说。

"有空间啊，近千亿光年直径的空间！还有时间，100亿年的时间！时空是最实在的存在！要说这个宇宙，还是创造得比较成功的，以前创造的相当多的宇宙连空间都很快湮灭了，只剩时间。"

"无聊。"陈继峰"哼"了一声，转身不再看屏幕。

"不，很有意思，"首长高兴地说，"再来一次。"

白冰退回到引爆界面，重选了一组参数，再次启动了大爆炸。这个新宇宙诞生的过程看上去与刚才基本相同，也是一个在膨胀中渐渐暗下来的球体。在创世后的150亿年，球体完全变黑，宇宙的演化稳定下来，白冰让视点进入宇宙内部，这时，连最不感兴趣的陈继峰也惊叹起来。广漠的黑色太空下，一张银色的大膜向各个方向延伸至无穷远处，大膜上点缀着各种色彩的小球体，像滚动在广阔镜面上的多彩露珠。

白冰又调出了分析界面，看了一会儿后说："运气好，这是一个丰富多彩的宇宙，半径约400亿光年，其中一半是液体，一半是空间。也就是说，这个宇宙就是一个深度和表面半径都是400亿光年的大洋！宇宙中的固体星球就浮在洋面上！"白冰将画面推向洋面，可以看到银色的洋面在缓缓波动着，画面中出现了一个星球的近景，"这个漂浮着的星球有……我看看，木星那么大吧，啊，它还在自转哪！看它表面的那些山脉，在出水和入水时是何等的壮观！我们就把这液体叫水吧。看那被山脉甩到轨道上的水，在洋面形成了一个半圆的彩虹环呢！"

"是很美，但这个宇宙是违反物理学基本定律的。"首长看着屏幕说，"别说400亿光年深的海洋，就是四光年，那水体也早在引力下坍缩成黑洞了。"

白冰摇摇头说："您忘了最基本的一点：这不是我们的宇宙，这个宇宙有自己的一套物理定律，与我们宇宙中的完全不同。在这个宇宙中，万有引力常数、普朗克常数、光速等基本物理常数与我们的宇宙完全不同；在这个宇宙中，一加一甚至都不等于二。"

在首长的鼓励下，白冰继续演示下去，第三个宇宙被创造出来，进入其中后，屏幕上出现了一堆极其混乱的色彩和形状，白冰立刻将它关掉了："这是一个六维宇宙，我们无法观察它，其实大多数情况都是这样，我们创造的前两个都是三维宇宙只是运气好而已，宇宙从高能状态冷却后，被释放到宏观的维数为三的概率只有3∶11。"

第四个宇宙出现时，所有的人都很迷惑：宇宙呈现一个无际的黑色平面，有无数根银光闪闪的直线与黑色平面垂直相交。看过分析数据后，白冰说："这个宇宙与上面相反，维数比我们的低，是一个二点五维的宇宙。"

"二点五维？"首长很吃惊。

"您看，这个黑色的没有厚度的二维平面就是这个宇宙的太空，直径约5000亿光年；那些与平面垂直的亮线就是太空中的恒星，它们都有几亿光年长，但无限细，只有一维。分数维的宇宙很少见，我要把这组创世参数记下来。"

"有个问题，"首长说，"如果你用这组参数再次启动大爆炸，所得到的宇宙与这个完全一样吗？"

"是的，一样，而且其演化过程也完全一样，一切在大爆炸时就决定了，您看，物理学穿过量子迷雾之后，宇宙又显示出了因果链和决定论的本性。"白冰依次看看每个人，郑重地说，"我请各位都牢记这一点，如果要理解我们后面将要面对的那些可怕的事，这是关键。"

"真的很有意思，做上帝的体验，超脱而空灵，很长时间没有这种感觉了！"首长感叹道。

"我的感觉同您一样，"白冰离开了计算机，站起来来回踱步，"所以，我就一遍又一遍地玩着创世游戏，到现在为止，我已经启动了1000多次大爆炸，那1000多个宇宙，其神奇壮观，很难用语言形容，我像吸毒似的上了瘾……本来我可以这样一直玩儿下去，我们之间将永远素不相识，不会有任何关系，我们双方的生活都会按正常的轨迹进行下去，但……唉，真他妈的……那是今年年初一个下雪的晚上，已经午夜两点了，很静很静，我启动了那天的最后一次大爆炸，在超弦计算机中诞生了第1207号宇宙，就是这一个……"

白冰回到计算机前，将文本框下拉到底，选择了最后的一组创世参数，启动了宇宙大爆炸。新生的宇宙在蓝光中急剧膨胀后熄灭为黑色。白冰移动鼠标,在创世之后的190亿年进入了这个他编号为"1207"的宇宙。

这一次,屏幕上出现了灿烂的星海。

"'1207'的半径约200亿光年,宏观维数是三;这个宇宙中,万有引力常数是1.67×10^{-11},真空中的光速是30万公里/秒;这个宇宙中,电子电量是1.602×10^{-19}库仑;这个宇宙中,普朗克常数是6.626……"白冰凑近首长,用令人胆寒的目光逼视着他,"这个宇宙中,一加一等于二。"

"这是我们的宇宙。"首长点点头,他仍很沉着,但额头有些潮湿了。

9. 历史检索

"得到1207号宇宙后,我花了一个多月的时间做了一个搜索引擎,以模式识别为基础。然后,我就从天文资料中查到银河系与仙女座、大小麦哲伦等相邻星系的几何构图,在全宇宙范围内查询这种构图,得到了8万多个结果。下一步我就在这个范围内,用银河系和邻近星系本身的形状进行查询,很快在宇宙中定位了银河系。"以漆黑的太空为背景,一个银色的大旋涡在屏幕上显示出来,"太阳的定位就更容易了,我们已经知道它在银河系中的大致范围——"白冰用鼠标在大旋涡的一条旋臂顶端拉出一个小矩形框,"仍用模式识别的方法,在这个范围中很快就定位了太阳。"屏幕上出现了一个耀眼的光球,光球周围环绕着一个雾蒙蒙的大环,"哦,这时太阳系的行星还没有诞生,这个星际尘埃构成的环就是构成它们的原材料。"白冰在屏幕下方调出了一个滚动条,"看,用这个来移动时间,"他将滑块缓缓前移,越过了两亿年的漫漫时光,太阳周围的尘埃环消失了,"现在八大行星已经诞生。这是真实尺度的图像,不是天象演示,所以找到地球还要费些事,我把以前存储的坐标调出来吧。"于是,原始地球在屏幕上出现了,一个灰蒙蒙的球体,白冰转动鼠标的滚轮,"我们降低高度,好,现在,大约是一万米高吧。"下面大陆仍笼罩在迷雾之中,但雾中纵横交错的发着红光的网线显现出来,像胚胎上的血管,白冰指着那些网线说,"这是岩浆河,"他继续转动鼠标滚轮,穿过浓浓的酸雾,褐色的海面出现了,紧接着视点扎入海中,一片浑浊,有几个微小的悬浮物,它们大多是圆形的,也有其他较复杂的形状,与其他悬浮物最明显的区别是,它们自己在运动,而不是随水流漂移,"生命,刚出现的生命。"白冰用鼠标点点那些微小的东西说。他很快地反向转动滚轮,将视点重新升到太空中,再次显示出古地球的全貌,然后移动时间滚动条,亿万年时光又飞逝而过,笼罩在地球表面的浓雾消失了,海洋在变蓝,大陆在变绿,后来,巨大的冈瓦纳古陆像初春的冰块分崩离析,"如果愿意,我们可以看到生命进化的全过程,包括几次大灭绝和随之而来的生命大爆发,但是算了吧,省些时间,我们就要看到关系到咱们命运的谜底了。"古陆的各个碎块继续漂移,终于,一幅熟悉的世界构图出现了。白冰改变了时间滚动条的比例,开始以较慢的速度移动时间,并在一点停住了,"好了,在这里,人类出现了。"他又将滑块小心地向前移动一小段,"现在,文明出现了。"

"对于上古的历史,一般只能宏观地看看,检索具体事件不太容易,具体人物就更难了。一般的历史检索是靠两个参数:地点和时间,这两点在上古历史记载中很难准确,我们做一次看看吧,来,我们下去了!"白冰说着,将鼠标在地中海范围的一个位置双击了一下,视点高度令人目眩地急剧降低,最后,一个荒凉的海滩出现了,黄沙的尽头,是一片连绵的橄榄丛。

"古希腊时代的特洛伊海岸。"白冰说。

"那……你能移到木马屠城的时间吗?"吕文明兴奋地问。

"从来就没有过什么木马。"白冰淡淡地说。

陈继峰点点头:"那种东西像儿戏,在实际的战争中是不可能的。"

"从来没有过特洛伊战争。"白冰说。

首长很惊奇:"这么说,特洛伊城是因为别的原因毁灭的?"

"从来没有过特洛伊城。"

另外三个人惊奇地面面相觑。

白冰指着屏幕说:"现在显示的就是应该发生那场战争时特洛伊海岸的真实情景,我们再前后移动五百年……"白冰小心地微移鼠标,屏幕上的海岸在白昼和黑夜的高频转换中急剧闪动,树丛的形状也在飞快变化,沙滩的尽头闪过几座小棚屋,时而还能看到几个一闪而过的小小的人影,棚屋时多时少,但最多时也没有超过一个村庄的规模,"看到了吗?伟大的特洛伊城只在那些游吟诗人的想象中存在过。"

"怎么会呢?"吕文明惊叫起来,"21世纪初有考古发现证实过啊!当时还挖出了……阿伽门农的黄金面具。"

"阿伽门农的面具?"白冰大笑一声。

"随着历史记载的增多和更加准确,往后的检索就越来越容易,再做一次。"

白冰将视点升回地球轨道,这次他没有使用鼠标,而是手工输入了时间和地理坐标,视点向亚洲西部降落。很快,屏幕上显示出一片沙漠,在一处红柳丛的阴影下躺着几个人,他们穿着破旧的粗布袍,皮肤黝黑,头发很长且被沙尘和汗水弄成一缕缕的,远远看去像一堆破烂的废弃物。白冰说:"这里离村庄不远,但鼠疫流行,他们不敢去。"有一个身形瘦长的人坐了起来,四下看看,确认别人都睡熟了后,拿起旁边一个人的羊皮水囊喝了一通,又从另一个人的破行囊中拿出一块饼,掰下三分之一放到自己的包里,随后满意地躺下了。

"我用正常速度运行了两天,看到他五次偷别人的水喝,三次偷别人的饼。"白冰用鼠标点着那个刚躺下的人说。

"他是谁?"

"马可·波罗。检索到他可不容易,关押他的那个热那亚监狱的地点和时间都比较准确,我在那里定位了他,随后往回跟踪他经历了那次海战,提取了一些特征点,又往回跳过一大段时间跟到这里,这是在那时的波斯、现在的伊朗巴姆市附近,不过都白费劲儿了。"

"那他是在去中国的路上了,你应该能跟着他进入忽必烈的宫殿。"吕文明说。

"他没有进入过任何宫殿。"

"你是说,他在中国期间只是在民间待着?"

"马可·波罗根本就没有来过中国,前面更加险恶的漫漫长路吓住了他,他们就在西亚转悠了几年,后来这人把从那里道听途说来的传闻讲给了那位作家狱友,后者写成了那本伟大的游记。"

三个人再次惊奇地面面相觑。

"再往后,检索具体的人和事就更加容易了,再来一次,到近代吧。"

在一间很暗的大屋子里,一张很宽的木桌子上铺着一张大地图,桌旁围着几个身着清朝武官服的人,看不清他们的面容。

"这是北洋海军提督府的一次会议。"

有一个人在说话,画面传出的声音很模糊,且南方口音重,听不懂。白冰解释说:"这个人说,在近海防御中,不要一味追求大炮巨舰,就这么点儿钱,与其从西洋购买大吨位铁甲舰,不如买更多数量的蒸汽鱼雷快艇,每艘艇上可装载四至六枚瓦斯鱼雷,构成庞大的快艇攻击群,用灵活机动的航线避开日舰舰炮火力,抵近攻击……我曾请教过多位海军专家和战史研究者,他们一致认为,如果在当时这人的想法得以实施,北洋水师将是甲午海战中的胜利者。这人的高明和超前之处在于,他是海战史上最早从新式武器的出现发现传统大炮巨舰主义缺陷的人。"

"他是谁?邓世昌?"陈继峰问。

白冰摇摇头:"方伯谦。"

"什么?就是那个在黄海大海战中临阵脱逃的怕死鬼?"

"就是他。"

"直觉告诉我,这些才像真实的历史。"首长沉思着说。

白冰点点头:"是啊,到这一步,超脱和空灵消失了,我陷入了郁闷中,我发现,我们基本上被自己所知道的历史骗了:那些名垂青史的人物并非全是英雄,他们中也有卑鄙的骗子和阴谋家,他们用权势为自己树碑立传且成功了。而那些为正义和真理献身的人,有很多默默地惨死在历史的尘埃中,没有人知道他们的存在;也有很多在强有力的诬陷下遗臭万年,就像现在宋诚的命运;他们中只有极少数的人得到了历史正确的记忆,其比例连冰山的一角都不到。"

这时,人们才注意到一直沉默的宋诚,看到他已经悄悄振作起来,两眼放出光芒,像一个已经倒地的战士又站了起来,拿起武器并跨上一匹新的战马。

10. 现实检索

"然后,你就进入了 1207 宇宙中的现实,是吗?"首长问。

"是的,我在那个镜像中将时间调到现在。"白冰说着,同时将屏幕时间滑标上的滑块推到尽头,这时视点又回到了太空中,蓝色的地球看上去与古代并没有什么不同,"这就是 1207 镜像中的现实:我们这个内地省份,经过了几十年不间断的能源和资源输出,除了矿产开采和电力之外,至今也未能建立起一个像样的工业体系,只留下了污染,农村的大片地区仍处于贫困线下,城市失业严重,治安状况恶化……我自然想看看领导和指挥着这一切的人是怎样工作的,最后看到了什么,我就不用说了。"

"你这样做的目的呢?"首长问。

白冰苦笑着摇摇头:"别以为我有他那样崇高的目的,"他指指宋诚,"我只是个普通老百姓,自得其乐地过日子,你们干什么,和我有什么关系?我本来根本不想惹你们的,但……我为这个超级模拟软件费了这么大劲儿,自然想通过它得些实惠,于是,我就给你们中的几个人打电话,想小小地敲一笔钱……"他说着突然变得恼怒起来,"你们干吗要这么过激反应?!干吗非要除掉我?!其实给我那笔钱不就完了嘛……好了,现在我把一切都讲清楚了。"

五个人陷入了长时间的沉默,他们都默默地盯着屏幕上的地球,这是现实中的地球的数字镜像,他们也在镜像中。

"你真的能够在这台计算机中观察到世界上发生过的一切?"陈继峰打破沉默问。

"是的,历史和现实的所有细节,都是这台计算机中运行的数据,数据是可以随意解析的,不管多么隐秘的事情,观察它们不过是从数据库中提取一些数据进行处理,这个数据库以原子级别存储着整个世界的镜像,所有数据都是可以随意提取的。"

"能证明一下吗?"

"这很容易:你出去,随便到什么地方,随便干一件什么事,然后回来。"

陈继峰依次看了看首长和吕文明,转身走出了房间。两分钟后,他回来了,无言地看着白冰。

白冰移动鼠标,使视点从太空急剧下降,悬在这城市上空,城市一览无遗地展现在屏幕上。白冰移动画面仔细寻找,很快找到了近郊的第二看守所,找到了他们所在这幢三层楼房。视点随即进入了楼房内,在二楼空荡的走廊中移动,画面上出现了坐在走廊中长椅子上的两个便衣警察,其中的沈兵正在点一支烟;最后,画面中出现了他们所在的办公室的门。

"现在的模拟画面,只比正在发生的现实滞后零点一秒,让我们后退几分钟。"白冰将时间滑标向后移了一点点。

屏幕上,门开了,陈继峰走了出来,坐在长椅上的两个人看到他后立刻站了起来,陈向他们摆摆手示意没事,就向另一个方向走去,视点紧跟着他,像有人用摄像机在跟踪拍摄。镜像画面上,陈继峰进了卫生间,从裤子口袋中掏出手枪,拉了一下枪栓后装回裤袋,白冰将这个画面定住,并使其像三维动画一样旋转至各个方位。陈继峰走出卫生间,画面跟着他回到了办公室,并显示出了正在等待中的另外四人。

首长不动声色地看着屏幕,吕文明则抬头警觉地看了陈继峰一眼。

"这东西确实厉害。"吕文明阴沉着脸说。

"下面我为您演示它更厉害的地方。"白冰说着,使屏幕上的画面静止了,"由于镜像模拟的宇宙是以原子级别存储的,所以我们可以检索到这个宇宙中的每一个细节。下面,让我们看看陈局长上衣口袋中装着什么。"

白冰在静止画面上拉出一个方框,圈住陈继峰的上衣口袋范围,然后弹出一个处理界面,经过一系列操作,上衣袋外侧的布被去除了,显示出放在衣袋中的一张折叠起来的小纸片。白冰使用拷贝键将纸片复制下来，然后启动了一个三维模型处理软件，将拷贝的数据粘贴到软件的处理桌面上，又经过几项操作，那张折叠的纸片被展开来，那是一张外汇支票，数额是 25 万美元。

"下面，我们就追踪这张支票的来源。"白冰说着关闭了图像处理软件，又回到四个人的静止画面上来。白冰在陈继峰上衣袋中那张已被选定的支票上按右键调出功能选项，选择了 trace（意为"跟踪"）一项，支票闪动起来，画面也立刻活动了，时间在逆向流动，显示首长一行三人退出了办公室，又退出了大楼，退回到一辆汽车上，其中的陈继峰和吕文明戴上了耳机，显然是在监听白冰和宋诚的谈话。跟踪检索继续进行，场景不断变换，但那张闪动的支票作为检索键值一直处于画面的中央，陈继峰仿佛被它吸附着，穿过一个又一个场景。终于，那张支票跳出了陈的上衣袋，钻进了一个小篮子，那个篮子又从陈的手中跳到了另一个人的手中，在这个时刻，白冰使画面静止了。

"就从这里开始放吧。"白冰说着，启动了画面以正常速度播放，这好像是在陈继峰家的客厅里，屏幕上一个穿黑西装的中年人拎着那个水果篮站在那里，好像刚进来，陈继峰则坐在沙发上。

"陈局长，温哥托我来看看您，也是表示一下上次的谢意。他本想亲自来的，但觉得为了免去一些闲话，这种走动还是少些好。"

陈继峰说："你回去告诉温雄，现在他条件好了，一定要走正道，总是出格对谁都没好处，也别怪我不客气！"

"是，是，温哥怎么能忘记陈局的教诲呢？他现在不但为社会积极贡献，在贫困地区建了四所小学，政治上也要求进步，已经当选市人大代表了！"来人说着，将果篮放到茶几上。

"东西拿走。"陈继峰挥挥手说。

"哪敢带什么好东西，那不是成心惹陈局长生气嘛，一点水果，表表心意。您是不知道，温总一说起您，都眼泪汪汪的，说您是我们的再生父母啊。"

来人走后，陈继峰关上门回到茶几旁，将果篮的水果全倒出来，从篮底拿出那张支票放进了上衣袋。

首长和吕文明都冷冷地看了陈继峰一眼，这些他们显然都不知晓。温雄是利成集团的总裁，那是个包含着餐饮、长途客运等众多业务的庞大公司，其原始积累来自于温雄黑社会体系的贩毒利润，他们使这座城市成为云南至俄罗斯毒品管道上一个重要的枢纽，现在温雄在合法商业上发展顺利，他的毒品业务也在前者的补充滋养下更快地膨胀起来，致使这座内地城市毒品泛滥，治安恶化。而陈继峰这个后台是其生存的重要保证。

"收的是美元？一定是要给儿子汇去吧。"白冰笑着说，"您儿子在美国读书的钱可全是温雄出的……对了，想不想看看贵公子现在在地球那一边干什么？很容易的，现在波士顿是午夜，不过上两次我看到他时，他都还没有睡觉。"白冰将视点升到太空，将地球旋转了180度，然后将北美大陆放大，在大西洋海岸找到了那座灯火灿烂的城市，很快定位了他以前显然找到过的一座公寓，视点进入公寓卧室后，显示出一幅令人尴尬的画面：一个黄皮肤男孩儿正在和一白一黑两个妓女鬼混。

"陈局长，看到儿子是怎样花你的钱了吗？"

陈继峰恼怒地将液晶显示屏反扣到箱子上。

被深深震慑了的几个人再次陷入沉默,过了很久,吕文明问:"这些天,你为什么只是逃跑,没有想通过更……正当的方式摆脱困境呢?"

"您是说我到纪委去举报?真是个好主意,我开始也这么想过,于是便在镜像中对纪委领导班子进行查询,"白冰抬头看了看吕文明,"您应该知道我都看到了什么,我不想落到您老同学这样的下场。那么我能去检察院和反贪局吗?郭院长和常局长对大部分重大举报肯定会严格秉公办理,对一小部分会小心地绕开;而我将举报的那些,一说出口他们就会同你们一起要了我的命。那么还能去哪儿呢?让媒体将这一切曝光吗?省里新闻媒体的那几个关键人物我想你们都清楚,首长的政绩不就是他们捧出来的吗?那些记者与妓女的唯一区别就是出卖的部位不同……这是一张互相联结在一起的大网,哪一根线都动不得啊,我哪儿有地方可去?"

"你可以去中央。"首长仔细观察着白冰,不动声色地说。

白冰点点头说:"这是唯一的选择了,但我是个普通的小人物,所以首先来见见宋诚,找到一个稳妥可靠的渠道,也顾不得你们的追杀了。"白冰犹豫了一下,接着说,"但这个选择并不轻松,你们都是聪明人,知道这样做最终意味着什么。"

"意味着这项技术将公布于世。"

"很对。那时,笼罩在历史和现实上的所有迷雾将一扫而光,一切的一切,在明处和暗处的,过去和现在的,都将赤裸裸地展现于光天化日之下。到那时,光明与黑暗,将不得不进行一场史无前例的大决斗，世界将陷入一片混乱……"

"但最后的结果，是光明取得胜利。"一直沉默的宋诚终于说话了，他走到白冰面前，直视着他说，"知道黑暗的力量来自哪里吗？就是来自黑暗，也就是说来自它的隐蔽性，一旦暴露在明处，它的力量就消失了，如腐败之类的，大多如此。而你的镜像，就是使所有黑暗完全暴露的强光。"

首长和陈、吕二人互相交换了一下目光。

沉默，超弦计算机的屏幕上，原子级别的地球镜像静静地悬浮在太空中。

"有一个机会，"首长突然站起身，对吕、陈二人说，"好像有一个机会。"

首长上前扶着白冰的肩膀说："为什么不将镜像中的时间标尺移向未来？"

白冰和陈、吕二人不解地看着首长。

"如果我们能够准确地预见未来，就能够在现在改变它，这样我们就能控制未来历史的走向，也就控制了一切……年轻人，你认为这没有可能吗？也许，我们能够一起肩负起创造历史的使命。"

白冰明白过来，苦笑着摇摇头，站起身走到计算机前，用鼠标将时间标尺拉长，在零时标后面拉出了一个未来时段，然后对首长说："您自己来试试吧。"

11. 单程递归

首长扑向计算机，动作敏捷得如饥饿的鹰见到地面上的小鸡，

令人恐惧。他熟练地移动鼠标,将时间滑标滑过零时点,在滑标进入未来时段的瞬间,一个错误提示窗口跳了出来:

Stack overflow……

白冰从首长手中拿过鼠标,"让我们启动错误跟踪程序,step by step 吧。"

模拟软件退回到出错前,开始分步运行。当现实中的白冰将滑块移过零时点,镜像中虚拟的白冰也正在做着同样的事;错误跟踪程序立刻放大了镜像中的那台超弦计算机的屏幕,可以看到,在那台虚拟计算机的屏幕上,第二层的虚拟白冰也正在将滑块移过零时点;于是,错误跟踪程序又放大了第三层虚拟中的那台超弦计算机的屏幕……就这样,跟踪程序一层层地深入,每一层的白冰都在将滑块移过零时点。这是一套依次向下包容的永无休止的魔盒。

"这是递归,一种程序自己调用自己的算法,正常情况下,当调用进行到有限的某一层时会得到答案,多层自我调用的程序再逐层按原路返回。而我们现在看到的是无限调用自己、永远得不到答案的单程递归,由于每次调用时都需将上层的现场数据存入堆栈,就造成了刚才看到的堆栈存储器溢出,由于是无限递归调用,即使超弦计算机的终极容量也会被耗尽的。"

"哦。"首长点点头。

"所以,虽然这个宇宙中的一切过程早在大爆炸发生时就已经决定,但未来对我们来说仍是未知的,对讨厌由因果链而产生的决定论的人来说,这也是一个安慰吧。"

"哦——"首长又点点头,他"哦"的这一声很长很长。

12. 镜像时代

白冰发现，首长发生了奇怪的变化，仿佛他身上的什么东西被抽走了似的，整个身躯在萎缩，似乎失去了支撑自身的力量而摇摇欲坠；他脸色苍白，呼吸急促起来，双手撑着椅子慢慢地坐下，动作艰难且小心翼翼，好像怕压断自己的哪根骨头。

"年轻人，你，毁了我的一生。"首长缓缓地说，"你们赢了。"

白冰看看陈继峰和吕文明，发现他们也与自己一样不知所措，而宋诚，则昂然挺立在他们中间，脸上充满了胜利的光彩。

陈继峰缓缓站起来，从裤口袋中抽出握枪的手。

"住手。"首长说，声音不高，但威严无比，使陈继峰手中的枪悬在半空不动了，"把枪放下。"首长命令道，但陈仍然不动。

"首长，到了这一步，必须果断，他们死在这儿说得过去，不过是因拒捕和企图逃跑被击毙……"

"放下枪，你这条疯狗！"首长低沉地喝道。

陈继峰拿枪的手垂了下来，慢慢地转向首长："我不是疯狗，是条好狗，一条知道报恩的狗！一条永远也不会背叛您的狗！像我这样从最底层一步步爬上来的，对让自己有今天的上级，就具有值得信任的狗的道德，脑子当然没有那些一帆风顺的知识分子活。"

"你什么意思？"好长时间没有说话的吕文明站了起来。

"我的意思谁都明白，我不像有些人，每走一步都看好两三步的退路，我的退路在哪儿？到这时刻我不自卫能靠谁？！"

白冰平静地说："杀我没用的，如果你想把镜像公布于世，这是最快捷的办法。"

"傻瓜都能想到这类自卫措施,你真的失去理智了。"吕文明低声对陈继峰说。

陈继峰说:"我当然知道这小子不会那么傻,但我们也有自己的技术力量,投入全力是有可能彻底销毁镜像的。"

白冰摇摇头:"没有可能。陈局长,这是网络时代,隐藏和发布信息是很简单的事,我在暗处,跟我玩这个你赢不了的,就算你动用最出色的技术专家都赢不了,我就是告诉你那些镜像的备份在哪儿、我死后它如何发布,你也没办法;至于那组创世参数,就更容易隐藏和发布了,打消那念头吧。"

陈继峰慢慢地将手枪放回裤袋,颓然坐下了。

"你以为自己已经站在历史的山巅上了,是吗?"首长无力地对宋诚说。

"是正义站在历史的山巅了。"宋诚庄严地说。

"不错,镜像把我们都毁了,但它的毁灭性远不止于此。"

"是的,它将毁灭所有罪恶。"

首长缓缓地点点头。

"然后毁灭所有虽不是罪恶但肮脏和不道德的东西。"

首长又点点头,说:"它最后毁灭的,是整个人类文明。"

他这话使其他的人都微微一愣。

宋诚说:"人类文明从来就没有面对过如此光明的前景,这场善恶大搏斗将洗去她身上的一切灰尘。"

"然后呢?"首长轻声问。

"然后,伟大的镜像时代将到来,全人类将面对着一面镜子,每个人的一举一动都能在镜像中精确地查到,没有任何罪行可以隐藏,每一个有罪之人,都不可避免地面临最后审判,那是没有黑暗的时代,阳光将普照每个角落,人类社会将变得水晶般纯洁。"

"换句话说,那是一个死了的社会。"首长抬头直视着宋诚说。

"能解释一下吗?"宋诚带着对失败者的嘲笑说。

"设想一下,如果DNA从来不出错,永远精确地复制和遗传,现在地球上的生命世界会是什么样子?"

在宋诚思考之际,白冰替他回答了:"那样的话,现在的地球上根本没有生命,生命进化的基础——变异,正是由DNA的错误产生的。"

首长对白冰点点头:"社会也是这样,它的进化和活力,是以种种偏离道德主线的冲动和欲望为基础的,水至清则无鱼,一个在道德上永不出错的社会,其实已经死了。"

"你为自己的罪行进行的这种辩解是很可笑的。"宋诚轻蔑地说。

"也不尽然。"白冰紧接着说,他的话让所有人都有些吃惊,他犹豫了几秒钟,好像下了决心地说下去,"其实,我不愿意将镜像模拟软件公布于世,还有另一个原因,我……我也不太喜欢有镜像的世界。"

"你像他们一样害怕光明吗?"宋诚质问道。

"我是个普通人,没什么阴暗的罪行,但说到光明,那也要看什么样的光明,如果半夜窗外有探照灯照你的卧室,那样的光明叫光污染……举个例子吧:我结婚才两年,已经产生了那种……审美疲劳,于是与单位新来的一个女大学生有了……那种关系,老婆当然不知道,大家过得都很好。如果镜像时代到来,我就不可能这样生活了。"

"你这本来就是一种不道德不负责任的生活!"宋诚说,语气有些愤怒。

"但大家不都是这么过的吗?谁没有些见不得人的地方?这年头儿要想过得快乐,有时候就得人不人鬼不鬼的,像您这样一尘不染的圣人,能有几个?如果镜像使全人类都成了圣人,一点出轨的事儿都不能干,那……那他妈的还有什么劲啊!"

首长笑了起来,连一直脸色阴沉的吕、陈二人也露出了些笑容。首长拍着白冰的肩膀说:"年轻人,虽然没有上升到理论高度,但你的思想比这位学者要深刻得多。"他说着转向宋诚,"我们肯定是逃不掉的,所以你现在可以将对我们的仇恨和报复欲望放到一边。作为一个社会哲学知识博大精深的人,你不会真浅薄到认为历史是善和正义创造的吧?"

首长这话像强力冷却剂,使处于胜利狂热中的宋诚冷静下来:"我的职责就是惩恶扬善,匡扶正义。"他犹豫了一下说,语气和缓了许多。

首长满意地点点头:"你没有正面回答,很好,说明你确实还没有浅薄到那个程度。"

首长说到这里,突然打了一个激灵,仿佛被冷水从头浇下,使他从恍惚中猛醒过来,虚弱一扫而光,那刚失去的某种力量似乎又回到了他的身上。他站起身,郑重地扣上领扣,又将衣服上的皱褶处仔细整理了一下,然后极其严肃地对吕文明和陈继峰说:"同志们,从现在起,一切已在镜像中了,请注意自己的行为和形象。"

吕文明神情凝重地站了起来,像首长一样整理了一下自己的仪容,长叹一声说:"是啊,从此以后,苍天在上了。"

陈继峰一动不动地低头站着。

首长依次看看每个人,说:"好,我要回去了,明天的工作会很忙。"他转向白冰,"小白啊,你明天下午六点钟到我办公室来一趟,把超弦计算机带上。"然后他又转向陈、吕二人,"至于二位,好自为之吧。继峰你抬起头来,我们罪不可赦,但不必自惭形秽,比起他们,"他指指宋诚和白冰,"我们所做的真不算什么了。"

说完,他打开门,昂头走去。

13. 生日

第二天对于首长来说确实是很忙的一天。

一上班,他就先后召见省里主管工业、农业、财政、环保等领域的负责人,向他们交代了下一步的工作。虽然同每位领导谈的时间都很短,凭借丰富的工作经验,首长还是言简意赅地讲明了工作重点和最需要注意的问题,同时,他以老到的谈话技巧,让每个人都以为这只是一次普通的工作交流,没发现任何异常之处。

上午十点半钟,送走了最后一位主管领导,首长静下心来,开始写一份材料,向上级阐明自己对本省经济发展和解决省内国有大中型企业面临的问题的意见,材料不长,不到2000字,但浓缩了自己这几十年的工作经验和思考。那些熟悉首长理念的人看到这份材料应该很吃惊，这与他以前的观点有很大差别。这是他在权力高端的这么长时间里，第一次纯粹从党和国家的最高利益的角度，在完全不掺杂私心的情况下发表自己的意见。

材料写完已经是中午十二点多了，首长没有吃饭，只是喝了一杯茶，便接着工作。

这时，镜像时代的第一个征兆出现了，首长得知陈继峰在自己的办公室里开枪自杀，吕文明则变得精神恍惚，不断地系领口的扣子，整理自己的衣服，好像随时都有人给他拍照似的。对这两件事，首长一笑置之。

镜像时代还没有到来，黑暗已经在崩溃了。

首长命令反贪局立刻成立一个专案组，在公安和工商有关部门的配合下，立刻查封自己的儿子拥有的大西商贸集团和儿媳拥有的北原公司的全部账目和经营资料，并依法控制这些实体的法人。对自己其他亲戚和亲信拥有的各类经济实体也照此办理。

下午四点半，首长开始草拟一份名单。他知道，镜像时代到来后，省内各系统落马的处级以上干部将数以千计，现在最紧要的是物色各系统重要岗位的合适接任人选，他的这份名单就是向省委组织部和上级提出的建议。其实，在镜像出现之前，这份名单在他的心中已存在了很长时间，那都是他计划清除、排挤和报复的人。

这时已是下午五点半，该下班了，他感到从未有过的欣慰，自己至少做了一天的人。

宋诚走进了办公室，首长将一份厚厚的材料递给他："这就是你那份关于我的调查材料，尽快上报中纪委吧。我昨天晚上写了一份自首材料，也附上了，里面除了确认你们调查的事实外，还对一些遗漏做了补充。"

宋诚接过材料，神情严肃地点点头，没有说话。

"过一会儿，白冰要来这里，带着超弦计算机。你应该告诉他，镜像软件马上就要上报上级，一开始，上级领导会考虑到各方面的因素谨慎使用它，要防止镜像软件提前泄露到社会上，那会产生很大的副作用，非常危险，基于这个原因，你让他立刻将自卫所用的备份，在网上或什么其他地方的，全部删除；还有那个创世参数，如果告诉过其他人，让他列出名单。他相信你，会照办的。一定要确认他把备份删除干净。"

"这正是我们想要做的。"宋诚说。

"然后，"首长直视着宋诚的眼睛，"杀了他，并毁掉那台超弦机。现在，你不会认为我这样做还是为自己着想吧？"

宋诚一愣，随后摇头笑了起来。

首长也露出笑容："好了，我该说的都说完了，以后的事情与我无关。镜像已经记下了我说的这些话，在遥远的未来，也许有那么一天，会有人认真听这些话的。"

首长对宋诚挥了挥手让他走，然后仰在椅子的靠背上长长地出了一口气，沉浸在一种释然和解脱中。

宋诚走后，六点整，白冰准时走进了办公室。他的手里提着那只箱子，提着历史和现实的镜像。

首长招呼他坐下，看着放在办公桌上的超弦计算机说："年轻人，我有一个请求：能不能让我在镜像中看看自己的一生？"

"当然可以，这很容易的！"白冰说着，打开箱子启动了电脑。镜像模拟软件启动后，他首先将时标设定到现在，定位了这间办公室，屏幕上显示出两个人的适时影像后，白冰复制了首长的影像，按动鼠标右键启动了跟踪功能。这时，画面急剧变幻起来，速度之快使整块屏幕看起来一片模糊，但作为跟踪键值的首长的影像一直处于屏幕中央，仿佛世界的中心，虽然这影像也在急剧变化，但可以看到人越变越年轻。"现在是逆时跟踪搜索，模式识别软件不可能根据您现在的形象识别和定位早年的您，它需要根据您随年龄逐渐变化的形象一步步追踪到过去。"

几分钟后，屏幕停止了闪动，显示出一个初生儿湿漉漉的脸蛋儿，产科护士刚刚把他从盘秤上取下来，这个小生命不哭不闹，睁着一双动人的小眼睛好奇地打量着这个世界。

"呵呵，这就是我了，母亲多次说过，我一生下来就睁开眼睛了。"首长微笑着说，他显然在故作轻松地掩盖自己心中的波澜，但这次很例外地，他做得不太成功。

"您看这个，"白冰指着屏幕下方的一个功能条说，"这些按钮是对图像的焦距和角度进行调整的。这是时间滚动条，镜像软件将一直以您为键值进行显示，您如果想检索某个时间或事件，就如同在文字处理软件中查阅大文件时使用滚动条差不多，先用较大时间跨度走到大概的位置，再进行微调，借助于您熟悉的场景前后移动滚动条，一般总能找到的，这也类似于影碟的快进退操作，当然这张碟正常播放将需……"

"近五万小时吧。"首长替白冰算出来，然后接过鼠标，将图像的焦距拉开，显示出产床上的年轻母亲和整间病房，这里摆放着那个年代式样朴素的床柜和灯，窗子是木制的，引起他注意的是墙上的一块橘红色光斑，"我出生时是傍晚，时间和现在差不多，这可能是最后一抹夕阳了。"

首长移动时间滚动条，画面又急剧闪动起来，时光在飞逝，他在一幅画面上停住了。一盏从天花板上吊下的裸露的电灯照着一张小圆桌，桌旁，他那戴着眼镜、衣着俭朴的母亲正在辅导四个孩子学习，还有一个更小的孩子，也就是三四岁，显然是他本人，正笨拙地捧着一个小木碗吃饭。"我母亲是小学教师，常常把学习差的学生带回家里来辅导，这样就不耽误从幼儿园接我了。"首长看了一会儿，一直看到幼年的自己不小心将木碗儿中的粥倒了一身，母亲赶紧起身拿毛巾擦时，才再次移动了时间滚动条。

时光又跳过了许多年，画面突然亮起了一片红光，好像是一个高炉的出钢口，几个穿着满是尘污的石棉工作服的人影在晃动，不时被炉口的火焰吞没又重现，首长指着其中的一个说："我父亲，一名炉前工。"

"可以把画面的角度调一下，调到正面。"白冰说着，要从首长手中拿过鼠标，但被首长谢绝了。

"哦不不，这年厂里创高产加班，那时要家属去送饭，我去的，这是第一次看到父亲工作，就是从这个角度，以后，他炉火前的这个背影在我脑子里一直印得很深。"

时光又随着滚动条的移动而飞逝，在一个晴朗的日子停止了，一面鲜红的队旗在蓝天的背景上飘扬，一个身穿白衣蓝裤的男孩子正仰视着它,一双手给男孩儿系上红领巾,孩子右手扬上头顶,激动地对世界宣布他时刻准备着,他的眼睛很清澈,如同那天如洗的碧空。

"我入队了,小学二年级。"

时光跳过,又一面旗帜出现了,是团旗,背景是一座烈士纪念碑,一小群少年对着团旗宣誓,他站在后排,眼睛仍像童年那样清澈,但多了几分热诚和渴望。

"我入团,初一。"

滚动条移动,他一生中的第三面红色旗帜出现了,这次是党旗。这好像是在一间很大的阶梯教室中,首长将焦距调向那六个宣誓中的年轻人中间的一个,让他的脸庞占满了画面。

"入党,大二。"首长指指画面,"你看看我的眼睛,能看出些什么。"

那双年轻的眼睛中,仍能看到童年的清澈、少年的热诚和渴望,但多了一些尚不成熟的睿智。

"我觉得,您……很真诚。"白冰看着那双眼睛说。

"说得对,直到那时,我对那个誓词还是真诚的。"首长说完,在眼睛上抹了一下,动作很轻微,没有被白冰注意到。

时间滚动条又移动了几年,这次移得太过了,经过几次微调,画面上出现了一条林荫道,他站在那里看着一位刚刚转身离去的姑娘,那姑娘回头看了他一眼,眼睛含着晶莹的泪,一副让人心动的冰清玉洁的样子,然后在两排高大的白杨间渐行渐远……白冰知趣地站起身想离开,但首长拦住了他。

"没关系，这是我最后一次见到她了。"说完，他放下鼠标，目光离开了屏幕，"好了，谢谢，把机器关了吧。"

"您为什么不继续看呢？"

"值得回忆的就这么多了。"

"……我们可以找到现在的她，就是现在的，很容易！"

"不用了，时间不早了，你走吧，谢谢，真的谢谢。"

白冰走后，首长给保卫处打了个电话，让机关大院的哨兵到办公室来一下。很快，那名武警哨兵进来，敬礼。

"你是……哦，小杨吧？"

"首长记性真好。"

"我叫你上来，也没什么事，就是想告诉你，今天是我的生日。"

哨兵立刻变得手足无措起来，话也不会说了。

首长宽容地笑笑："向战士们问好，去吧。"在哨兵敬礼后转身离去之际，他像突然想起来似的说，"哦，把枪留下。"

哨兵愣了一下，还是抽出手枪，走过去小心地放在宽大的办公桌的一端，再次敬礼后走了出去。

首长拿起枪，取出弹夹，把子弹一颗颗地退出来，只留下一颗在弹夹里，再把弹夹推上枪。下一个拿到这枪的人可能是他的秘书，也可能是天黑后进来打扫的勤杂工，那时空枪总是安全些。

他把枪放到桌面上，把退出来的子弹在玻璃板上摆成一小圈，像生日蛋糕上的蜡烛。然后，他踱到窗前，看着城市尽头即将落下的夕阳,它在市郊的工业烟尘后面呈一个深红色的圆盘,他觉得它像镜子。

他做的最后一件事,就是将自己胸前的"为人民服务"的小标牌摘下来,轻轻地放到桌面上小幅国旗和党旗的基座上。

然后,他在办公桌旁坐下,静静地等候着最后一抹夕阳照进来。

14. 未来

当天夜里,宋诚来到气象模拟中心的主机房,找到了白冰,他正一个人静静地看着已经启动的超弦计算机的屏幕。

宋诚走过去拍拍他的肩说:"小白,我已经向你的单位领导打了招呼,马上有一辆专车送你去北京,你把超弦计算机交给一位中央领导,听你汇报的除了这位领导,可能还有几名这方面的技术专家。由于这项技术非同寻常的性质,让人完全理解和相信可不是一件容易的事,你讲解和演示的时候要耐心……白冰,你怎么了?"

白冰没有转过身来,仍静坐在那里,屏幕上的镜像宇宙中,地球在太空中悬浮着,它的极地冰盖形状有些变化,海洋的颜色也由蓝转灰了些,但这些变化并不明显,宋诚是看不出来的。

"他是对的。"白冰说。

"什么?"

"首长是对的。"白冰说着,缓缓转身面对宋诚,他的双眼布满血丝。

"这是你思考了一天一夜的结果?"

"不,我完成了镜像的未来递归运算。"

"你是说……镜像能模拟未来了？！"

白冰无力地点点头："只能模拟很遥远的未来。我在昨天晚上想出了一种全新的算法，避开较近的未来，这样就避免了因得知未来而改变现实对因果链的破坏，使镜像直接跳到遥远未来。"

"那是什么时间？"

"35000年后。"

宋诚小心翼翼地问："那时的社会是什么样子？镜像在起作用吗？"

白冰摇摇头："那时没有镜像了，也没有社会了，人类文明消亡了。"

震惊使宋诚说不出话来。

屏幕上，视点急剧下降，在一座沙漠中的城市上空悬停。

"这就是我们的城市，是一座空城，已死去2000多年了。"

死城给人的第一印象是一个正方形的世界，所有的建筑都是标准的正立方体，且大小完全一样，这些建筑横竖都整齐地排列着，构成了一个标准的正方形城市。只有方格状的街道上不时扬起的黄色沙尘，才使人不至于将城市误认为是画在教科书上的抽象几何图形。

白冰移动视点，进入了一幢正立方体建筑内部的一个房间，里面的一切已经被漫长岁月积累的沙尘埋没了，在窗边，积沙呈一个斜坡升上去，已接上了窗台。沙中有几个鼓包，像是被埋住的家电和家具，从墙角伸出几根枯枝似的东西，那是已经大部锈蚀的金属衣帽架。白冰将图像的一部分拷贝下来，粘贴到处理软件中，去掉上面厚厚的积沙，露出了锈蚀得只剩空架子的电视和冰箱，还有一张写字台样的桌子，桌上有一个已放倒的相框，白冰调整视点，使相框中的那张小照片占满了屏幕。

这是一张三口之家的合影，但照片上的三人外貌和衣着几乎完全一样，仅能从头发的长短看出男女，从身材的高低看出年龄。他们都穿着样式完全一样的类似于中山装的衣服，整齐而呆板，扣子都是一直扣到领口。宋诚仔细看看，发现他们的容貌还是有差别的，之所以产生一样的感觉，是因为他们那完全一致的表情，一种麻木的平静，一种呆滞的庄严。

"我发现的所有照片和残存的影像资料上的人都是这样的表情，没有见过其他表情，更没有哭或笑的。"

宋诚惊恐地说："怎么会这样呢？你能查查留下来的历史资料吗？"

"查过了，我们以后的历史大略是这样的：镜像时代在五年后就开始了，在前二十年，镜像模拟只应用于司法部门，但已经对社会产生了实质性的影响，人类社会的形态发生了重大变化。以后，镜像渗透到社会生活的各个角落，历史上称为镜像纪元。在新纪元的头五个世纪，人类社会还是在缓慢发展之中。完全停滞的迹象最初出现在镜像六世纪中叶，首先停滞的是文化，由于人性已经像一汪清水般纯洁，没有什么可描写和表现的，文学首先消失了，接着是整个人类艺术都停滞和消失。接下来，科学和技术也陷入了彻底的停滞。这种进步停滞的状态持续了三万年，这段漫长的岁月，史称'光明的中世纪'。"

"以后呢?"

"以后就很简单了,地球资源耗尽,土地全部沙漠化,人类仍没有进行太空移民的技术能力,也没有能力开发新的资源,在5000年时间里,一切都慢慢结束了……就是我们现在显示的这个时候,各大陆仍有人在生活,不过也没什么看头了。"

"哦——"宋诚发出了像首长那样的长长的一声,过了很长时间,他才用发颤的声音问道:"那……我们该怎么办?我是说现在,销毁镜像吗?"

白冰抽出两支烟,递给宋诚一支,将自己的点着后深深地吸了一口,将白色的烟雾吐在屏幕中那三个呆滞的人像上:"镜像我肯定要销毁,留到现在就是想让你看看这些。不过,现在我们干什么都无所谓了,有一点可以自我安慰:以后发生的一切与我们无关。"

"还有别人生成了镜像?"

"它的理论和技术都具备了,而根据超弦理论,创世参数的组合虽然数量巨大,但是有限的,不停试下去总能碰上那一组……三万多年后,直到文明的最后岁月,人们还在崇拜和感谢一个叫尼尔·克里斯托夫的人。"

"他是谁?"

"按历史记载:虔诚的基督教徒,物理学家,镜像模拟软件的创造者。"

15. 镜像时代

五个月后,普林斯顿大学宇宙学实验中心。

当灿烂的星海在五十块屏幕中的一块上出现时,在场的科学家和工程师们都欢呼起来。这里放置着五台超弦计算机,每台中又设置了十台虚拟机,共有五十个创世模拟软件在日夜不停地运行,现在诞生的虚拟宇宙是第32961号。

只有一个中年男人不动声色,他浓眉大眼,气宇轩昂,胸前那枚银色的十字架在黑色的套衫上格外醒目。他默默地画了一个十字,问:

"万有引力常数?"

"1.67×10^{-11}!"

"真空光速?"

"29.98公里/秒!"

"普朗克常数?"

"6.626!"

"电子电量?"

"1.602×10^{-19}库仑。"

"一加一?"他庄重地吻了一下胸前的十字架。

"等于二,这是我们的宇宙,克里斯托夫博士!"

微纪元

1. 回归

先行者知道,他现在是全宇宙中唯一的一个人了。

他是在飞船越过冥王星时知道的,从这里看去,太阳是一颗暗淡的星星,同 30 年前他飞出太阳系时没有两样,但飞船计算机刚刚进行的视行差测量告诉他,冥王星的轨道外移了许多,由此可以计算出太阳比他启程时损失了 4.74% 的质量,由此又可推论出另外一个使他的心先是颤抖然后冰冻的结论。

那事已经发生过了。

其实,在他启程时人类已经知道那事要发生了,通过发射上万个穿过太阳的探测器,天体物理学家们确定了太阳将要发生一次短暂的能量闪烁,并损失大约 5% 的质量。

如果太阳有记忆，它不会对此感到不安，在那几十亿年的漫长生涯中，它曾经历过比这大得多的剧变，当它从星云的旋涡中诞生时，它的生命的剧变是以毫秒为单位的，在那辉煌的一刻，引力的坍缩使核聚变的火焰照亮星云混沌的黑暗……它知道自己的生命是一个过程，尽管现在处于这个过程中最稳定的时期，偶然的、小小的突变总是免不了的，就像平静的水面上不时有一个小气泡浮起并破裂。能量和质量的损失算不了什么，它还是它，一颗中等大小、视星等为－26.8的恒星。甚至太阳系的其他部分也不会受到太大的影响，水星可能被熔化，金星稠密的大气将被剥离，再往外围的行星所受的影响就更小了，火星颜色可能由于表面的熔化而由红变黑，地球嘛，只不过表面温度升高至4000℃，这可能会持续100小时左右，海洋肯定会被蒸发，各大陆表面岩石也会熔化一层，但仅此而已。以后，太阳又将很快恢复原状，但由于质量的损失，各行星的轨道会稍微后移，这影响就更小了，比如地球，气温可能稍稍下降，平均降到零下110℃左右，这有助于熔化的表面重新凝结，并使水和大气多少保留一些。

那时人们常谈起一个笑话，说的是一个人同上帝的对话：上帝啊，一万年对你是多么短啊！上帝说：就一秒钟；上帝啊，一亿元对你是多么少啊！上帝说：就一分钱；上帝啊，给我一分钱吧！上帝说：请等一秒钟。

现在，太阳让人类等了"一秒钟"：预测能量闪烁的时间是在18000年之后。这对太阳来说确实只是一秒钟，但却可以使目前活在地球上的人类对"一秒钟"后发生的事采取一种超然的态度，甚至当作一种哲学理念。影响不是没有的，人类文化一天天变得玩世不恭起来，但人类至少还有四五百代的时间可以从容地想想逃生的办法。

两个世纪以后，人类采取了第一个行动——发射了一艘恒星际飞船，在周围 100 光年以内寻找带有可移民行星的恒星，飞船被命名为"方舟号"，这批宇航员都被称为"先行者"。

"方舟号"掠过了 60 颗恒星，也就是掠过了 60 个炼狱。其中的一颗恒星有一颗卫星，那是一滴直径 8000 公里的处于白炽状态的铁水，因其系液态，在运行中不断地改变着形状……"方舟号"此行唯一的成果，就是进一步证明了人类的孤独。

"方舟号"航行了 23 年时间，但这是"方舟时间"，由于飞船以接近光速行驶，地球时间已过了 25000 年。

本来"方舟号"是可以按预定时间返回的。

由于在接近光速时无法同地球通信，必须把速度降至光速的一半以下，这需要消耗大量的能量和时间。所以，"方舟号"一般每月减速一次，接收地球发来的信息，而当它下一次减速时，收到的已是地球 100 多年后发出的信息了。"方舟号"历经的时间和地球的时间，就像从高倍瞄准镜中看目标一样，瞄准镜稍微移动一下，镜中的目标就跨越了巨大的距离。"方舟号"收到的最后一条信息是在"方舟时间"自启航 13 年，地球时间自启航 17000 年时从地球发出的，"方舟号"一个月后再次减速，发现地球方向已寂静无声了。一万多年前对太阳的计算可能稍有误差，在"方舟号"这一个月，地球这 100 多年间，那事发生了。

"方舟号"真成了一艘方舟,但已是一艘只有诺亚一人的方舟。其他的七名先行者,有四名死于一颗在飞船四光年处突然爆发的新星的辐射,两人死于疾病,一人(是男人)在最后一次减速通信时,听着地球方向的寂静开枪自杀了。

以后,这唯一的先行者曾使"方舟号"很长时间保持在可通信速度,后来他把飞船加速到光速,心中那微弱的希望之火又使他很快把速度降下来聆听,由于减速越来越频繁,回归的行程拖长了。

寂静仍持续着。

"方舟号"在地球时间启程25000年后回到太阳系,比预定的晚了9000年。

2. 纪念碑

穿过冥王星轨道后,"方舟号"继续飞向太阳系深处,对于一艘恒星际飞船来说,在太阳系中的航行如同海轮行驶在港湾中。太阳很快大了亮了,先行者曾从望远镜中看了一眼木星,发现这颗大行星的表面已面目全非,大红斑不见了,风暴纹似乎更加混乱。他没再关注别的行星,径直飞向地球。

先行者用颤抖的手按动了一个按钮,高大的舷窗的不透明金属窗帘正在缓缓打开。啊,我的蓝色水晶球,宇宙的蓝眼珠,蓝色的天使……先行者闭起双眼默默祈念着,过了很长时间,才强迫自己睁开双眼。

他看到了一个黑白相间的地球。

黑色的是熔化后又凝结的岩石,那是墓碑的黑色;白色的是蒸发后又冻结的海洋，那是殓布的白色。

"方舟号"进入低轨道，从黑色的大陆和白色的海洋上空缓缓越过，先行者没有看到任何遗迹，一切都被熔化了，文明已成过眼烟云。但总该留个纪念碑的，一座能耐4000℃高温的纪念碑。

先行者正这么想，纪念碑就出现了。飞船收到了从地面发上来的一束视频信号，计算机把这信号显示在屏幕上，先行者首先看到了用耐高温摄像机拍下的2000多年前的大灾难景象。能量闪烁时，太阳并没有像他想象的那样亮度突然增强，太阳迸发出的能量主要以可见光之外的辐射传出。他看到，蓝色的天空突然变成地狱般的红色，接着又变成噩梦般的紫色；他看到，城市中他熟悉的高楼群在几千摄氏度的高温中先是冒出浓烟，然后像火炭一样发出暗红色的光，最后像蜡一样熔化了；灼热的岩浆从高山上流下，形成了一道道巨大的瀑布，无数个这样的瀑布又汇成一条条发着红光的岩浆的大河，大地上火流的洪水在泛滥；原来是大海的地方，只有蒸汽形成的高大的蘑菇云，这形状狰狞的云山下部映射着岩浆的红色，上部透出天空的紫色，蘑菇云急剧扩大，很快一切都消失在这蒸汽中……

当蒸汽散去，又能看到景物时，已是几年以后了。

这时，大地已从烧熔状态初步冷却，黑色的波纹状岩石覆盖了一切。还能看到岩浆河流，它们在大地上形成了错综复杂的火网。人类的痕迹已完全消失，文明如梦一样无影无踪了。又过了几年，水在高温状态下离解成的氢氧又重新化合成水，大暴雨从天而降，灼热的大地上再次蒸汽迷漫，这时的世界就像在一个大蒸锅中一样阴暗、闷热和潮湿。暴雨连下几十年,大地被进一步冷却,海洋渐渐恢复了。又过了上百年,因海水蒸发形成的阴云终于散去,天空现出蓝色,太阳再次出现了。再后来,由于地球轨道外移,气温急剧下降,大海完全冻结,天空万里无云,已死去的世界在严寒中变得很宁静了。

先行者接着看到了一个城市的图像:如林的细长的高楼群,镜头从高楼群上方降下去,出现了一个广场,广场上一片人海。镜头再下降,先行者看到所有的人都在仰望着天空。镜头最后停在广场正中的一个平台上,平台上站着一个漂亮姑娘,好像只有十几岁,她在屏幕上冲着先行者挥挥手,娇滴滴地喊:"喂,我们看到你了,像一个飞得很快的星星!你是'方舟一号'?!"

在旅途的最后几年,先行者的大部分时间是在虚现实游戏中度过的。在那个游戏中,计算机接收玩者的大脑信号,根据玩者思维构筑一个三维画面,这画面中的人和物还可根据玩者的思想做出有限的活动。

先行者曾在寂寞中构筑过从家庭到王国的无数个虚世界,所以现在他一眼就看出这是一幅那样的画面。但这幅画面造得很拙劣,由于大脑中思维的飘忽性,这种由想象构筑的画面总有些不对的地方,但眼前这个画面中的错误太多了:首先,当镜头移过那些摩天大楼时,先行者看到有很多人从楼顶窗子中钻出,径直从几百米高处跳下来,经过让人头晕目眩的下坠,这些人则平安无事地落到地上;同时,地上有许多人一跃而起,像会轻功一样一下就跃上几层楼的高度,然后他们的脚踏上了楼壁上伸出的一小块踏板上(这样的踏板每隔几层就有一个，好像专门为此而设），再一跃，又飞上几层，就这样一直跳到楼顶，从某个窗子中钻进去。仿佛这些摩天大楼都没有门和电梯，人们就是用这种方式进出的。当镜头移到那个广场平台上时，先行者看到人海中有几个用线吊着的水晶球，那球直径可能有一米多。有人把手伸进水晶球，很轻易地抓出水晶球的一部分，在他们的手移出后晶莹的球体立刻恢复原状，而人们抓到手中的那部分立刻变成了一个小水晶球，那些人就把那个透明的小球扔进嘴里……除了这些明显的谬误外，有一点最能反映设计这幅计算机画面的人思维的变态和混乱：在这城市的所有空间，都飘浮着一些奇形怪状的物体，它们大的有两三米，小的也有半米，有的像一块破碎的海绵，有的像一根弯曲的大树枝，那些东西缓慢地飘浮着，有一根大树枝飘向平台上的那个姑娘，她轻轻推开了它，那大树枝又打着转儿向远处飘去……先行者理解这些，在一个濒临毁灭的世界中，人们是不会有清晰和正常的思维的。

这可能是某种自动装置，在这大灾难前被人们深埋地下，躲过了高温和辐射，后来又自动升到这个已经毁灭的地面世界上。这装置不停地监视着太空，监测到零星回到地球的飞船时就自动发射那个画面，给那些幸存者以这样糟糕透顶又滑稽可笑的安慰。

"这么说后来又发射过'方舟'飞船？"先行者问。

"当然，又发射了12艘呢！"那姑娘说。不说这个荒诞变态的画面的其他部分，这个姑娘造得倒是真不错，她那融合东西方精华的姣好的面容露出一副天真透顶的样子，仿佛她仰望的整个宇宙是一个大玩具。那双大眼睛好像会唱歌，还有她的长发，好像失重似的永远飘在半空不落下，使得她看上去像身处海水中的美人鱼。

"那么，现在还有人活着吗？"先行者问，他最后的希望像野火一样燃烧起来。

"您这样的人吗？"姑娘天真地问。

"当然是我这样的真人，不是你这样用计算机造出来的虚拟人。"

"前一艘'方舟号'是在730年前回来的，您是最后一艘回归的'方舟号'了。请问你船上还有女人吗？"

"只有我一个人。"

"您是说没有女人了？！"姑娘吃惊地瞪大了眼。

"我说过只有我一人。在太空中还有没回来的其他飞船吗？"

姑娘把两只白嫩的小手儿在胸前绞着，"没有了！我好难过好难过啊，您是最后一个这样的人了，如果，呜呜……如果不克隆的话……呜呜……"这美人儿捂着脸哭起来，广场上的人群也是一片哭声。

先行者的心如沉海底，人类的毁灭最后证实了。

"您怎么不问我是谁呢？"姑娘又抬起头来仰望着他说，她又恢复了那副天真神色，好像转眼忘了刚才的悲伤。

"我没兴趣。"

姑娘娇滴滴地大喊："我是地球领袖啊！"

"对，她是地球联合政府的最高执政官！"下面的人也都一齐闪电般地由悲伤转为兴奋，这真是个拙劣到家的仿制品。

先行者不想再玩这种无聊的游戏了，他起身要走。

"您怎么这样？！首都的全体公民都在这儿迎接您，前辈，您不要不理我们啊！"姑娘带着哭腔喊。

先行者想起了什么，转过身来问："人类还留下了什么？"

"照我们的指引着陆，您就会知道！"

3. 首都

先行者进入了着陆舱，把"方舟号"留在轨道上，在那束信息波的指引下开始着陆。他戴着一副视频眼镜，可以从其中的一个镜片上看到信息波传来的那个画面。

"前辈，您马上就要到达地球首都了，这虽然不是这个星球上最大的城市，但肯定是最美丽的城市，您会喜欢的！不过您的着落点要离城市远些，我们不希望受到伤害……"画面上那个自称地球领袖的女孩还在喋喋不休。

先行者在视频眼镜中换了一个画面，显示出着陆舱正下方的区域，现在高度只有一万多米了，下面是一片黑色的荒原。

后来，画面上的逻辑更加混乱起来，也许是几千年前那个画面的构造者情绪沮丧到了极点，也许是发射画面的计算机的内存在这几千年的漫长岁月中老化了。画面上，那姑娘开始唱起歌来：

啊，尊敬的使者，你来自宏纪元！

辉煌的宏纪元，

伟大的宏纪元，

美丽的宏纪元，

你是烈火中消逝的梦……

这个漂亮的歌手唱着唱着开始跳起来，她一下从平台跳上几十米的半空，落到平台上后又一跳，居然飞越了大半个广场，落到广场边上的一座高楼顶上，又一跳，飞过整个广场，落到另一边，看上去像一只迷人的小跳蚤。她有一次在空中抓住一根几米长的奇形怪状的飘浮物，那根大树干载着她在人海上空盘旋，她在上面优美地扭动着苗条的身躯。

下面的人海沸腾起来，所有人都大声合唱："宏纪元，宏纪元……"每个人轻轻一跳就能升到半空，以至整个人群看起来如同撒到振动鼓面上的一片沙子。

先行者实在受不了了，他把声音和图像一起关掉。他现在知道，大灾难前的人们嫉妒他们这些跨越时空的幸存者，所以做了这些变态的东西来折磨他们。但过了一会儿，当那画面带来的烦恼消失一些后，当感觉到着陆舱接触地面的振动时，他产生了一个幻觉：也许他真的降落在一个高空看不清楚的城市中？当他走出着陆舱，站在那一望无际的黑色荒原上时，幻觉消失，失望使他浑身冰冷。

先行者小心地打开宇宙服的面罩，一股寒气扑面而来，空气很稀薄，但能维持人的呼吸。气温在零下40℃左右。天空呈一种大灾难前黎明和黄昏时的深蓝色，但现在太阳正在正空照耀着，先行者摘下手套，没有感到它的热力。由于空气稀薄，阳光散射较弱，天空中能看到几颗较亮的星星。脚下是刚凝结了2000年左右的大地，到处可见岩浆流动的波纹形状，地面虽已开始风化，仍然很硬，土壤很难见到。这带波纹的大地伸向天边，其间有一些小小的丘陵。在另一个方向，可以看到冰封的大海在地平线处闪着白光。

先行者仔细打量四周，看到了信息波的发射源，那儿有一个镶在地面岩石中的透明半球护面，直径大约有一米，半球护面下似乎扣着一片很复杂的结构。他注意到远处的地面上还有几个这样的透明半球，相互之间隔开二三十米，像地面上的几个大水泡，反射着阳光。

先行者又在他的左镜片中打开了画面，在计算机的虚拟世界中，那个恬不知耻的小骗子仍在那根飘浮在半空中的大树枝上忘情地唱着扭着，并不时向他送飞吻，下面广场上所有的人都在向他欢呼。

……

宏伟的宏纪元！

浪漫的宏纪元！

忧郁的宏纪元！

脆弱的宏纪元！

……

先行者木然地站着，深蓝色的苍穹中，明亮的太阳和晶莹的星星在闪耀，整个宇宙围绕着他——最后一个人类。

孤独像雪崩一样埋住了他，他蹲下来捂住脸抽泣起来。

歌声戛然而止，视频画面中的所有人都关切地看着他，那姑娘骑在半空中的大树枝上，突然嫣然一笑。

"您对人类就这么没信心吗？"

这话中有一种东西使先行者浑身一震，他真的感觉到了什么，站起身来。他突然注意到，左镜片画面中的城市暗了下来，仿佛阴云在一秒钟内遮住了天空。他移动脚步，城市立即亮了起来。他走到那个透明半球旁,俯身向里面看,他看不清里面那些密密麻麻的细微结构,但看到左镜片中的画面上,城市的天空立刻被一个巨大的东西占据了。

那是他的脸。

"我们看到您了!您能看清我们吗?!去拿个放大镜吧!"姑娘大叫起来,广场上人海再次沸腾起来。

先行者明白了一切。他想起了那些跳下高楼的人们,在微小环境下重力是不会造成伤害的,同样,在那样的尺度下,人也可以轻易地跃上几百米(几百微米?)的高楼。那些大水晶球实际上就是水,在微小的尺度下水的表面张力处于统治地位,那是一些小水珠,人们从这些水珠中抓出来喝的水珠就更小了。城市空间中飘浮的那些看上去有几米长的奇怪东西,包括载着姑娘飘浮的大树枝,只不过是空气中细微的灰尘。

那个城市不是虚拟的,它就像25000年前人类的所有城市一样真实,它就在这个一米直径的半球形透明玻璃罩中。

人类还在,文明还在。

在微型城市中,飘浮在树枝上的姑娘——地球联合政府最高执政官,向几乎占满整个宇宙的先行者自信地伸出手来。

"前辈,微纪元欢迎您。"

4. 微人类

"在大灾难到来前的17000年中,人类想尽了逃生的办法,其中最容易想到的是恒星际移民,但包括您这艘在内的所有'方舟'

飞船都没有找到带有可居住行星的恒星。即使找到了，以大灾难前一个世纪人类的宇航技术，连移民千分之一的人类都做不到。另一个设想是移居到地层深处，躲过太阳能量闪烁后再出来。这不过是延长死亡的过程而已，大灾难后地球的生态系统将被完全摧毁，养活不了人类的。

"有一段时期，人们几乎绝望了。但那时一位基因工程师的脑海中闪现了一个这样的火花：如果把人类的体积缩小10亿倍会怎么样？这样人类社会的尺度也缩小了10亿倍，只要有很微小的生态系统，消耗很微小的资源就可生存下来。很快全人类都意识到这是拯救人类文明唯一可行的办法。这个设想是以两项技术为基础的，其一是基因工程，在修改人类基因后，人类将缩小至10微米左右，只相当于一个细胞大小，但其身体的结构完全不变。做到这点是完全可能的，人和细菌的基因本来就没有太大的差别；另一项是纳米技术，这是一项在20世纪就发展起来的技术，那时人们已经能造出细菌大小的发电机了，后来人们可以在纳米尺度下造出从火箭到微波炉的一切设备，只是那些纳米工程师做梦都不会想到他们的产品的最后用途。

"培育第一批微人类似于克隆：从一个人类细胞中抽取全部遗传信息，然后培育出同主体一模一样的微人，但其体积只是主体的十亿分之一。以后他们就同宏人（微人对你们的称呼，他们还把你们的时代叫宏纪元）一样生育后代了。

"第一批微人的亮相极富戏剧性。有一天，大约是您的飞船起航后12000年吧，全球的电视上都出现了一个教室，教室中有30个孩子在上课,画面极其普通,孩子是普通的孩子,教室是普通的教室,看不出任何特别之处。但镜头拉开,人们发现这个教室是放在显微镜下拍摄的……"

"我想问,"先行者打断最高执政官的话,"以微人这样微小的大脑,能达到宏人的智力吗?"

"那么您认为我是个傻瓜了?鲸鱼也并不比您聪明!智力不是由大脑的大小决定的,以微人大脑中的原子数目和它们的量子状态的数目来说,其信息处理能力是像宏人大脑一样绰绰有余的……嗯,您能请我们到那艘大飞船去转转吗?"

"当然,很高兴,可……怎么去呢?"

"请等我们一会儿!"

于是,最高执政官跳上了半空中一个奇怪的飞行器,那飞行器就像一片带螺旋桨的大羽毛。

接着,广场上的其他人也都争着向那片"羽毛"上跳。这个社会好像完全没有等级观念,那些从人海中随机跳上来的人肯定是普通平民,他们有老有少,但都像最高执政官姑娘一样一身孩子气,兴奋地吵吵闹闹。

这片"羽毛"上很快挤满了人,空中不断出现新的"羽毛",每片刚出现,就立刻挤满了跳上来的人。最后,城市的天空中飘浮着几百片载满微人的"羽毛",它们在最高执政官那片的带领下,浩浩荡荡向一个方向飞去。

先行者再次伏在那个透明半球上方,仔细地观察着里面的微城市。这一次,他能分辨出那些摩天大楼了,它们看上去像一片密密麻麻的直立的火柴棍。先行者穷极目力，终于分辨出那些像羽毛的交通工具，它们像一杯清水中漂浮的细小的白色微粒，如果不是几百片一群，根本无法分辨出来。凭肉眼看到人是不可能的。

在先行者视频眼镜的左镜片中，那由一个微人摄像师用小得无法想象的摄像机实况拍摄的画面仍很清晰，现在那摄像师也在一片"羽毛"上。

先行者发现，在微城市的交通中，碰撞是一件随时都在发生的事。那群快速飞行的"羽毛"不时互相撞在一起，撞在空中飘浮的巨大尘粒上，甚至不时迎面撞到高耸的摩天大楼上！但飞行器和它的乘员都安然无恙，似乎没有人去注意这种碰撞。

其实这是个初中生都能理解的物理现象：物体的尺度越小，整体强度就越高，两辆自行车碰撞与两艘万吨轮碰撞的后果是完全不一样的，如果两粒尘埃相撞，它们会毫无损伤。微世界的人们似乎都有金刚之躯，毫不担心自己会受伤。当"羽毛"群飞过时，旁边的摩天大楼上不时有人从窗中跃出，想跳上其中的一片，这并不总是能成功的，于是那人就从几百米处开始了令先行者头晕目眩的下坠，而那些下坠中的微人，还在神情自若地同经过大楼窗子中的熟人打招呼！

"呀，您的眼睛像黑色的大海，好深好深，带着深深的忧郁呢！您的忧郁罩住了我们的城市，您把它变成一个博物馆了！呜呜呜……"最高执政官又伤心地哭了起来，别的人也都同她一起哭，任他们乘坐的"羽毛"在摩天大楼间撞来撞去。

先行者也从左镜片中看到了城市的天空中自己那双巨大的眼睛，

那放大了上亿倍的忧郁深深震撼了他自己。"为什么是博物馆呢?"先行者问。

"因为只有在博物馆中才有忧郁,微纪元是无忧无虑的纪元!"地球领袖高声欢呼,尽管泪滴还挂在她那娇嫩的脸上,但她已完全没有悲伤的痕迹了。

"我们是无忧无虑的纪元!"其他人也都忘情地欢呼起来。

先行者发现,微纪元人类的情绪变化比宏纪元快上百倍,这变化主要表现在悲伤和忧郁这类负面情绪上,他们能在一瞬间从这种情绪中跃出。

还有一个发现让他更惊奇:由于这类负面情绪在这个时代十分少见,以至于微人们把它当成了稀罕物,一有机会就迫不及待地去体验。

"您不要像孩子那样忧郁,您很快就会发现,微纪元没有什么可忧虑的!"

这话使先行者万分惊奇,他早看到微人的精神状态很像宏时代的孩子,但孩子的精神状态还要夸张许多倍才真正像他们。"你是说,在这个时代,人们越长越……越幼稚?!"

"我们越长越快乐!"领袖女孩说。

"对,微纪元是越长越快乐的纪元!"众人大声应和着。

"但忧郁也是很美的,像月光下的湖水,它代表着宏时代的田园爱情,呜呜呜……"地球领袖又大放悲声。

"对,那是一个多美的时代啊!"其他微人也眼泪汪汪地附和着。

先行者笑起来:"你们根本不知道什么是忧郁,小人儿,真正的忧郁是哭不出来的。"

"您会让我们体验到的！"最高执政官又恢复到兴高采烈的状态。

"但愿不会。"先行者轻轻地叹息说。

"看，这就是宏纪元的纪念碑！"当"羽毛"群飞过另一个城市广场时，最高执政官介绍说。先行者看到那个纪念碑是一根粗大的黑色柱子，有过去的巨型电视塔那么粗，表面覆盖着无数片车轮大小的黑色巨瓦，叠合成鱼鳞状，高耸入云。他看了好长时间才明白，那是一根宏人的头发。

5. 宴会

"羽毛"群从半球形透明罩上的一个看不见的出口飞了出来，这时，最高执政官在视频画面中对先行者说："我们距您那个飞行器有100多公里呢，我们还是落到您的手指上，您把我们带过去快些。"

先行者回头看看身后不远处的着陆舱，心想他们可能把计量单位也都微缩了。他伸出手指，"羽毛"群落了上来，看上去像是在手指上飘落了一小片细小的白色粉末。

从视频画面中先行者看到，自己的指纹如一道道半透明的山脉，降落在其上的"羽毛"飞行器显得很小。最高执政官第一个从"羽毛"上跳下来，立刻摔了个四脚朝天。

"太滑了，您是油性皮肤！"她抱怨着，脱下鞋子远远地扔出去，光着脚丫好奇地来回转着，其他人也都下了"羽毛"，手指上的半透明山脉间现在有了一片人海。先行者粗略估计了一下，他的手指上现在有一万多人！

先行者站起来,伸着手指小心翼翼地向着陆舱走去。

刚进入着陆舱,微人群中就有人大喊:"哇,看那金属的天空,人造的太阳!"

"别大惊小怪,像个白痴!这只是小渡船,上面那个才大呢!"最高执政官训斥道,但她自己也惊奇地四下张望,然后又同众人一起唱起那支奇怪的歌来:

辉煌的宏纪元,

伟大的宏纪元,

忧郁的宏纪元,

你是烈火中消逝的梦……

在着陆舱起飞飞向"方舟号"的途中,地球领袖继续讲述微纪元的历史。

"微人社会和宏人社会共存了一个时期,在这段时间里,微人完全掌握了宏人的知识,并继承了他们的文化。同时,微人在纳米技术的基础上,发展起了一个十分先进的技术文明。这宏纪元向微纪元的过渡时期大概有,嗯,二十代人左右吧。

"后来,大灾难临近,宏人不再进行传统生育了,他们的数量一天天减少;而微人的人口飞快增长,社会规模急剧增大,很快超过了宏人。这时,微人开始要求接管世界政权,这在宏人社会中激起了轩然大波,顽固派拒绝交出政权,用他们的话说,怎么能让一帮细菌领导人类。于是,在宏人和微人之间爆发了一场世界大战!"

"那对你们可太不幸了!"先行者同情地说。

"不幸的是宏人,他们很快就被击败了。"

"这怎么可能呢？他们用一把大锤就可以捣毁你们一座上百万人的城市。"

"可微人不会在城市里同他们作战的。宏人的那些武器对付不了微人这样看不见的敌人，他们能使用的唯一武器就是消毒剂，而他们在整个文明史上一直用这东西同细菌作战，最后也并没有取得胜利。他们现在要战胜的是和他们同等智商的微人，取胜就更没可能了。他们看不到微人军队的调动，而微人可以轻而易举地在他们眼皮底下腐蚀掉他们的计算机的芯片，没有计算机，他们还能干什么呢？大不等于强大。"

"现在想想是这样。"

"那些战犯得到了应有的下场，几千名微人的特种部队带着激光钻头空降到他们的视网膜上……"领袖女孩恶狠狠地说。

"战后，微人取得了世界政权，宏纪元结束了，微纪元开始了！"

"真有意思！"

登陆舱进入了近地轨道上的"方舟号"，微人们乘着"羽毛"四处观光，这艘飞船之巨大令微人们目瞪口呆。先行者本想从他们那里听到赞叹的话，但最高执政官这样告诉他自己的感想：

"现在我们知道，就是没有太阳的能量闪烁，宏纪元也会灭亡的。你们对资源的消耗是我们的几亿倍！"

"但这艘飞船能够以接近光速的速度飞行，可以到达几百光年远的恒星，小人儿，这件事，只能由巨大的宏纪元来做。"

"我们目前确实做不到，我们的飞船目前只能达到光速的十分之一。"

"你们能宇宙航行？！"先行者大惊失色。

"当然不如你们。微纪元的飞船最远到达金星，刚收到他们的信息，说那里现在比地球更适合居住。"

"你们的飞船有多大？"

"大的有你们时代的——嗯，足球那么大，可运载十几万人；小的嘛，只有高尔夫球那么大，当然是宏人的高尔夫球。"

现在，先行者最后的一点优越感荡然无存了。

"前辈，您不请我们吃点什么吗？我们饿了！"当所有"羽毛"飞行器重新聚集到"方舟号"的控制台上时，地球领袖代表所有人提出要求，几万个微人在控制台上眼巴巴地看着先行者。

"我从没想到会请这么多人吃饭。"先行者笑着说。

"我们不会让您太破费的！"女孩怒气冲冲地说。

先行者从贮藏舱拿出一听午餐肉罐头，打开后，他用小刀小心地剜下一小块，放到控制台上那一万多人的旁边，他们能看到他们所在的位置，那是控制台上一小块比硬币大些的圆形区域，那区域只是光滑度比周围差些，像在上面呵了口气一样。

"怎么拿出这么多？这太浪费了！"地球领袖指责道，从面前的大屏幕上可以看到，在她身后，人们拥向一座巍峨的肉山，从那粉红色的山体里抓出一块块肉来大吃着。再看看控制台上，那一小块肉丝毫不见减少。屏幕上，拥挤的人群很快散开了，有人还把没吃完的肉扔掉，领袖女孩拿着一块咬了一口的肉摇摇头。

"不好吃。"她评论说。

"当然，这是生态循环机中合成的，味道肯定好不了。"先行者充满歉意地说。

"我们要喝酒!"地球领袖又提出要求,这又引起了微人们的一片欢呼。先行者吃惊不小,因为他知道酒是能杀死微生物的!

"喝啤酒吗?"先行者小心翼翼地问。

"不,喝苏格兰威士忌或莫斯科伏特加!"地球领袖说。

"茅台酒也行!"有人喊。

先行者还真有一瓶茅台酒,那是他自起航时一直保留在"方舟号"上,准备在找到新移民行星时喝的。他把酒拿出来,把那白色瓷瓶的盖子打开,小心地把酒倒在盖子中,放到人群的边上。他在屏幕上看到,人们开始攀登瓶盖那道似乎高不可攀的悬崖绝壁,光滑的瓶盖在微尺度下有如大块的突出物,微人用他们攀爬摩天大楼的本领很快攀到了瓶盖的顶端。

"哇,好美的大湖!"微人们齐声赞叹。从屏幕上,先行者看到那个广阔酒湖的湖面由于表面张力而呈巨大的弧形。微人记者的摄像机一直跟着最高执政官,这个女孩用手去抓酒,但够不着,她接着坐到瓶盖沿上,用一只白嫩的小脚在酒面上划了一下,她的脚立刻包在一个透明的酒珠里,她把脚伸上来,用手从脚上那个大酒珠里抓出了一个小酒珠,放进嘴里。

"哇,宏纪元的酒比微纪元好多了。"她满意地点点头。

"很高兴我们还有比你们好的东西,不过你这样用脚够酒喝,太不卫生了。"

"我不明白。"她不解地仰望着他。

"你光脚走了那么长的路,脚上会有病菌什么的。"

"啊，我想起来了！"地球领袖大叫一声，从旁边一个随行者的手中接过一个箱子，她把箱子打开，从中取出一个活物，那是一个足球大小的圆家伙，长着无数只乱动的小腿，她抓着其中一只小腿，把那东西举起来。"看，这是我们的城市送您的礼物——乳酸鸡！"

先行者努力回忆着他的微生物学知识，"你说的是——乳酸菌吧！"

"那是宏纪元的叫法，这就是使酸奶好吃的动物，它是有益的动物！"

"有益的细菌。"先行者纠正说，"现在我知道细菌确实伤害不了你们，我们的卫生观念不适合微纪元。"

"那不一定，有些动物，呵，细菌，会咬人的，比如大肠杆狼，战胜它们需要体力，但大部分动物，像酵母猪，是很可爱的。"地球领袖说着，又从脚上取下一团酒珠送进嘴里。当她抖掉脚上剩余的酒珠站起来时，已喝得摇摇晃晃了，舌头也有些打不过转来。

"真没想到人类连酒都没有失传！"

"我……我们继承了人类所有美好的东西，但那些宏人却认为我们无权代……代表人类文明……"地球领袖可能觉得天旋地转，又一屁股坐在地上。

"我们继承了人类所有的哲学，西方的，东方的，希腊的，中国的！"人群中有一个声音说。

地球领袖坐在那儿，向天空伸出双手大声朗诵着："没人能两次进入同一条河流；道生一，一生二，二生三，三生万……万物！"

"我们欣赏梵高的画,听贝多芬的音乐,演莎士比亚的戏剧!"

"活着还是死了,这是个……是个问题!"领袖女孩又摇摇晃晃站起,扮演起哈姆雷特来。

"但在我们的纪元,你这样儿的女孩是做梦也当不了世界领袖的。"先行者说。

"宏纪元是忧郁的纪元,有着忧郁的政治;微纪元是无忧无虑的纪元,需要快乐的领袖。"最高执政官说,她现在看起来清醒了许多。

"历史还没……没讲完,刚才讲到,哦,战争,宏人和微人间的战争,后来微人之间也爆发过一次世界大战……"

"什么?不会是为了领土吧?"

"当然不是,在微纪元,要是有什么取之不尽的东西的话,就是领土了。是为了一些……一些宏人无法理解的事,在一场最大的战役中,战线长达……哦,按你们的计量单位吧,100多米,那是多么广阔的战场啊!"

"你们所继承的宏纪元的东西比我想象的多多了。"

"再到后来,微纪元就集中精力为即将到来的大灾难做准备了。微人用了五个世纪的时间,在地层深处建造了几千座超级城市,每座城市在您看来是一个直径两米的不锈钢大球,可居住上千万人。这些城市都建在地下八万公里深处……"

"等等,地球半径只有6000公里。"

"哦,我又用了我们的单位,那是你们的,嗯,800米深吧!当太阳能量闪烁的征兆出现时,微世界便全部迁移到地下。然后,然后就是大灾难了。

"在大灾难后的 400 年，第一批微人从地下城中沿着宽大的隧道（大约有宏人时代的自来水管的粗细）用激光钻透凝结的岩浆来到地面，又过了五个世纪，微人在地面上建起了人类的新世界，这个世界有上万个城市，180 亿人口。

"微人对人类的未来是乐观的，这种乐观之巨大之毫无保留，是宏纪元的人们无法想象的。这种乐观的基础，就是微纪元社会尺度的微小，这种微小使人类在宇宙中的生存能力增强了上亿倍。比如，您刚才打开的那听罐头，够我们这座城市的全体居民吃一到两年，而那个罐头盒，又能满足这座城市一到两年的钢铁消耗。"

"作为一个宏纪元的人，我更能理解微纪元文明这种巨大的优势，这是神话，是史诗！"先行者由衷地说。

"生命进化的趋势是向小的方向，大不等于伟大，微小的生命更能同大自然保持和谐。巨大的恐龙灭绝了，同时代的蚂蚁却生存下来。现在，如果有更大的灾难来临，一艘像您的着陆舱那样大小的飞船就可能把全人类运走，在太空中一块不大的陨石上，微人也能建立起一个文明，创造一种过得去的生活。"

沉默了许久，先行者对着他面前占据硬币般大小面积的微人人海庄严地说："当我再次看到地球时，当我认为自己是宇宙中最后一个人时，我是全人类最悲哀的人，哀莫大于心死，没有人曾面对过那样让人心死的境地。但现在，我是全人类最幸福的人，至少是宏人中最幸福的人，我看到了人类文明的延续，其实用文明的延续来形容微纪元是不够的，这是人类文明的升华！我们都是一脉相传的人类,现在,我请求微纪元接纳我作为你们社会中一名普通的公民。"

"从我们探测到'方舟号'时我们已经接纳您了,您可以到地球上生活,微纪元供应您一个宏人的生活还是不成问题的。"

"我会生活在地球上,但我需要的一切都能从'方舟号'上得到,飞船的生态循环系统足以维持我的残生了,宏人不能再消耗地球的资源了。"

"但现在情况正在好转,除了金星的气候正变得适于人类外,地球的气温也正在转暖,海洋正在融化,可能到明年,地球上很多地方将会下雨,将能生长植物。"

"说到植物,你们见过吗?"

"我们一直在保护罩内种植苔藓,那是一种很高大的植物,每个分支有十几层楼高呢!还有水中的小球藻……"

"你们听说过草和树木吗?"

"您是说那些像高山一样巨大的宏纪元植物吗?唉,那是上古时代的神话了。"

先行者微微一笑:"我要办一件事情,回来时,我将给你们看我送给微纪元的礼物,你们会很喜欢那些礼物的!"

6. 新生

先行者独自走进了"方舟号"上的一间冷藏舱,冷藏舱内整齐地摆放着高大的支架,支架上放着几十万个密封管,那是种子库,其中收藏了地球上几十万种植物的种子,这是"方舟号"准备带往遥远的移民星球上去的。还有几排支架,那是胚胎库,冷藏了地球上十几万种动物的胚胎细胞。

明年气候变暖时,先行者将到地球上去种草,这几十万种种子中,有生命力极强的能在冰雪中生长的草,它们肯定能在现在的地球上种活的。

只要地球的生态能恢复到宏时代的十分之一,微纪元就拥有了一个天堂中的天堂,事实上地球能恢复的可能远不止于此。

先行者沉醉在幸福的想象之中,他想象着当微人们第一次看到那棵顶天立地的绿色小草时的狂喜。那么一小片草地呢?一小片草地对微人意味着什么?一个草原!一个草原又意味着什么?那是微人的一个绿色的宇宙了!草原中的小溪呢?当微人们站在草根下看着清澈的小溪时,那在他们眼中是何等壮丽的奇观啊!地球领袖说过会下雨,会下雨就会有草原,就会有小溪的!还一定会有树,天哪,树!先行者想象一支微人探险队,从一棵树的根部出发开始他们漫长而奇妙的旅程,每一片树叶,对他们来说都是一片一望无际的绿色平原……还会有蝴蝶,它的双翅是微人眼中横贯天空的彩云;还会有鸟,每一声啼鸣在微人耳中都是一声来自宇宙的洪钟……是的,地球生态资源的千亿分之一就可以哺育微纪元的 1000 亿人口!现在,先行者终于理解了微人们向他反复强调的一个事实。

微纪元是无忧无虑的纪元。

没有什么能威胁到微纪元,除非……

先行者打了一个寒战,他想起了自己要来干的事,这事一秒钟也不能耽搁了。他走到一排支架前,从中取出了100支密封管。

这是他同时代人的胚胎细胞,宏人的胚胎细胞。

先行者把这些密封管放进激光废物焚化炉,然后又回到冷藏库仔细看了好几遍,他在确认没有漏掉这类密封管后,回到焚化炉边,毫不动感情地,他按动了按钮。

在激光束几十万摄氏度的高温下,装有胚胎的密封管瞬间汽化了。

王晋康

一个没有经历两次人生的人，不可能知道什么叫作宿命。我站在时间之河的岸上，超越我的生命维度之外，亲眼看到了自己人生可能经历的无数种走向。人生啊，怎么选都不圆满，怎么选，都有遗憾。

——王晋康《时间之河》

生存实验

若博妈妈说今天是我们大伙儿的十岁生日。今天我们不用到天房外去做生存实验,也不用学习,就在家里玩,想怎么玩就怎么玩。伙伴们高兴极了,齐声尖叫着四散跑开。我发觉若博妈妈笑了,不是她的铁面孔在笑,是她的眼睛在笑。但她的笑纹一闪就没有了,心事重重地看着孩子们的背影。

天房里有六十个孩子。我叫王丽英,若博妈妈叫我小英子,伙伴们都叫我英子姐。还有白皮肤的乔治,黑皮肤的萨布里,红脸蛋的索朗丹增,黄皮肤的大川良子,鹰钩鼻的优素福,金发的娜塔莎……我是老大,是所有人的姐姐,不过我比最小的孔茨也只大了一小时。很容易推算出来,我们是间隔一分钟,一个接一个出生的。

若博妈妈是所有人的妈妈,可她常说她不是真正的妈妈。真正的妈妈是肉做的身体,像我们每个人一样,不是像她这种坚硬冰凉的铁身体。真正的妈妈胸前有一对乳房,能流出又甜又稠的白白的奶汁,小孩儿都是吃奶汁长大的。你说这有多稀奇,我们都没吃过奶汁,也许吃过但忘了。我们现在每天吃"玛纳",圆圆的,有拳头那么大,又香又甜,每天一颗,由若博妈妈发给我们。

还有比奶汁更稀奇的事呢。若博妈妈说我们中的女孩子长大了都会做妈妈,肚子里会怀上孩子,胸前的小豆豆会变大,会流出奶汁,十个月后孩子生出来,就喝这些奶汁。这真是怪极了,小孩子怎么会钻到肚子里呢?小豆豆又怎么会变大呢?从那时起,女孩子们老琢磨自己的小豆豆长大没长大,或者趴在女伴的肚子上听听有没有小孩子在里边说话。不过若博妈妈叫我们放心,她说这都是长大后才会出现的事。

还有男孩子呢?他们也会生孩子吗?若博妈妈说不会,他们肚子里不会生孩子,胸前的小豆豆也不会变大。不过必须有他们,女孩子才会生孩子,所以他们叫作"爸爸"。可是,为什么必须有他们,女孩子才会生孩子呢?若博妈妈说:"你们长大后就知道了,到十五岁后就知道了。可是你们一定要记住我的话!记住男人女人要结婚,结婚后女人生小孩,由'妈妈'喂他长大;小孩长大还要结婚,再生儿女,一代一代传下去!你们记住了吗?"

我们齐声喊:"记住了!"孔茨又问了一个怪问题:"若博妈妈,你说男孩胸前的小豆豆不会长大,不会流出奶汁,那我们干吗长出小豆豆呀,那不是浪费吗?"这下把若博妈妈问愣了,她摇摇脑袋说:"我不知道,我的资料库中没有这个问题的答案。"若博妈妈什么都知道，这是她第一次被问住，所以我们都很佩服孔茨。

不过只有我问到了最关键的问题，"若博妈妈，"我轻声问，"那么我们真正的妈妈爸爸呢，我们有爸爸妈妈吗？"

若博妈妈背过身，透过透明墙壁看着很远的地方。"你们当然有。肯定有。他们把你们送到这儿，地球上最偏远的地方，来做生存实验。实验完成后他们就会接你们回去，回到被称作'故土'的地方。那儿有汽车（会在地上跑的房子），有电视机（小人在里边唱歌跳舞的匣子），有香喷喷的鲜花，有数不清的好东西。所以，咱们一块儿努力，早点把生存实验做完吧。"

我们住在天房里，一个巨大透明的圆形罩子从天上罩下来，用力仰起头才能看到屋顶。屋顶是圆锥形，太高，看不清楚，可是能感觉到它。因为只有白色的云朵才能飘到尖顶的中央，如果是会下雨的黑云，最多只能爬到尖顶的周边。这时可有趣啦，黑沉沉的云层从四周挤着屋顶，只有中央部分仍是透明的蓝天和轻飘飘的白云，只是屋顶变得很小。下雨了，汹涌的水流从屋顶边缘漫下来，再顺着直立的墙壁向下流，就像是挂了一圈水帘。但屋顶仍是阳光明媚。

天房里罩着一座孤山，一个眼睛形状的湖泊，我们叫它眼睛湖，其他地方是茂密的草地。山上只有松树，几乎贴着地皮生长，树干纤细扭曲，非常坚硬，枝干上挂着小小的松果。老鼠在树网下钻来钻去，有时也爬到枝干上摘松果，用圆圆的小眼睛好奇地盯着你。湖里只有一种鱼，指头那么长，圆圆的身子，我们叫它白条儿鱼。

若博妈妈说,在我们刚生下来时,天房里有很多树,很多动物,包括天上飞的几十种小鸟,都是和我们一块儿从"故土"带来的。可是两年之间它们都死光了,如今只剩下地皮松、节节草、老鼠、竹节蛇、白条儿鱼、屎壳郎等寥寥几种生命。我们感到很可惜,特别是可惜那些能在天上飞的鸟儿,它们怎么能在天上飞呢?那多自在呀,我们想破头皮,也想不出鸟在天上飞的景象。萨布里和索朗丹增至今不相信这件事,他们说一定是若博妈妈逗我们玩的——可若博妈妈从没说过谎话。那么一定是若博妈妈看花眼了,把天上飘的树叶什么的看成活物了。

他俩还争辩说,天房外的树林里也没有会飞的东西呀。我说,天房内外的动植物是完全不同的,这你早就知道嘛。天房外有——可是,等等再说它们吧,若博妈妈不是让我们尽情玩儿吗?咱们抓紧时间玩吧。

若博妈妈说:"小英子,你带大伙儿玩,我要回控制室了。"控制室是天房里唯一的房子,妈妈很少让我们进去。她在那里给我们做玛纳,还管理着一些奇形怪状的机器,是干什么"生态封闭循环"用的。但她从不给我们讲这些机器,她说我们用不着知道,我们根本用不着它们。对了,若博妈妈最爱坐在控制室的后窗,用一架单筒望远镜看星星,看得可入迷了。可是,她看到什么,从不讲给我们听。

孩子们自动分成几拨,索朗丹增带一拨儿,他们要到山上逮老鼠,烤老鼠肉吃。萨布里带一拨儿,他们要到湖里游泳,逮白条儿鱼吃。玛纳很好吃,可是每天吃每天吃也吃腻了,有时我们就摘松果、逮老鼠和竹节蛇,换换口味。我和大川良子带一拨儿,有男孩有女孩。我提议今天还是捉迷藏吧,大家都同意了。这时有人喊我,是乔治,正向我跑来,他的那拨儿人站成一排等着。

大川良子附在我耳边说:"他肯定又找咱们玩土人打仗,别答应他!"乔治在我面前站住,讨好地笑着:"英子姐,咱们还玩土人打仗吧,行不?要不,给你多分几个人,让你赢一次,行不?"

我摇头拒绝了:"不,我们今天不玩土人打仗。"

乔治力气很大,手底下还有几个力气大的男孩,像恰恰、泰森、吉布森等,分拨儿打仗他老赢,我、索朗丹增、萨布里都不愿同他玩打仗。乔治央求我:"英子姐,再玩一次吧,求求你啦。"

我总是心软,他可怜巴巴的样子让我无法拒绝。忽然我心中一动,想出一个主意:"好,和你玩土人打仗。可是,你不在乎我多找几个人吧。"乔治高兴了,慷慨地说:"不在乎!不在乎!你在我的手下挑选吧。"

我笑着说:"不用挑你的人,你去准备吧。"他兴高采烈地跑了。大川良子担心地悄声说:"英子姐,咱们打不过他的,只要一打赢,他又狂啦。"

我知道乔治的毛病,不管这会儿他说得多好,一打赢他就狂得没边儿,变着法子折磨俘虏,让你爬着走路,让你当苦力,扒掉你的裙子画黑屁股。偏偏这是游戏规则允许的。我说:"良子你别担心,今天咱们一定要赢!你先带大伙儿做准备,我去找人。"

索朗丹增和萨布里正要出发,我跑过去喊住他俩:"索朗、萨布里，今天别逮老鼠和捉鱼了，咱们合成一伙儿，跟乔治打仗吧。"两人还有些犹豫，我鼓动他们："你们和乔治打仗不也老输吗，今天咱们合起来，定把他打败，教训教训他！"

两人想想，高兴地答应，我们商量了打仗的方案。这边，良子已带大伙儿做好准备，拾一堆小石子和松果当武器，装在每人的猎袋里。天房里的孩子一向光着上身，腰里围着短裙，短裙后有一个猎袋，装着匕首和火镰（火石、火绒）。玩土人打仗用不着这两样玩意儿，但若博妈妈一直严厉地要求我们随身携带。乔治和安妮有一次把匕首、火镰弄丢了，若博妈妈甚至用电鞭惩罚他们。电鞭可厉害啦，被它抽一下，就会摔倒在地，浑身抽搐，疼到骨头缝里。乔治那么蛮勇，被抽过一次后，看见电鞭就发抖。若博妈妈总是随身带着电鞭，不过一般不用它。但那次她怒气冲冲地吼道：

"记住这次惩罚的滋味！记住带匕首和火镰！忘了它们，有一天你会送命的！"

我们很害怕，也很纳闷。在天房里生活，我们从没用过匕首和火镰，若博妈妈为什么这样看重它们？不过，不管怎么说，从那次起，再没有人丢失过这两样东西。即使再马虎的人，也会时时检查自己的猎袋。

我领着手下来到眼睛湖边，背靠湖岸做好准备。我给大伙儿鼓劲："不要怕，我已经安排了埋伏，今天一定能打败他们。"

按照规则，这边做好准备后，我派孔茨站到土台上喊："凶恶的土人哪，你们快来吧！"乔治他们怪声叫着跑过来。等他们近到十几步远时，我们的石子和松果像雨点般飞过去，有几个的脑袋被砸中了，哎哟哎哟地喊，可他们非常蛮勇，脚下一点不停。这边几个伙伴开始发慌，我大声喊："别怕，和他们拼！援兵马上就到！"大伙儿冲过去，和乔治的手下扭作一团。

乔治没想到这次我们这样拼命，他大声吼着："杀死野人！杀死野人！"混战一场后，他的人毕竟有力气，把我们很多人都摔倒了，乔治也把我摔倒，用左肘压着我的胸脯，右手掏出带鞘的匕首压在我的喉咙上，得意地说：

"降不降？降不降？"

按平常的规矩，这时我们该投降了。不投降就会被"杀死"，那么，这一天你不能再参加任何游戏。但我高声喊着："不投降！"猛地把他掀下去。这时后边一阵凶猛的杀声，索朗丹增和萨布里带领两拨人赶到，俩人收拾一个，很快把他们全降服了。索朗丹增和萨布里把乔治摔在地上，用带鞘匕首压着他的喉咙，兴高采烈地喊：

"降不降？降不降？"

乔治从惊呆中醒过神，恼怒地喊："不算数！你们喊来这么多帮手！"

我笑道："你不是说不在乎我们人多吗？你说话不算数吗？"

乔治狂怒地甩开索朗和萨布里，从鞘中拔出匕首，恶狠狠地说："不服，我就是不服！"

索朗丹增和萨布里也被激怒了，因为游戏中不允许匕首出鞘。他们也拔出匕首，怒冲冲地说："想耍赖吗？想拼命吗？来吧！"

我忙喊住他们两个，走近乔治，乔治两眼通红，咻咻地喘息着。

我柔声说:"乔治,不许耍赖,大伙儿会笑话你的。快投降吧,我们不会扒掉俘虏的裤子,不会给你们画黑屁股。我们只在屁股上轻轻抽一下。"

乔治犹豫一会儿,悻悻地收起匕首,低下脑袋服输了。我用匕首砍下一根细树枝,让良子在每个俘虏屁股上轻轻抽一下,宣布游戏结束。恰恰、吉布森他们没料到惩罚这样轻,难为情地傻笑着——他们赢时可从没轻饶过俘虏。乔治还在咕哝着:"约这么多帮手,我就是不服。"不过我们都没理他。

红红的太阳升到头顶,索朗问:"下边咱们玩什么?"孔茨逗乔治:"还玩土人打仗,还是三拨儿收拾一拨儿,行不?"乔治恼火地转过身,给他一个脊背。萨布里说:"咱们都去逮老鼠,捉来烤烤吃,真香!"我想了想,轻声说:

"我想和乔治、索朗、萨布里和良子到墙边,看看天房外边的世界。你们陪我去吗?"

几个人都垂下眼皮,一朵黑云把我们的快乐淹没了。我知道黑云里藏着什么:恐惧。我们都害怕到"外边"去,连想都不愿想。可是,从五岁开始,除了生日那天,我们每天都得出去一趟。先是出去一分钟,再是两分钟、三分钟……现在增加到十五分钟。虽然只有十五分钟,可那就像一百年、一千年,我们总觉得,这次出去后就回不来了——的确有三个人没回来,尸体被若博妈妈埋在透明墙壁的外面,后来那些地方长出三株肥壮的大叶树。所以,从五六岁开始,天房的孩子们就知道什么是死亡,知道死亡每天在陪着我

们。我说:

"虽说出去过那么多次,但每次都只顾喘气啦,从没认真看外边是什么样子。可是若博妈妈说,每人必须通过外边的生存实验,谁也躲不过的。我想咱们该提前观察一下。"

索朗说:"那就去吧,我们都陪你去。"

从天房的中央部分走到墙边,快走需两个小时。要赶快走,才能赶在晚饭前回来。我们绕过山脚,地势渐渐平缓,到处是半人高的节节草和芨芨草,偶尔可以看见一棵孤零零的松树,比山上的地皮松要高一些,但也只是刚盖过我们的头顶。草地上老鼠要少得多,大概因为这儿没有松果吃,偶尔见一只立在土坎上,抱着小小的前肢,用红色的小眼睛盯着我们。有时,一条竹节蛇嗖地钻到草丛中。

"墙"到了。

立陡的墙壁,直直地向上伸展,伸到眼睛几乎看不到的高度后慢慢向里倾斜,形成圆锥状屋顶,墙壁和屋顶浑然一体,没有任何接缝。红色的阳光顺着透明的屋顶和墙壁流淌,天房内每一寸地方都沐浴在明亮的红光中。但墙壁外面不同,那里是阴森森的世界。

墙外长着完全不同的植物,最常见的是大叶树,粗壮的主干一直伸展到天空,下粗上细,从根部直到树梢都长着硕大的暗绿色叶子。大叶树的空隙中长着暗红色的蛇藤,光溜溜的,小小的鳞状叶子,它们顺着大叶树蜿蜒,到顶端后就脱离大叶树,高高地昂起脑袋,等到与另一根蛇藤碰上,互相扭结着再往上爬,所以它们总是比大叶树还高。站在山顶上往下看，大叶树的暗绿色中到处昂着暗红色的脑袋。

大叶树和蛇藤也蛮横地挤迫着我们的天房，擦着墙壁或吸附在墙壁上，几乎把墙壁遮满了。

有一节蛇藤忽然晃动起来——不是蛇藤，是一条双口蛇。我们出去做生存实验时偶尔碰见过。双口蛇的身体是鲜红色，用一张嘴吸附在地上或咬住树干，身体自由地屈伸着，用另一张嘴吃大叶树的叶子。等到附近的树叶吃光，再用吃东西这张嘴吸附在地上，腾出另一张嘴向前吃过去，身体就这样一屈一拱地往前走。现在，这条双口蛇的嘴巴碰到了墙壁，它在品尝这是什么东西，嘴巴张得大大的，露出整齐的牙齿，样子实在令人心怵。良子吓得躲到我身后，索朗不在乎地说：

"别怕，它是吃树叶的，不会吃人。它也没有眼睛，再说它还在墙外边呢。"

双口蛇试探一会儿，啃不动坚硬的墙壁，便缩回身子，在枝叶中消失。我们都盯着外面，心里沉甸甸的。我们并不怕双口蛇，不怕大叶树和蛇藤围出来的黑暗。我们害怕——外面的空气。

那稀薄的氧气不足的空气。

那儿的空气能把人"淹死"，你无处可逃。我们张大嘴巴、张圆鼻孔用力呼吸，但是没用，仍是难以忍受的窒息，就像魔鬼在掐着我们的喉咙，头部剧疼，黑云从脑袋向全身蔓延，逼得你把大小便拉在身上。我们无力地拍着门，乞求若博妈妈让我们进去，可是不到规定时刻她是不会开门的，三个伙伴就这样憋死在外边……

这会儿看到墙外的黑暗,那种窒息感又来了,我们不约而同地转过身,不想再看外边。其实,经过这几年的锻炼,这十五分钟我们已经能熬过来了,可是——每天一次呵!每天,我们实在不想迈过那道密封门,可是好脾气的妈妈这时总扬着电鞭,凶狠地逼我们出去。

这十五分钟沉甸甸地坠在心头,即使睡梦中也不会忘记。而且,这个担心的下面还挂着一个模模糊糊的恐惧:为什么天房内外的空气不一样?这点让人心里不踏实。我不知道为什么不踏实,但我就是担心。

我逼着自己转回身,重新面对墙外的密林。那里有食物吗?有没有吃人的恶兽?外面的空气是不是到处一样?我看哪看哪,心里有止不住的忧伤。我想,在今后的日子里,一定还有什么灾难在等着我们,谁也逃脱不了。

我们五人及时赶回控制室,红太阳已经很低了,红月亮刚刚升起。在粉红色的暮霭中,伙伴们排成一队,从若博妈妈手里接过今天的玛纳。发玛纳时,妈妈常摸摸我们的头顶,问问今天干了什么,过得高兴吗。伙伴们也会笑嘻嘻地挽住妈妈的腰,扯住她的手,同她亲热一会儿。尽管妈妈的身体又硬又凉,我们还是想挨着她。若博妈妈这时十分和蔼,一点不像手执电鞭时凶巴巴的样子。

我排在队伍后边,轮到我了,若博妈妈拍拍我的脑袋问:"你今天玩土人打仗,联合索朗和萨布里把乔治打败了,对吗?"我扭头看看乔治,他不乐意地梗着脖子,便打圆场说:"我们人多,开始是乔治占上风的。"若博又拍拍我：

"好孩子，你是个好孩子，你们都是好孩子。"

玛纳分完了，我们很快把它吞到肚里。若博妈妈说："都不要走，有重要的事情要告诉大家。"我的心忽然沉下去，我不知道她要说什么，但下午那个沉重的预感又来了。六十个伙伴都聚过来，六十双眼睛在粉红色的月光下闪亮。若博妈妈的目光扫过我们每个人，严肃地说：

"你们已经过了十岁生日，已经是大孩子了。从明天起你们要离开天房，每七天回来一次。这七天每人只发一颗玛纳，其余食物自己寻找。"

我们都傻了，慢慢转动着脑袋，看着前后左右的伙伴。若博妈妈一定是开玩笑，不会真把我们赶出去。七天！七天后所有的人都要憋死啦。若博妈妈，你干吗要用这么可怕的玩笑来吓唬我们呢。可是，妈妈的声音变得严厉起来：

"记住是七天！明天是 2000 年 4 月 2 日，早上太阳出来前全部出去，到 4 月 8 日早上太阳升起后再回来，早一分钟我也不会开门。"

乔治狂怒地喊："七天后我们会死光的！我不出去！"

若博妈妈冷冰冰地说："你想尝尝电鞭的滋味吗？"她摸着腰间的电鞭向乔治走去，我急忙跳起来护住乔治，乔治挺起胸膛与她对抗，但他的身体分明在发抖。我悲哀地看着若博妈妈，想起刚才有过的想法：某个灾难是我们命中注定的。我盯着她的眼睛，低声说：

"妈妈，我们听你的吩咐，可是——七天！"

若博妈妈垂下鞭子，叹息一声："孩子们，我不想逼你们，可是你们必须尽快通过生存实验，否则就来不及了。"

晚上我们总是散布在眼睛湖边的草地上睡觉，今晚大伙儿没有商量，自动聚在一块儿，身体挨着身体，头顶着头。我们都害怕，睁大眼睛不睡觉。红月亮已经升到天顶，偶尔有一只小老鼠从草丛里跑过去。朴顺姬忽然把头钻到我的腋下，嘤嘤地哭了：

"英子姐，我害怕。"

我说不要怕，怕也没有用。若博妈妈说得对，既然能熬过十五分钟，就能熬过七天。我们生下来，我们活着，就是为了这个生存实验呀，谁也逃不掉。乔治怒声说："不出去，咱们都不出去！"萨布里马上接口："可是，妈妈的电鞭……"乔治咬着牙说：

"把它偷过来！再用它……"

大伙儿都打一个寒噤。在此之前，从没人想过要反抗若博妈妈，乔治这句话让我们胆战心惊。很多人仰头看着我，我知道他们在等我发话，便说：

"不，我想该听妈妈的话，她是为咱们好。"

乔治怒冲冲地啐一口，离开我们单独睡去了。我们都睁着眼，很久才睡着。

早上我们醒了，外边是难得的晴天，红色的朝霞在天边燃烧，蓝色的天空晶莹澄澈。有一段时间我们几乎忘了昨晚的事。我们想，这么美好的日子，那种事不会发生的。可是，若博妈妈在控制室等着我们，提一篮玛纳，腰里挂着电鞭。她喊我们："快来领玛纳，领完就出去！"

我们悲哀地过去，默默地领了玛纳，装在猎袋里。若博妈妈领我们走了两个小时，来到密封门口。墙外，黏糊糊的浓绿仍在紧紧地箍着透明的墙壁，阴暗在等着吞噬我们。密封门打开了，空气带着啸声向外流，若博妈妈说过，这是因为天房内空气的压力比外边大。一只小老鼠借着风力，嗖地穿过密封门，消失在绿荫中。我怜悯地想，它这么心甘情愿地往外跑，大概不知道外边的可怕吧。

所有伙伴哀求地看着若博妈妈，祈盼她在最后一刻改变主意。可是不，她脸上冷冰冰的，非常严厉。我只好带头跨过密封门，伙伴们跟在后边。最后的孔茨出来后，密封门唰地关闭，啸声被截住了。

由于每天进出，门外已被踩出一个小小的空场，我们茫然待在这个空场里，不知道下一步该往哪儿走。窒息的感觉马上来了，它挤出肺内最后一点空气，扼住喉咙。眼前发黑，我们张大嘴巴喘息着。忽然朴顺姬嘶声喊着：

"我……受不……了啦……"

她撕着胸口，慢慢倒下去，我和索朗赶紧俯下身。她的面孔青紫，眼珠凸出，极度的恐惧充溢在瞳孔里。这是怎么回事？我们出来还不到五分钟，可是平时她忍受十五分钟也没出意外呀。我们急急喊着："顺姬，快吸气！大口吸气！"

没有用。她的面色越来越紫，眼神已开始蒙眬。我急忙跑到密封门前，用力拍着："快开门！快开门！顺姬要死啦！若博妈妈，快开门!"索朗已经把顺姬抱到门边。索朗丹增是伙伴中最能适应外边空气的,若博妈妈说这是因为遗传,他的血液携氧能力比别人强。他把顺姬举到门边,可是那边没有动静。若博妈妈像石像一样立在门内,不知道她是否听到我们的喊声。我们喊着,哭着,忽然,一股臭气冲出来,是顺姬的大小便失禁了。她的身体慢慢变冷,一双眼睛仍然圆睁着。

门还是没有开。

伙伴们立在顺姬的尸体旁垂泪,没人哭出声。我们已经知道,妈妈不会来抚慰我们。顺姬死了,不是在游戏中被杀死,是真的死了,再也不能活过来。天房通体透明,充溢着明亮温暖的红光,衬着这红色的背景,墙壁那边的若博妈妈一动不动。天房,家,若博妈妈,这些字眼从懂事起就种在我们心里,是那样亲切。可是今天它们一下子变得冰冷坚硬,冷酷无情。我忍着泪说:

"她不会开门的,走吧,到森林里去吧。"这时我忽然发现我们出来已经很久,绝对超过十五分钟,可是,只顾忙着抢救顺姬和为她悲伤,几乎忘了现在是呼吸着外面的空气。我欣喜地喊:"你们看,十五分钟早过去了,咱们再也不会憋死了!"

大家都欣喜地点头。虽然胸口还很闷,头昏,四肢乏力,但至少我们不会像顺姬那样死去了,很可能顺姬是死于心理紧张。确认这一点后,恐惧没么入骨了。大川良子轻声问我:"顺姬怎么办?"

顺姬怎么办?记得若博妈妈说过,对死人的处理要有一套复杂的仪式,仪式完成后把尸体埋掉或者烧掉,这样灵魂才能远离痛苦，飞到一个流淌着奶汁和蜜糖的地方。但我不懂得埋葬死人的仪式，也不想把顺姬烧掉，那会使她疼痛的。我想了想，说：

"用树叶把她埋掉吧。"

我取下顺姬的猎袋，挎在肩上，吩咐伙伴砍下很多枝叶，把尸体盖得严严实实。然后我们离开这儿，向森林中走去。

大叶树和蛇藤互相缠绕，森林里十分拥挤和黑暗，几乎没法走动。我们用匕首边砍边走。我怕伙伴们走失，就喊来乔治、索朗、萨布里、娜塔莎和优素福，我说咱们还按玩游戏那样分成六队吧，每队十个人，咱们六人是队长，要随时招呼自己的手下，莫要走失。几个人爽快地答应了。我不放心，又特意交代：

"现在不是玩游戏，知道吗？不是玩游戏！谁在森林中丢失就会死去，再也活不过来了！"

大伙儿看看我，眼神中是驱不散的惧意。只有索朗和乔治不大在乎，他们大声说："知道了，不是玩游戏！"

当天我们在森林里走了大约一百步。太阳快落了，我们砍出一片小空场，又砍来枝叶铺在地下。红月亮开始升起来，这是每天吃饭的时刻，大家从猎袋中掏出圆圆的玛纳。我舍不得吃，我知道今后的六天中不会有玛纳了。犹豫一会儿，我用匕首把玛纳分成三份儿，吃掉一份，其余小心地装回猎袋。这一块玛纳太小了，吃完后更是勾起我的饥火，真想把剩下的两块一口吞掉。不过，我终于战胜了它的诱惑。我的手下也都学我把玛纳分成三份，可是我见三人没忍住，又悄悄把剩下的两块吃了。我叹口气，没有管他们。

这是我们第一次在天房之外过夜。在天房里睡觉时，我们知道天房在护着我们，为我们遮挡雨水，为我们提供充足的空气，还有人给我们制造玛纳。可是，忽然之间，这些依靠全没了。尽管很疲乏，还是惴惴地睡不着，越睡不着越觉得肚里饿。索朗忽然触触我："你看！"

借着从树叶缝隙中透出来的月光，我看见十几条双口蛇分布在周围。白天，当我们闹腾着砍树开路时，它们都惊跑了，现在又好奇地聚过来。它们把两只嘴巴吸附在地上，身子弯成弧形，安静地听着宿营地的动静。索朗小声说："明天捉双口蛇吃吧，我曾吃过一条小蛇崽，肉发苦，不过也能吃。"

我问："能逮住吗？双口蛇没眼睛，可耳朵很灵。还有它们的大嘴巴和利牙，咬一口可不得了。"索朗自信地说："没事，想想办法，一定能逮住的。"身边有索索的声音，是孔茨醒了，仰起头惊叫道："这么多双口蛇！英子姐，你看！"双口蛇受惊，四散逃走，身体一屈一拱，一屈一拱，很快消失在密林中。

天亮了，阳光透过茂密的枝叶射下来，变得十分微弱。林中阴冷潮湿，伙伴们个个缩紧身体，挤成一团。索朗丹增紧靠着我的脊背，一只手臂还搭在我的身上。我挪开他的手臂，坐起身。顺着昨天开出的路，我看见天房，那儿，早晨的阳光充满密封的空间，透明的墙壁和屋顶闪着红光。我呆呆地望着，忘了对若博妈妈的恼怒，巴不得马上回到她身边。

但我知道，不到七天，她不会为我们开门的，哪怕我们全死在门外。想到这里,我不由得怨恨起来。

我喊醒乔治他们,说:"今天得赶紧找食物,好多人已经把玛纳吃光了,还有六天呢。我和娜塔莎领两队去采果实,乔治、索朗你们带四个队去捉双口蛇,如果能捉住一条,够我们吃三四天的。"大伙儿同意我的安排,分头出发。

森林中只有大叶树和蛇藤,枝叶都不能吃,又苦又涩,我尝了几次,忍不住吐起来。它们有果实吗?良子发现,树的半腰挂着一嘟噜一嘟噜的圆球,我让大伙儿等着,向树上爬去。大叶树树干很粗,没法抱住,好在这种树从根部就有分杈,我蹬着树杈,小心地向上爬。稀薄缺氧的空气使我的四肢酥软,每爬一步都要使出很大的力气。我越爬越高,树叶遮住了下面的同伴。斜刺里伸来一支蛇藤,围着大叶树盘旋上升,我抓住蛇藤喘息一会儿,再往上爬。现在,一串串圆圆的果实悬在我的脸前,我在蛇藤上盘住腿,抽出匕首砍下一串,小心地尝尝。味道也有点发苦,但总的说还能吃。我贪馋地吃了几颗,觉得肚子里的饥火没那么炽烈了。

我喊伙伴:"注意,我要扔大叶果了!"砍下果实,瞅着树叶缝隙扔下去。过一会儿,听见树底下高兴的喊声,他们已尝到大叶果的味道了。一棵大叶树有十几串果实,够我们每人分一串。

我顺着蛇藤往下溜,大口喘息着。有两串大叶果卡在树杈上,我探着身子把它们取下来。伙伴们仰脸看着我。快到树下我实在没力气了,手一松,顺着树干溜下去,结结实实地摔在地上。等我从昏晕中醒来,听见伙伴们焦急地喊:"英子姐,英子姐!英子姐,你醒啦。"

我撑起身子，伙伴们团团围住我。我问："大叶果好吃吗？"大伙儿摇着头："比玛纳差远啦，不过总算能吃吧。"我说，快去采摘，乔治他们不一定能捉到双口蛇呢。

到下午，每人的猎袋都塞满了。我带伙伴选一块稀疏干燥的地方，砍来枝叶铺出一个窝铺，然后让孔茨去喊其他队回来。孔茨爬到一棵大树上，用匕首拍着树干，高声吆喝：

"伙伴——回来哟——玛纳——备好喽——"

过了半个小时，那几队从密林中钻出来，个个疲惫不堪，垂头丧气，手里空空的。我知道他们今天失败了，怕他们难过，忙笑着迎过去。乔治烦闷地说，没一点儿收获，双口蛇太机警，稍有动静它们就逃得不见影。他们转了一天，只围住一条双口蛇，但在最后当口又让它逃跑了。索朗骂着："这些瞎眼的东西，比明眼人还鬼灵呢。"

我安慰他们："不要紧，我们采了好多大叶果，足够你们吃啦。"孔茨把大叶果分成四十份，每人一份。乔治、索朗他们都饿坏了，大口大口地吃着。我仰着头想心事，刚才乔治讲双口蛇这么机灵，勾起我的担心。等他们吃完，我把乔治和索朗叫到一边，小声问："你们还看到别的什么野兽吗？"他们说："没看见，英子姐你在担心什么？"我说：

"是我瞎猜呗。我想双口蛇这么警惕，大概它们有危险的敌人。"两人的脸色也变了，"不管怎么样，以后咱们得更加小心。"

大家都乏透了，早早睡下。不过我一直睡不安稳，胸口像压着大石头，骨头缝里又困又疼。我梦见朴顺姬来了，用力把我推醒，恐惧地指着外边，喉咙里嘶声响着，却喊不出来。远处的黑暗中有双绿莹莹的眼睛,在悄悄逼近——我猛然坐起身,梦境散了,朴顺姬和绿眼睛都消失了。

我想起可怜的顺姬,泪水不由得涌出来。

身边有动静,是乔治,他也没睡着,枕着双臂想心事。我说:"乔治,我刚才梦见了顺姬。"乔治闷声说:"英子姐,你不该护着若博妈妈,真该把她……"我苦笑着说:

"我不是护她。你能降住她吗?即使你能降住她,你能管理天房吗?能管理那个'生态封闭循环系统'吗?能为伙伴们制造玛纳吗?"

乔治低下头,不吭声了。

"再说,我也不相信若博妈妈是在害我们。她把咱们六十个人养大,多不容易呀,干吗要害咱们呢。她是想让咱们早点通过生存实验,早点回家。"

乔治肯定不服气,不过没有反驳。但我忽然想起顺姬窒息而死时透明墙内若博妈妈那冷冰冰的身影,不禁打一个寒战。即使为了逼我们早点通过生存实验,她也不该这么冷酷啊。也许……我赶紧驱走这个想法,问乔治:

"乔治,你想早点回'故土'吗?那儿一定非常美好,天上有鸟,地上有汽车,有电视,有长着大乳房的妈妈,还有不长乳房可同样亲我们的爸爸。有高高的松树,鲜艳的花,有各种各样的玛纳……而且没有天房的禁锢,可以到处跑到处玩。我真想早点回家!"

索朗、良子他们都醒了,向往地听着我的话。乔治刻薄地说:"全是屁话,那是若博妈妈哄我们的。我根本不信有这么好的地方。"

我知道乔治心里烦,故意使蹩劲,便笑笑说:"你不信,我信。

睡吧,也许十天后我们就能通过生存实验,真正的爸爸妈妈就会来接咱们。那该多美呀。"

第二天,我们照样分头去采大叶果和捉双口蛇。晚上乔治他们回来后比昨天更疲惫,更丧气。他们发疯地跑了一天,很多人身上都挂着血痕,可是依然两手空空。好强的乔治简直没脸吃他的那份大叶果,脸色阴沉,眼中喷着怒火,他的手下都胆怯地躲着他。我心中十分担心,如果捉不到双口蛇,单单大叶果的营养毕竟有限,常常吃完就饿,老拉稀。谁知道妈妈的生存实验要延续多少轮?五十九个人的口粮呀。不过我把担心藏到心底,高高兴兴地说:

"快吃吧,说不定明天就能吃到烤蛇肉了!"

第三天仍是扑空,第四天我决定跟乔治他们一块儿行动。很幸运,我们很快捉到一条双口蛇,但我没想到搏斗是那样惨烈。

我们把四队人马撒成大网,朝一个预定的地方慢慢包抄。常常瞥见一条双口蛇在枝叶缝隙里一闪,迅即消失了。不过不要紧,索朗他们在另外几个方向等着呢。我们不停地敲打树干,也听到另外三个方向高亢的敲击声。包围圈慢慢缩小,忽然听到了剧烈的扑通扑通声,夹杂着吱吱的尖叫。叫声十分刺耳,让人头皮发麻。乔治看看我,加快行进速度。他拨开前面的树叶,忽然呆住了。

前边一个小空场里有一条巨大的双口蛇,身体有人腰那么粗,有三四个人那么长,我们从没见过这么大的双口蛇。但这会儿它正在垂死挣扎,身上到处是伤口,流着暗蓝色的血液。它疯狂地摆动着两个脑袋,动作敏捷地向外逃跑,可是每次都被一个更快的黑影截回来。我们看清那个黑影,那是只——老鼠!当然不是天房内的小老鼠,它的身体比我们还大,尖嘴,粗硬的胡须,一双圆眼睛闪着阴冷的光。虽然它这么巨大,但它的相貌分明是老鼠,这没任何疑问。也许是几年前从天房里跑出来的老鼠长大了?这不奇怪,有这么多双口蛇供它吃,还能不长大吗?

巨鼠也看到我们,但根本不屑理会,仍旧蹲伏在那儿,守着双口蛇逃跑的路。双口蛇只要向外一蹿,它马上以更快的速度扑上去,在蛇身上撕下一块肉,再退回原处,一边等待一边慢条斯理地咀嚼。它的速度、力量和狡猾都远远高于双口蛇,所以双口蛇根本没有逃生的机会。乔治紧张地对我低声说:"咱们把巨鼠赶走,把蛇抢过来,行不?够咱们吃四天啦。"

我担心地望望阴险强悍的巨鼠,小声说:"打得过它吗?"乔治说,我们四十个人呢,一定打得过!双口蛇终于耗尽了力气,瘫在地上抽搐着,巨鼠踱过去,开始享用它的美餐。它是那么傲慢,根本不把四周的人群放在眼里。

三个方向的敲击声越来越近,索朗他们都露出头,是进攻的时候了。这时,一件意外的小事促使我们下了决心。一只小老鼠这时溜过来,东嗅嗅西嗅嗅,看来是想分点食物。这是只普通的老鼠,也许就是三天前才从天房里逃出的那只。但巨鼠一点不怜惜同类,闪电般扑过来,一口咬住小老鼠,咔咔嚓嚓地嚼起来。这种对同类的残忍激怒了乔治,他大声吼道:"打呀!打呀!索朗、萨布里,快打呀!"四十个人冲过去,团团围住巨鼠,巨鼠的小眼睛里露出一丝胆怯,它放下食物,吱吱怒叫着与我们对抗。忽然它向孔茨扑过去，咬住孔茨的右臂，孔茨惨叫一声，匕首掉在地上。它把孔茨扑倒，敏捷地咬住他的脖子。我尖叫一声，乔治怒吼着扑过去，把匕首扎到巨鼠背上。索朗他们也扑上去，经过一场剧烈的搏斗，巨鼠逃走了，背上还插着那把匕首，血迹淌了一路。

我把孔茨抱到怀里，他的喉咙上有几个深深的牙印，向外淌着鲜血。我用手捂住伤口，哭喊着："孔茨！孔茨！"他慢慢睁开无神的眼睛，想向我笑一下，可是牵动了伤口，他又晕过去。

那条巨大的双口蛇躺在地上，但我一点不快乐。乔治也受伤了，左臂上两排牙印。我们砍下枝叶铺好窝铺，把孔茨抬过去。萨布里他们捡干树枝，索朗带人切割蛇肉。生火费了很大的劲儿，尽管每人都能熟练地使用火镰，但这儿不比天房内，稀薄的空气老是窒息了火舌。不过，火总算生起来了，我们用匕首挑着蛇肉烤熟。也许是因为饿极了，蛇肉虽然有股怪味，但每人都吃得津津有味。

我把最好的一串烤肉送给孔茨，他艰难地咀嚼着，轻声说："不要紧，我很快会好的……我很快会好的，对吗？"

我忍着泪说："对，你很快会好的。"

乔治闷闷地守着孔茨，我知道他心里难过，他没有杀死巨鼠，匕首也让巨鼠带走了。我从猎袋里摸出顺姬的匕首递给他，安慰道："乔治，今天多亏你救了孔茨，又逮住这么大的双口蛇。去，烤肉去吧。"

深夜，孔茨开始发烧，身体像着了火，喃喃地喊着："水，水。"可是我们没有水。大川良子和娜塔莎把剩下的大叶果挤碎，挤出那么一点点汁液，摸索着滴到孔茨嘴里。周围是深深的黑暗，黑得就像世界已经消失，只剩下我们浮在半空中。我们顺着来路向后看，已经太远了，看不到天房，那个总是充盈着红光的温馨的天房。黑夜是那样漫长，我们在黑暗中沉呀沉呀，总沉不到底。

孔茨折腾一夜，好容易才睡着。我们也疲惫不堪地睡去。

有人喊喊喳喳地说话，把我惊醒。天光已经大亮，红色的阳光透过密林，在我们身上洒下一个个光斑。我赶紧转身去看孔茨，盼望着这一觉之后他会好转。可是没有，他的病更重了，身体烫人，眼睛紧闭，再喊也没有反应。我知道是那只巨鼠把什么细菌传给他了，若博妈妈曾说过，土里、水里和空气里到处都有细菌，谁也看不见，但它能使人得病。乔治也病了，左臂红肿发热，但病情比孔茨轻得多。我默默思索一会儿，对大家说：

"今天是第五天，食物已经够两天吃了，我们开始返回吧。但愿……"

但愿若博妈妈能提前放我们进天房，用她神奇的药片为孔茨和乔治治病。但我知道这是空想，妈妈的话从没有更改过。我把蛇肉分给各人，装在猎袋里，索朗、恰恰、吉布森几个力气大的男孩轮流背孔茨，五十九人的队伍缓慢地返回。

有了来时开辟的路，回程容易多了。太阳快落时我们赶到密封门前，几个女孩抢先跑过去，用力拍门："若博妈妈，孔茨快死了，乔治也病了，快开门吧。"她们带着哭声喊着，但门内没一点儿声响，连若博的身影也没出现。

小伙伴们跑回来，哭着告诉我："若博妈妈不开门！"我悲哀地注视着大门，连愤怒都没力气了。实际上我早料到这种结果，但我那时仍抱着万分之一的希望。伙伴们问我怎么办,索朗、萨布里怒气冲冲,更不用说乔治了,他的眼睛冒火,几乎能把密封门烧穿。我疲倦地说:

"在这儿休息吧,收拾好睡觉的窝铺,等到后天早上吧。"

伙伴们恨恨地散开。有了这几天的经验,一切都有条不紊地进行。蛇肉烤好了,但孔茨紧咬嘴唇,再劝也不吃。我想起猎袋里还有两小块玛纳,掏出来放到孔茨嘴边,柔声劝道:"吃点吧,这是玛纳呀。"孔茨肯定听见了我的劝告,慢慢张开嘴,我把玛纳掰碎,慢慢塞进他嘴里。他艰难地嚼着,吃了半个玛纳。

我们迎来了日出,又迎来了月出。第七天的凌晨,在太阳出来之前,孔茨咽下最后一口气。他在濒死中喘息时,乔治冲到密封门前,用匕首狠狠地砍着门,暴怒地吼道:

"快开门!你这个硬邦邦的魔鬼,快开门!"

透明的密封门十分坚硬,匕首在上面滑来滑去,没留下一点刻痕。我和大川良子赶快跑去,好好歹歹把他拉回来。

孔茨咽气了,不再受苦了,现在他的表情十分安详。五十八个小伙伴都没有睡,默默团坐在尸体周围,我不知道他们的内心是悲伤还是仇恨。当天房的尖顶接受第一缕阳光时,乔治忽然清晰地说:

"我要杀了她。"

我担心地看看门那边——不知道若博妈妈能否听到外边的谈话——小心地说:"可是,她是铁做的身体。她可能不会死的。"

乔治带着恶毒的得意说:"她会死的,她可不是不死之身。我一直在观察她，知道她怕水，从不敢到湖里，也不敢到天房外淋雨。她每天还要更换能量块，没有能量她就死啦。"

他用锋利的目光盯着我，分明是在询问：你还要护着她吗？我叹息着垂下目光。我真不愿相信妈妈在戕害我们，她是为我们好，是逼我们早点通过生存实验……可是，她竟然忍心让朴顺姬和孔茨死在她的眼前，这是无法为她辩解的。我再次叹息着，附在乔治耳边说：

"不许轻举妄动！等我学会控制室的一切，你再……听见吗？"

乔治高兴了，用力点头。

密封门缓缓打开，嗤嗤的气流声响起来，听见若博妈妈大声喊："进来吧，把孔茨的尸体留在外面，用树枝掩埋好。"

原来她确实在天房内观察着孔茨的死亡！就在这一刻，我心中对她的最后一点依恋咔嚓一声断了。我取下孔茨的猎袋，指挥大家掩埋了尸体，然后把恨意咬到牙关后，随大家进门。若博在门口迎接我们，我说：

"妈妈，我没带好大家，死了两个伙伴。不过我们已学会采摘果实和猎取双口蛇。"

妈妈亲切地说："你们干得不错，不要难过，死人的事是免不了的。乔治，过来，我为你上药。"

乔治微笑着过去，顺从地敷药，吃药，还天真地问："妈妈，吃了这药，我就不会像孔茨那样死去了，对吧？"

"对，你很快就会痊愈。"

"谢谢你，若博妈妈，要是孔茨昨晚能吃到药片，该多好啊。"

若博妈妈对每人做了身体检查，凡有外伤的都敷上药。晚上分发玛纳时她宣布："你们在天房里好好休养三天，三天后还要出去锻炼，这次锻炼为期——三十天！"刚刚缓和下来的空气马上凝固了。伙伴们你看看我，我看看你，目光中尽是惧怕和仇恨。乔治天真地问：

"若博妈妈，这次是三十天，下次是几天？"

"也许是一年。"

"若博妈妈，上次我们出去六十个人，回来五十八个。你猜猜，下次回来会是几个人？下下次呢？"

谁都能听出他话中的恶毒，但若博妈妈假装没听出来，仍然亲切地说："你们已基本适应了外面的环境，我希望下次回来还是五十八个人，一个也不少。"

"谢谢你的祝福，若博妈妈。"

吃过玛纳，我们像往常一样玩耍，谁也不提这事。睡觉时，乔治挤到我身边睡下。他没有和我交谈，一直瞪着天房顶上的星空。红月亮上来了，给我们盖上一层红色的柔光。等别人睡熟后，乔治摸到我的手，掰开，在手心慢慢划着。他划的第一个字母是K，然后在月光中仰头看我，我点点头表示理解。他又划了第二个字母I，接着是LL。KILL！他要把杀死若博的想法付诸行动！他严厉地看着我，等我回答。

我真不知道该怎么办。若博这些天的残忍已激起我强烈的敌意，但她的形象仍保留着过去的一些温暖。她抚养我们一群孩子，给我们制造玛纳，教我们识字，算算术，为我们治病，给我们讲很多地球那边的故事。我不敢想象自己真的会杀她。这不光涉及对她一个人的感情，在我内心深处一直有一个不甚明确的看法：若博妈妈代表着地球那边同我们的联系，她一死，这条纤细的联系就全断了！

乔治看出我的犹豫，生气地在我手心画一个惊叹号。我知道他决心已定，不会更改，而且他不是一个人，他代表着索朗丹增、萨布里、恰恰、泰森等，甚至还有女孩子们。我心里激烈地斗争着，拉过乔治的手写道：

"等我一天。"

乔治理解了，点点头，翻过身。我们就这样不声不响地看着夜空，想着各自的心事。深夜，我已蒙眬入睡，一只手摸摸索索地把我惊醒。是乔治，他把我的手握到他手心里，然后慢慢凑过来，亲亲我的嘴唇。很奇怪，一团火焰忽然烧遍我的全身，麻酥酥的快感从嘴唇射向大脑。我几乎没有考虑，嘴唇自动凑过去，乔治猛地搂住我，发疯地亲起来。

在一阵阵快乐的震颤中，我想，也许这就是若博妈妈讲过的男女之爱？也许乔治吻过我以后，我肚子里就会长出一个小孩，而乔治就是他的爸爸？这个想法让我有点胆怯，我努力把乔治从怀中推出去。乔治服从了，翻过身睡觉，但他仍紧紧拉着我的右手。我抽了两次没抽出来，也就由它了。

第二天早上醒来，我的手还在他的掌中。因为有了昨天的初吻，我觉得和乔治更亲密了。我抽出右手，乔治醒了，马上又抓住我的手，在手心中重写了昨天的四个字母：KILL！他在提醒我不要忘了昨晚的许诺。

伙伴们开始分拨玩耍，毕竟是孩子啊，他们要抓紧时间享受今天的乐趣。但我觉得自己长大了，作为大伙儿的头头，一份沉甸甸的责任压在我的身上，这份责任让我大了二十岁。

我敲响控制室的门，心中免不了内疚。在六十个孩子中，若博妈妈最疼爱我，现在我要利用这份偏爱去刺探她的秘密。妈妈打开门，询问地看看我，我忙说：

"若博妈妈，我想对你谈一件事，不想让别人知道。"

妈妈点点头，让我进屋，把门关上。我很少来控制室，早年来过两三次，已经没有什么印象了。控制室里尽是硬邦邦的东西，很多粗管道通到外边，几台机器蜷伏在地上。后窗开着，有一架单筒望远镜，那是若博妈妈终日不离身的宝贝。这边有一张控制台，嵌着一排排红绿按钮，我扫一眼，最大的三个按钮下写着："空气压力/成分控制""温度控制""玛纳制造"。

怕若博妈妈起疑，我不敢看得太贪婪，忙从那儿收回目光。若博妈妈亲切地看着我——令我痛苦的是，她的亲切里看不出一点虚假——问：

"小英子，有什么事？"

"若博妈妈，有一个想法在我心中很久很久了，早就想找你问问。"

"什么想法?"

"若博妈妈,你常说我们是在地球最偏远的地方,可是——这儿真的是在地球上吗?"

若博妈妈注意地看着我:"哟,这可是个新想法。你怎么有了这个想法?"

"我看到一些蛛丝马迹,它们一点点加深我的怀疑。比如,天房内外的东西明显不一样,树木呀,草呀,动物呀,空气呀。打开密封门时,空气会嗖嗖地往外跑,你说是因为天房内的气压比外边高,还说天房内的一切和地球那边是一样的。那么,'地球那边'的气压也比这儿高吗?它们为什么不嗖嗖地往这边跑?"

"真是新奇的想法。还有吗?"

"还有,你给我们念书时,曾提到'金色的阳光''洁白的月光',可是,这儿的太阳和月亮都是红色的。为什么?这边和那边不是一个太阳和月亮吗?"

"噢,还有什么?"

"你说过,一个月的长短大致等于从满月经新月到满月的一个循环。可是,根本不是这样!这儿满月到满月只有十六天,可是在你的日历上,一月有三十天、三十一天。若博妈妈,这是为什么?"

我充满期待地看着她。我提出这个问题原本是想转移她的注意力,好乘机开始我的侦察,但现在这个问题真的把我吸引住了。因为,这个疑问本来就埋在心底,当我用语言表达出来后,它变得更加清晰。若博妈妈静静地看着我,很久没有回答,后来她说:

"你真的长大了,能够思考了。但是很遗憾,你提的问题在我的资料库里没有现成答案。等我想想再回答你吧。"

"好吧,"我也转移话题,指着望远镜问,"若博妈妈,你每天看星星,为什么从不给我们讲星星的知识呢。"

"这些知识对你们用处不大。世上知识太多了,我只能讲最有用的。"

我扫视一下四周:"若博妈妈,为什么不教会我用这些机器?这最实用嘛,我能帮你多干点活啦。"

我想,这个大胆的要求肯定会激起她的怀疑,但似乎没有,她叹口气说:"这也是没用的知识,不过,你有兴趣,我就教你吧。"

我绝没想到我的阴谋会这样顺利。若博妈妈用一整天的时间,耐心讲解屋内的一切:如何控制天房内的氧气含量、气压和温度,如何操纵生态循环系统并制造食用的玛纳,如何开启和关闭密封门,如何使用药物……下午她还让我实际操作,制造今天要用的玛纳。其实操作相当简单,在写着"玛纳制造"的那排键盘中,按下启动钮,生态循环系统中净化过的水、二氧化碳和其他成分就会进入制造机,一个个圆圆的玛纳从出口滚出来。等到滚出五十八个,按一下停止钮就行了。我兴奋地说:

"我学会了!妈妈,制造玛纳这么容易,为什么不多造一些呢,为什么让我们那么艰难地出去找食物呢。"

若博笑笑,没回答我的问题,只是说:"今天是你制造的玛纳,你向大伙儿分发吧。"

我站在若博妈妈常站的土台上,向排队经过的伙伴分发玛纳,大伙儿都新奇地看着我,我一边发一边骄傲地说:"是我制造的玛纳,若博妈妈教会我了。"

乔治过来了,我同样告诉他:"我会制造玛纳了。"乔治点点头,重复一遍:"你会制造玛纳了。"

我忽然打一个寒战。我悟到,两人在说同一句话,但这句话的深层含义却不同。晚上,乔治悄悄拉上我,向孤山上爬去。今天月色不好,一路上磕磕碰碰,走得相当艰难。终于到了。他领我走进山腰一个山洞,阴影中已经有五六个伙伴,我贴近他们的脸,辨认出是索朗、萨布里、恰恰、娜塔莎和良子。我的心开始往下沉,知道这次秘密会议意味着什么。

乔治沉声说:"我们的计划应该实施了,英子姐已经学会制造玛纳,学会控制天房内的空气循环系统。该动手了,要不,等若博再把我们赶出去三十天,说不定一半人死在外边。"

大家都看着我,他们一向喜欢我,把我看作他们的头头。现在我才知道,这副担子对一个十岁的孩子太重了。我难过地说:"乔治,难道没有别的路可走吗?今天若博妈妈把所有控制方法都教给我了,一点也没有疑心。如果她是怀着恶意,她会这样干吗?"

良子也难过地说:"我也不忍心。若博妈妈把我们带大,给我们讲地球那边的故事……"

恰恰愤怒地说:"你忘了朴顺姬和孔茨是怎么死的!"

索朗丹增也说:"我实在不能忍受了!"

乔治倒比他们镇静,摆摆手制止住他们,问我:"英子姐,你说怎么办?你能劝动若博妈妈,不再赶咱们出去吗?"

我犹豫着，想到朴顺姬和孔茨濒死时若博的无情，知道自己很难劝动她。想起这些，我心中的仇恨也烧旺了。我咬着牙说："好吧，再等我一天，如果明天我劝不动她，你们就……"

乔治一拳砸在石壁上："好，就这么定！"

第二天，没等我去找若博妈妈，她就把我喊去了。她说既然你已开始学，那就趁这两天学透吧，也许有用呢。她耐心地又从头教一遍，让我逐项试着操作。但我却有点心不在焉，盘算着如何劝动妈妈。我知道没有退路了，今天如果劝不动妈妈，一场血腥的屠杀就在面前，或者是若博死，或者是乔治他们。

下午，若博妈妈说："行了，你已经全部掌握，可以出去玩了。小英子，你是个好孩子，比所有人都知道操心，你会成为一个好头人的。"我趁机说：

"若博妈妈，不要赶我们出去，好吗？至少不要让我们出去那么长时间，顺姬和孔茨死了，不知道下回轮着谁。天房里有充足的空气，有充足的玛纳。生存实验得慢慢来。行吗？"

妈妈平静地说："不，生存实验一定要加快进行。"

她的话非常决绝，没有任何回旋余地。我望着她，泪水一下子盈满眼眶。妈妈，从你说出这句话后，我们就成为敌人了！若博妈妈似乎没看见我的眼泪，淡然说："这件事不要再提，出去玩吧，去吧。"我沉默着，勉强离开她。忽然吉布森飞快地跑来，很远就喊着：

"若博妈妈，快，乔治和索朗用匕首打架，是真的用刀。有人已受伤了！"

若博妈妈急忙向那边跑去，我跟在后边。湖边乱糟糟的，几乎所有孩子都在这儿，人群中，索朗和乔治都握着出鞘的匕首，恶狠狠地挥舞着，脸上和身上血迹斑斑。若博妈妈解下腰间的电鞭，怒吼着："停下！停下！"挥舞着电鞭冲过去。人群立即散开，等她走过去，人群又飞快地在她身后合拢。

我忽然从战场中闻到一种诡异的气氛，扭过头，见吉布森得意而诡异地笑着。一刹那我明白了，我想大声喊：若博妈妈快回来，他们要杀死你！可是，想起我对大伙儿的承诺，想想妈妈的残忍，我把这句话咽到肚里。

那边，乔治忽然吹响尖利的口哨，后边合围的人群轰然一声，向若博妈妈拥过去。前边的人群应声闪开，露出后面的湖面。若博停脚不及，被人群推到湖中，扑通一声，水花四溅，她的钢铁身体很快沉入清澈的水中。

我走过去，扒开人群，乔治、索朗他们正充满戒备地望着湖底，看见我，默默地让开。我看见若博妈妈躺在水底，一道道小火花在身上闪烁，眼睛惊异地睁着，一动也不动。我闷声说：

"你们为什么不等我的通知？——不过，不说这些了。"

乔治冷冷地问："你劝动她了吗？"我摇摇头，乔治冷笑道，"我没有等你，我早料到结果啦。"

很长时间，我们就这么呆呆地望着湖底，体味着如释重负的感觉——当然也有隐约的负罪感。索朗问我："你学会全部控制了吗？"我点点头，"好，再也不用出去受苦了！"

吉布森问："现在该咋办？我看得选一个头人。"

索朗、萨布里和良子都同声说:"英子姐!英子姐是咱们的头人。"但恰恰和吉布森反驳道:"选乔治!乔治领咱们除掉了若博。"

　　乔治两眼灼灼地望着我,看来他想当首领。我疲倦地说:"选乔治当头人吧,我累了,早就觉得这副担子太重了。"

　　乔治一点没推辞:"好,以后干什么我都会和英子姐商量的。英子姐,明天的生存实验取消,行吗?"

　　"好吧。"

　　"现在请你去制造今天的玛纳,好吗?"

　　"好的。"

　　"从今天起每人每天做两个,好吗?"

　　我没有回答。让伙伴每天多吃一个玛纳,这算不了什么,但我本能地感到这中间有某种东西——乔治正用这种办法树立自己的权威。不过,我不必回答了,因为水里忽然呼啦一声,若博妈妈满面怒容地立起来,体内噼噼啪啪响着火花,动作也不稳,但她还是轻而易举地跨到乔治面前,卡住喉咙把他举起来。人们都吓傻了,索朗、恰恰几个人扑过去想救乔治,若博电鞭一挥,几个人全倒在地上抽搐着。乔治抱住妈妈的手臂,用力踢蹬着,面色越来越紫,眼珠开始暴突出来。我没有犹豫,疾步跑过去扯住妈妈的手臂,悲切地喊:

　　"若博妈妈!"

　　妈妈看看我,怒容慢慢消融,眼睛里有说不清道不明的东西。最终,她痛苦地叹息一声,把乔治扔到地上。乔治用手护着喉咙,剧烈地咳嗽着,脸色渐渐复原。索朗几个爬起来,蓄势以待,又惧又怒地

瞪着妈妈。妈妈悲怆地呆立着,身上的水在脚下汪成一摊。然后她头也不回地走出人群,向控制室方向走去。走前她冰冷地说:

"小英子过来。"

乔治他们疑虑地看着我,我知道,我们之间的信任已经有裂缝了。我该怎么办?在势如水火的妈妈和乔治他们之间,我该怎么办?我想了想,走到乔治身边,轻轻抚摸他受伤的喉咙,低声说:"相信我,等我回来。好吗?"

乔治的喉咙还没办法讲话,他咳着,向我点点头。

我紧赶几步,扶住行走不稳的若博妈妈。我无法排解内疚,因为我也是谋害她的同谋犯,但我又觉得,乔治对她的反抗是正当的。妈妈的身体越来越重,进了控制室,她马上顺墙溜下去,坐在地上。她摇摇手指,示意我关上门,让我坐在她旁边。

我不敢直视她。我怕她追问:你事先知道他们的密谋,对吗?你这两天来学习控制室的操作,就是为杀死我做准备,对吗?但若博妈妈什么也没问,喘息一会儿,平静地说:

"我的职责到头了。"

"我的职责到头了。"她重复着,"现在我要对你交代一些后事,你要一件件记清。"

我言不由衷地安慰她:"你不会死,你很快会好的。"

她怒冲冲地说:"不要说闲话!听好,我要交代了。你要记住,记牢,三十年、五十年都不能忘记。"

我用力点头,虽然心里免不了疑惑。妈妈开始说:"第一件事,这里确实不是地球。"

虽然这正是我的猜想，但乍一听到她的确认，我仍然十分震惊："不是地球？这儿是什么地方？"

"不知道。我每天都在看星图，想利用资料库中的天文资料确认所处的星系。但是不行，这儿与资料库中任何星系都对不上号。所以，这个星球离地球一定很远很远。它的环境倒是与地球很接近的，公转、自转、卫星、大气、绿色植物……这种机遇非常难得。我估计，它与地球至少相距一亿光年之上。"

我无法想象一亿光年是多么巨大的数字，但我知道那一定非常远非常远，地球的父母们永远不会来看我们了。此前虽然他们从未露面，但一直是我们的心理依靠，若博妈妈这番话把这点希望彻底割断。

"第二件事，我一直扮演着全知全晓的妈妈，其实我也什么都不知道。我几乎和你们同时醒来，醒来时，六十三个孩子躺在天房里，每人身上挂着名字和出生时刻。我不知道你们和我自己是从哪里来的，是谁送来的，我只能按信息库的内容去猜测。信息库是以地球为模式建立的，设定时间是公元1990年4月1日。我的设定任务是照顾你们，让你们在一代人的时间中通过生存实验，在这个星球生存繁衍。这些年，我一直在履行这项设定的任务。"

我悲哀地看着她，第二个心理依靠又被无情地割断。原来，我心目中全知全晓的妈妈只是一个低级机器人，知识和功能都很有限。我阴郁地问："是地球上的父母把我们抛弃到这儿？"

她摇摇头："不大像。在我的资料库中，地球还不能制造跨星系飞船,不能跨越这么远的宇宙空间。很可能是……"

"是谁?"

若博妈妈改变了主意:"不知道,你们自己慢慢猜测吧。"

我的心中越来越凉,血液结成冰,冰在咔咔嚓嚓地碎裂。我们是一群无根的孩子,父母可能在一亿光年外,甚至可能已经灭绝。现在,只有五十八个十岁的孩子被孤零零地扔在一个不知名的行星上,照顾他们的是一个什么都不知道的机器人妈妈——连她也可能活不长了。这些事实太可怕了,就像是一座慢慢向你倒过来的大山,很慢很慢——可是你又逃不掉。我哭着喊:

"妈妈你不要说了,妈妈你不会死的!"

她厉声说:"听着!我还没有说完。知道为什么逼你们到天房外面去吗?不久前我检查系统时发现,天房的能量马上就要枯竭了,只能维持不到十天了。为什么——我不知道。资料库中设定的天房运转年限是六十年,那样,我可以用一生的时间来训练你们,逐步熟悉外边。可是……我真的不知道为什么会这样!"她沉痛地说,"这些天我一直在尽力检查,但找不到原因。你知道,我只是一个粗通各种操作的保姆。"

我悲伤地看着妈妈,原来妈妈的残忍是为了我们啊。事态这样紧急,她知道只有彻底斩断后路,我们才能没有依恋地向前走。妈妈,我们错怪你了,你为什么不早点告诉我们呢。我握着妈妈冰凉的手,泪水汹涌地流着。

妈妈平静地说:"我的职责已经到头了,本来还能让你们再回来休整一次,再给你们做三天的玛纳。现在……天房内的运转很快就要关闭，小英子，忘掉这儿，领着他们出去闯吧。"

"妈妈，我们要和你在一起！……我们带你一块儿出去！"

妈妈苦笑着："不行，妈妈吃的是电能，在这个蛮荒星球上找不到电能……去吧，这些年我一直在观察你，你心眼好，有威信，会成为一个好头人，只是，在必要时也得使出霹雳手段。把我的电鞭拿去吧。"

她解下电鞭交给我。我知道已没有退路，啜泣着接过电鞭，缠在腰里。若博妈妈满意地闭上眼。过一会儿，她睁开眼说："还有几句话也要记住，作为部落必须遵守的戒律吧。"

"我一定记住，说吧。"

"不要忘了我教你们的算术和文字。找一个人把部落里该记的事随时记下来。"她补充道，"天房里还有不少纸笔，够你们使用三五十年了。至于以后……你们再想办法吧。"

"我记住了。"

"等你们到十五岁就要生孩子，多生孩子。"

我迟疑着问："若博妈妈，怎样才能生孩子？就在昨天乔治吻了我，吻时我感到身体内有一种非常奇妙的感觉。这样就能把孩子生下来吗？"

"不，吻一吻不会怀孕。至于怎样才能生孩子，再过两年你们自然会知道的。好了，该说的话我说完了。我独自工作十年，累了。你走吧。"

我含泪退出去，若博妈妈忽然睁开眼，补充一句："电鞭的能量是有限的，所以——每天拎着，但不要轻易使用。"

她又闭上眼。

我退出控制室,怒火在胸中膨胀。若博妈妈说不要轻易使用电鞭,但我今天要大开杀戒。伙伴们都聚在控制室周围,茫然地等待着。他们不知道若博妈妈会怎样惩罚他们,不知道他们的英子姐会站在哪一边。当他们看到我手中的电鞭时,目光似乎同时变暗了。我走到人群前,恶狠狠地吼道:

"凡领头参与今天密谋的,给我站出来!"

惊慌和沉默。少顷,乔治、索朗、恰恰和吉布森勇敢地走出来,脸上挂着冷笑,挂着蔑视。剩下的人提心吊胆地看着电鞭,但他们的感情分明是站在乔治一边。我没有解释,对索朗、恰恰和吉布森每人抽了一鞭,他们倒在地上,痛苦地抽搐着,但没有求饶。我拎着电鞭向乔治走来,此刻乔治目光中的恶毒和仇恨是那样炽烈,似乎一个火星就能点着。我闷声不响地扬起鞭子,一鞭,两鞭,三鞭……五鞭。乔治在地上打滚,抽搐,喉咙里发出非人的声音。伙伴们都闭上眼,不敢看他的惨象。

我住手了,喊:"大川良子,过来!"良子惊慌地走出队列,我把电鞭交给她,命令:"抽我!也是五鞭!"

"不,不……"良子摆着手,惊慌地后退。我厉声说:"快!"

我的面容一定非常可怕,良子不敢违抗,胆怯地接过电鞭。我永远忘不了电鞭触身时的痛苦,浑身的筋脉都皱成一团,千万根钢针扎着每一处肌肉和骨髓。良子恐惧地瞪大眼睛,不敢再抽,我咬着牙喊:"快抽!这是我应得的,谁让我们谋害若博妈妈呢。"

五鞭抽完了。娜塔莎和良子哭着把我扶起来。乔治他们也都坐起来，目光中不再是仇恨，而是迷惑和胆怯。我叹口气，放软声音，悲愤地说：

"都过来吧，都过来，我把若博妈妈告诉我的话全都转告你们。我们都是瞎眼的浑蛋！"

两小时后，我、乔治、索朗、萨布里和娜塔莎走进控制室，跪在若博妈妈面前，其他人跪在门外。若博妈妈闭着眼，一动也不动。我们轻声唤她，但她没一点反应。也许她不想再理我们，自己关闭了生命开关；也许她的身体已经因进水彻底损坏，失去生命。不管怎样，我还是附在她耳边轻声诉说：

"若博妈妈，我们都长大了，再也不会干让你痛心的事。我们已经商定马上离开这里，把这儿剩余的能量全留给你用。这样，也许你还能坚持几年。等能量全部耗尽后，请你睡吧，安心地睡吧。我们会常来看你，告诉你部落的情况。也许有一天我们会发现制造能量的办法，那时你将得到重生。妈妈，再见。"

若博妈妈没有动静。

我们最后一次向她行礼，悄悄退出去。我留在最后，按若博妈妈教我的办法关闭了天房所有的能源。两个小时后，我们赶到密封门处，用人力打开门。等五十八个人都走出来，又用人力把它复原。其实这没有什么用处，天房的生态封闭循环关闭后，要不了多久，里面的节节草、地皮松、白条儿鱼和小老鼠都会死亡，这儿会成为一个豪华安静的坟墓。

我们留恋地望着我们的天房。正是傍晚,红太阳和红月亮在天上相会,共同照射着晶莹透明的房顶,伊它充盈着温馨的金红。我们要离开了,但我们知道,它永远是我们心里的家。

我带着伙伴复诵若博妈妈留下的训诫:

"永远不要丢失匕首和火镰。"

"永远不要丢失匕首和火镰。"

"永远记住算数的方法和记载历史的文字。"

"永远记住算数的方法和记载历史的文字。"

"多生孩子。"

"多生孩子。"

第四条是我加的:"每人一生中回天房一次,朝拜若博妈妈。"

"每人一生中回天房一次,朝拜若博妈妈。"

我走近乔治,微笑道:"算术和文字的事就托付给你啦。"乔治背着一捆纸张和笔,简短地说:

"我会尽责,并把这个责任一代代传下去。"

我亲亲他:"等咱们够十五岁时,我要和你生下部落的第一个孩子。"又对索朗说,"和你生下第二个。你们还有要说的吗?"

"没有了。我们听你的吩咐,尊敬的头人。"

"那好,出发吧。"

一行人向密林走去,向不可知的未来走去,把若博妈妈一个人留在寂静的天房里。

七重外壳

1997年8月23日,小甘和姐夫乘坐中航波音747客机到达旧金山。姐夫斯托恩·吴,中文名叫吴中,自己买的是单程机票,给甘又明买的却是往返机票,因为小甘必须在七天后返回北京,去上他的大学三年级课程。

在旧金山他们没出机场,直接坐上了西方航空公司去休斯敦的麦道飞机。抵达这座航天城时已是万家灯火了。高速公路上的车灯组成流动跳荡、十分明亮的光网,城市的灯光照彻夜空,把这座新兴城市映成一个透明的巨大星团。飞机开始下降,耳朵里嗡嗡作响,那个巨大的亮星团开始分解出异彩纷呈的霓虹灯光。直到这时,甘又明才相信自己真的到了美国。

下了飞机,他们乘坐地下有轨电车来到一个停车场,吴中找到自己那辆银灰色的汽车,用遥控器打开车门。十分钟后,他们已来到高速公路上。吴中扳动一个开关后便松开方向盘,从随身皮包里取出一个小巧的办公机,开始同基地联络。

"我在为你办理进基地的手续。"他简短地说。

甘又明惊讶地看着无人驾驶的汽车在高速公路上疾驶。路上,除了对面的汽车唰唰地掠过去之外,百里路面见不到一个行人和警察。在这条机械洪流中,甘又明真正体会到为什么"汽车人"在美国的动画片中大行其道。他们的汽车离前边汽车车距太近时,甘又明免不了心中忐忑。

斯托恩·吴猜到了他的心思,从办公机上抬起头,平淡地说:"放心,它有最先进的防撞功能。"

甘问:"它是卫星导航?我见资料上介绍过,说这种自动驾驶方式是下个世纪的技术。"

姐夫微微一笑:"国内的资料常常有五至十年的滞后期,我带你去的 B 基地又是美国最超前的。你在那儿可以看到许多科幻性的技术,它可以说是 21 世纪科技社会的一个预展,比如这辆汽车,你知道它是什么动力吗?"

不是姐夫问,他还真没想过这个问题。他看看汽车,外形和汽油车没什么区别,车速表上的指针已超过了 210 英里,汽车却行驶得异常平稳。他猜道:"从外形看当然不是太阳能汽车,是高能电池的电动汽车?氢氧电池的电动汽车?高容量储氢金属的氢动力汽车?在我的印象中,这些都是公元 2000 年以后的未来汽车。"

斯托恩·吴摇摇头:"都不是。这辆汽车是惯性能驱动,它装备有 12 个像普通汽车汽缸大小的飞轮,秒速 30 万转,所以储能量很大，充电一次可以行驶1000公里。飞轮悬浮在一个超导体形成的巨大磁场里，基本没有摩擦损失，使惯性能在受控状态下逐步转化为电能。这是代替汽油车的多种方案之一，但还不一定是最好的方案。"

甘又明半是哂笑地说："也许，B基地里还有能给植物授粉的微型昆虫机器？有克隆人？有光弧粒子通信？有激光驱动的宇宙飞船？"

斯托恩·吴扭头看他一眼，平静地说："没错，除了激光驱动的宇宙飞船还限于'后理论'研究外，其他的都已开始小规模试用。"

这之后他就不再说话，在自己的办公机上专心致志地办公。甘又明不由得再次暗暗打量他的侧影。他的相貌平常，身体比较单薄，大脑门，犹如女性般的纤纤十指在电脑键盘上翻飞自如，时而停下，在屏幕上迅速浏览一下从基地发来的数据。

如鱼得水。甘又明脑子里老是重复这几个字，这个文弱青年在科技社会里真是如鱼得水，无怪乎姐姐是那样爱他、崇拜他。这种人正是21世纪的弄潮儿，在女性心目中，他们已代替了那些筋腱突出的西部牛仔英雄。

七天前，34岁的斯托恩·吴突然飞回国内，第三天就同31岁的星子举行了婚礼。婚礼上，新娘满脸的幸福，新郎却像机器人一样冷静。

刚从老家返校的甘又明借着三分酒气，对姐夫说："谢天谢地，我姐姐苦苦等了八年，你总算从电脑网络里走出来了。你知道吗？很长时间，我认为你已经非物质化了，或者只剩下一个脑袋泡在美国某个实验室的营养液中。"

斯托恩·吴平静宽厚地笑笑,同小舅了碰碰杯,一饮而尽。甘又明对他一直非常不满,甚至可以说是抱有敌意。八年来,至少是从他考进清华大学计算机系的三年来,他极少在姐姐那儿听到吴的消息,最多不过是在网上发来几句问候。甘又明曾刻薄地对姐姐说:"你的未婚夫是吴先生,还是一个 ZHW @ 07.BX.US 的网络地址?别傻了,那个人如果不是早已变心,就是变成了没有性别程序的机器人。"

姐姐总是笑笑说:"他太忙,现在是美国 B 基地虚拟实验室的负责人。"

即使婚礼过后,甘又明仍对姐夫深怀不满。客人走后,他悻悻地对姐姐说:"他为什么不接你去美国?这位上了世界名人录、名列美国 20 位最杰出青年科学家的吴先生养不活你吗?姐姐,我担心他在那边有了十七八个情人,甚至已成了家。我知道你是个高智商的学者,但高智商的女人在对待爱情上常常低能。用不用我再提醒一次,那个国度既是高科技的伊甸园,又是一个世界末日般的罪恶渊薮?"

星子已听惯了弟弟的刻薄话,她笑着说:"你不是说他是没有性别的机器人吗?这种机器人是不需要情人的。"

"那他为什么不接你去美国?"

"他说这儿有他的根,有他童年的根、人生的根。他说在光怪陆离的科技社会里迷失本性时,他需要回来寻找信仰的支撑点,就像古希腊神话里的英雄安泰需要地母的滋养。"她在复述这些话时,脸上洋溢着圣洁的光辉。

甘又明禁不住喊起来:"姐姐呀,你真是天下最痴情最愚蠢的女人!这都是言情小说中的道白,你怎么也能当真!"他看看表,9时40分,是科技影视长廊节目时间,这个时间他是雷打不动的。他打开电视,嘟囔道:"反正我把该说的都说了,到时你莫怪我。"

那晚的科技影视节目是《电脑鱼缸》——正是它促成了他的美国之行。"电脑鱼缸"是一种微型仿真系统,电脑中储存了几百种鱼类图像,你只要任意挑选几种,按下确认钮,它们就开始在屏幕上遨游。每秒48帧画面,比电影快一倍,所以看上去甚至比真鱼还逼真。不仅如此,这些鱼还会生长,会弱肉强食,会求偶决斗,会因鱼食的多寡而变肥变瘦。雌雄配对完全是随机的,一旦某对夫妻结合,它们的后代就兼具父母的基因,因而兼具父母特有的形态习性。一句话,这个鱼缸完完全全是一个鱼类社会的缩影,但只是虚拟状态。

新婚夫妇来到客厅时,甘又明正在击节称赞:"太奇妙了,太奇妙了!"每次看到类似的节目,他常有"浮一大白"的快感。这会儿他完全忘却了对姐夫的敌意,兴致勃勃地对姐夫说:"很巧妙的构思。如果把节奏加快——这对于电脑是再容易不过了——是否可以在几分钟内预演鱼类几千万年的进化?甚至还可以把主角换成人,来模拟人类社会的进化。比如说模拟第三次世界大战的进程,把所有的社会矛盾、各国军力、民族情绪、宗教冲突、各国领导人的心理素质等输进一个超级虚拟系统,推演出二三十种战争进程,我想它对军事统帅的决策一定大有裨益。"

吴中看了甘又明一眼，他发现这个清华大三学生的思路比较活跃，不免对这位小舅子发生了兴趣。他坐到甘又明的面前，简洁地说："你说得不错，这正是虚拟技术诸多用途之一。不过这个电脑鱼缸太小儿科了，我们早已超过了它，远远超过了它。"

甘又明好奇地问："发展到什么程度了？能否给我讲讲，如果不涉及贵国利益的话。"他有意把"贵国"两个字说得语气重些。

吴中笑笑，接过妻子递来的两杯咖啡，递给小舅子一杯，然后说："我想你已知道，在虚拟技术中，人也可以'进入'虚拟世界。"

"对，通过目镜和棘刺手套，人可以进入电脑鱼缸和鱼儿嬉戏。"

吴中摇摇头："那是 20 年前的老古董了。我们现在使用的是一种被称作'外壳'（SHELL）的中介物，通过它，人可以完全真实地融入虚拟世界。我们的技术已发展到这种程度：进入虚拟系统的某人，如果没有系统外的帮助就无法辨别出所处环境的真假，正像一个密闭飞船里的乘员，若没有系统外参照物，就无法确认自己是否在运动。"

甘又明笑嘻嘻地说："那个'某人'是否服用了迷幻药——科克、快克、哈希什？"

吴中看看他，心平气和地说："没有。"

甘又明大笑起来："那你就有点吹牛了！我想，一个神志健全、头脑清醒的人，肯定能从虚拟环境中找出破绽来！要不，是美国人普遍智力低下？也难怪，在美国，全民性的吸毒泛滥至少已延续了 100 年，难免引起智力退化。"

吴中冷冷地说:"说几句俏皮话很容易,不过献身科学的人一般都已经摒弃了这种爱好。你想试试向我的虚拟技术挑战吗?"

甘又明两眼发光,跃跃欲试地说:"这可搔到我的痒处了!我天生喜欢这样的智力体操,从小至今,乐此不疲。不过,我恐怕暂时去不了美国吧?"

吴中笑笑,对妻子说:"我给他安排一次为期七天的短期访问,不耽误他回校上课。"

甘又明很快领教了姐夫的地位和能力。三天后,吴中告别新婚妻子,匆匆返回美国时,甘又明也怀揣着一张往返机票、一份特别签证坐进了 1000 美元的特等舱里,享受着空姐的微笑和茶几上的新鲜水果。

一条公路沿着海滩穿行,再往前是广阔的滩涂。这儿人烟稀少,雪亮的灯光刺破夜色,展现出一个茂密安静的绿色世界,自然的蛮荒和嵌入其中的现代化建筑相映成趣。天光甫亮,他们赶到一个营地。营地占地不大,在做工粗糙的铁栅栏里面散布着十几座平房。虽然途中已经联系过,但警卫没有收到对甘又明放行的命令。吴中面色不悦,拿起内线电话,节奏很快地说了一通。甘又明的英语水平已经可以听懂他们的谈话。

吴说:"我与贵国政府签订了合同,我自然会恪守它,包括其中的保密条款。实际上,只要这次我回国七天而未泄密,你就不必担心了。"从这几句话中,甘又明听出了他的傲气。

他还在电话中说:"实际上这位中国青年是作为临时雇员来基地

的。你知道我们一直在招募挑选那些最有天资的美国青年，让他们去寻找虚拟世界的漏洞，以求改进设计。成功者还要发给一万元的奖金。这位甘先生也是一个很合适的人选，他思维灵活，天生是个怀疑派，而且是在一个完全不同的文化背景中长大的。我们的技术只有经过不同文化背景的人士的检验，才是万无一失的。当然，甘先生没有经过例行的安全甄别，但我的话是否可以作为担保呢？"

对方显然犹豫了片刻，然后又和他交谈了几句，吴中笑道："谢谢，我记住你的这次人情。"

他把话筒递给警卫，警卫听完后殷勤地说："头说，对两位先生免除一切检查。我送你们过去。"

现在，在他们面前是一条巨大的圆形管道。吴中按动一个电钮，管道上一道密封门缓缓打开。他们走进一节圆筒状的车厢，车厢内相当豪华，摆着四只真皮转角沙发。吴中同仅有的两名乘客打了招呼，安顿甘又明坐下，打开酒柜门，问："喝点什么，威士忌、橙汁、咖啡？"

"橙汁吧。"

吴中倒橙汁时，车非常平稳地启动了。甘又明只是在看到橙汁水平面向后倾斜时，才察觉到车厢在加速。他从窗户向外望去，看到飞速后掠的旷野，一群海鸟在眼前掠过，随即出现在后边的窗外。但他敏锐地发现，所谓窗户只是一幅液晶屏幕上的仿真画面。他笑着用手敲敲假窗户，"也是虚拟的？"

吴中微笑着说："你的感觉很敏锐。这种管道是全封闭的，它是饱和蒸汽管道，车厢行进时，前方蒸汽迅速凝为水滴，车厢经过后又迅速汽化，所以几乎没有空气阻力，可以达到两马赫的高速；磁悬浮和驱动，它是一种效率极高的运输方式，相信在下一个世纪中叶，它将在很大程度上代替火车。当然啦，因为是封闭环境，旅客容易感到压抑郁闷，所以我们搞了这些仿真窗户。"

磁悬浮车已达到最高速，正保持着这个速度无声地疾驰，窗外景物的后掠也越来越快。按方位和地图推算，这时头顶已经是浅海了。

吴中严肃地说："还有十分钟时间。我想简单地介绍一下我们的虚拟技术，希望你不要过于轻敌。像你这样的青年志愿者我们已接待过上千人次，只有六个人挣到了奖金。此后我们堵住了所有的漏洞，再没人能挣到这笔钱了。我很希望你能成为第七个成功者，但首先你要彻底清除你的轻敌思想。"

吴中略微沉吟，又平缓地说："你要知道，一个封闭系统中很难对自身所处环境做出客观的判断。当宇宙飞船达到光速时，时间速率就会降为零，但光速飞船内的乘员感觉不到这个变化，仍然认为自己是在正常地吃饭、谈话、睡眠、衰老。再比如，我们说宇宙在膨胀，也能用光线的红移来测出膨胀速率。但这种膨胀只是天体距离的膨胀，天体本身并未膨胀。如果所有天体连同观察者本身也在同步地膨胀，我们能拿什么不变的尺度来确认宇宙的膨胀？绝无可能。"

甘又明笑道："我信服你的理论，但进入虚拟环境中的人并未完全封闭，至少他们的思维是在虚拟系统之外形成的，自然带着它的惯性。我完全可以以这种惯性作为参照物来判断环境的真实性，就像刚才用水面的倾斜来判断车辆是否加速。"

吴中凝眸看着他,良久才笑道:"我没有看错你,你的思维确实非常敏捷,一下子抓到了关键。但请你相信,我们也不是笨蛋。我们已能把受试者的思维取出来,并即时性地反馈到虚拟环境中去。比如说,尽管我们的虚拟系统与全球信息网络相通,可以随时汲取几乎无限的信息,但它肯定不能囊括你的个人记忆:你母亲20年前的容貌啦,你孩提时住的房舍啦,童年时的游戏啦,你对某位女同学的隐秘情愫啦,等等。但是,"他强调道,"凡是你在自己的记忆库中能提取到的东西,立即会被天衣无缝地织进虚拟环境中,所以你仍然没有一个可供辨别的基准。"

甘又明微笑不言,对自己的智力仍然充满信心。吴中也不再赘言,简洁地说:"我的话已经完了,你记着,我们将让你在虚拟世界中跳进跳出,反复进行。何时你确认自己已回到真实世界中,就向我发一个信号。如果你的判断是正确的,你就会怀揣一万元回国。"他又加了一句,"不要轻敌,小伙子。喏,已经到站了,下车吧。"

他们在地下甬道里走了一段路,碰到的工作人员都尊敬地向吴中致意,这使甘又明又一次掂出姐夫在这儿的分量。他们来到一座空旷的大厅,四周是天蓝色的墙壁和屋顶,浑然一体,大厅中央有两把测试椅。这座大厅不算豪华,但建筑做工十分精致,每一处墙角,每一寸地板,都像象牙雕刻一样光滑严密,毫无瑕疵。

吴中拿上一个遥控器,带甘又明来到大厅中间,说:"先让你对虚拟世界有一个感性认识。让你看看哪种环境呢?"他略为思考了一下,"你先看看我们的电脑鱼缸吧。"

他按动电钮,大厅中瞬间充满了清澈的海水,波光潋滟,珊瑚礁壁立千尺,有的呈伞状,有的呈蘑菇状。一只一米长的蛤蜊垂直嵌在珊瑚里,半露的身体犹如彩色的丝绒;还有彩色的螯虾、五条手臂的星鱼、漂亮的石斑鱼。突然,前边冒出一只巨大的八足章鱼,它的小眼睛阴森地盯着前边,诡秘地缓缓爬过来。甘又明本能地蜷起身子,但章鱼熟视无睹,缓缓从他的身体中穿过,消失在幽蓝的深海中。

甘又明喘口气,笑问:"激光全息仿真技术?确实可以乱真。"

吴中点点头,按一下快进,眼前又立刻变成深海海底景色:火山口冒着浓烟,就像地狱中的烟囱。两米长的蠕虫在海水里轻轻摇动着,管端血红色的羽状触手缓慢地开合;熔岩上铺着一层细菌,犹如白色的地毯。一只奇形怪状的细菌蟹贪婪地一路吃过去,有时还去啃食蠕虫的肉质羽毛。这是加拉帕戈斯群岛海底依靠硫化氢为生的太古生物群。甘又明看呆了,虽然他明知这是个虚拟世界,但似乎能感觉到那深海海水的阴冷和沉重。

忽然幻觉在一刹那间消失得干干净净。甘又明一时跳不出视觉的惯性,呆愣愣地立在那儿。

吴中淡淡地说:"这只是虚拟技术的开场锣鼓。下面我要为你套上所谓的外壳,使你与虚拟环境融为一体。跟我走。"

他们走进大厅旁的一间屋子。甘又明第一眼就看到一个光脑袋的女性人体模型,几个工作人员正在它周围忙着。看见他们进来,那个人体模型竟然也扭过头来——原来是一个真人!

甘又明傻望着这个脑门锃亮的裸体姑娘，自我解嘲地说："我已经进了虚拟世界？这个一丝不挂毫无羞耻的漂亮姑娘到底是真是假？"

吴中微笑着，没有接腔。几个工作人员开始小心翼翼地为那个姑娘套上"外壳"，那是一件色泽纯白、很薄很柔的连体服。她把双腿蹬上后，工作人员小心地展平外壳，使上面的神经传感乳头与她的身体完全贴合。吴中低声解释，这些乳头将把虚拟信号传到相应的感觉神经，比如你"踩"上火炭时，脚底神经就送去烧灼感的信号。外壳已套到肩部，只有头盔还未戴上，它比较笨重，与黑色的目镜相连。

姑娘在套上头盔前微笑道："我叫琼，琼·比斯特。很高兴做你的向导。"

甘又明疑惑地看着吴中，吴中点点头："对，这是你在虚拟世界里的向导，心理学和逻辑学博士，会三国语言，包括汉语。需要了解什么信息尽管问她。但她是完全超脱的，绝不会帮助你做出判断。现在请你脱光衣服，剃光头发。"

一台自动理发机无声地移过来，几秒钟内就把他变成了脑门锃亮的秃子，同时把发屑也吸走了。工作人员为他穿上一件洁白的衣服。这种衣服又薄又柔，弹性极好，穿在身上几乎变成了自己的皮肤。他和琼来到大厅，面对面坐在两把椅子上。甘又明听见送话器中吴中用英语说："虚拟系统即将启动，请你睁大眼睛寻找它的漏洞吧。你想从哪儿开始？是海洋、太空，还是台风眼之中？我们都可以为你办到。"

甘又明稍稍想了一会儿,说:"还是从海水中开始吧,既然这一切都是由那个电脑鱼缸所引发。而且,我没有告诉你,我是北京高校百米自由泳纪录保持者。"

吴中在屏幕上笑笑:"在虚拟世界里不会游泳并不是一个问题,电脑很容易为主人公加上令人信服的校正。不过,就按你的意思办吧。现在我要按电钮了。"

甘又明在一刹那间被抛入水中。他看见自己和那位琼姑娘都穿着潜水衣,身后背着两个小小的黄色氧气瓶。他用力浮上水面,透过面罩远眺,海面十分广阔,只有后方隐约可见一线海岸。他甚至能感到海水的浮力和温暖,海浪轻轻地推揉着他,他在水中做了几个滚翻,他的前庭器官感觉纤毛依旧精确地给出重力变化的方向。他知道这些都是假象,他身上穿的是白色的 SHELL,而不是黑色的潜水服,他是坐在空旷的大厅里,而不是在水中。但由那件外壳传给他的视觉、听觉和触觉效果实在太逼真了,使人没办法不相信。

他取下头盔——他真的感觉到把头盔取下了,能呼吸到海面上略带咸味的空气,感觉到清凉的微风。琼从他旁边冒出来,甩着水珠。他喊道:"琼!这儿是什么地方?"他笑着有意强调,"或者说,这是模拟的什么地方?"

琼也取下了头盔,抖抖长发。她的长发如瀑布般散落,发出耀眼的金黄,这和他记忆中的光脑袋姑娘形成强烈的反差。他随口问道:"这是你的真实形象吗?"

琼奇怪地问:"你说什么?"

"你在剃光脑袋进入虚拟世界之前,就是这个模样吗?"

琼笑笑,只回答了他的第一个问题:"我想这儿就在我们基地上方,这儿是阿查法拉亚湾附近海面,离墨西哥不远。近年来,这儿贩毒活动很猖獗。"

不远处海面上有一艘快艇,上面没有人——按照虚拟系统的逻辑,这当然是他们带来的。他忽然看见南边海面上出现了一个三角形的背鳍,划破水面迅速逼近,他惊慌地喊道:"鲨鱼!"

琼挺直身子看看,笑道:"不要慌,那是海豚。"

他们戴上面罩潜入水中,果然看到十几只海豚。它们的皮肤是鸽灰色的,十分光滑,嘴里有整齐的白牙,呼哧呼哧地喘息着,喷水孔一张一合。它们排着队向西北方向游去,很快掠过两人的身边。甘又明甚至感到了海豚所搅起的湍流。他兴致勃勃地追过去,扭头笑道:"琼,如果是在虚拟世界里被鲨鱼吃掉,会是什么后果?"

"你当然不会真的死去,但系统会'死机',只能重新进行冷启动。另外,你会真正感到鲨鱼利齿切断身体的痛苦。所以劝你不要尝试。"

在那群海豚之后,甘又明忽然又发现两只。它们的体型相当大,在飞速游动中严格保持着相对方位。当海豚靠近时,甘又明发现它们身上套着挽具,身后拖着一个流线型的容器,他大声喊:"看哪,海豚邮递员!"

琼在水下通话器中听到了他的喊声,她也看到了那对海豚,它们像是受过严格训练的军马,目不斜视,以极快的速度掠过他们的身边。琼饶有趣味地说:"我看到一些资料,说军方在着力培训海豚代替蛙人，让它们咬断敌方通信电缆，或者给深海作业的潜水员递送工具。噢，对了，听说贩毒集团也开始利用海豚和信鸽越境贩毒，这是最廉价又最难发现的方法。"

甘又明似笑非笑地看着她，他想琼这几句话一定是预定情节中的台词。他嬉笑道："要不，咱们追过去？"

"好的。"

他们迅速爬上快艇，瞅准那片背鳍追过去。海豚的速度很快，甘又明看看速度表，已超过每小时20海里。好在海豚必须浮上水面换气，所以他们一直没拉开距离。马上就到岸边了，前边有一个狭长的海岛，海岸警备队的快艇远远向他们驶来。那两只海豚忽然昂起头——甘又明本能地感觉到它们在做一次深呼吸，然后潜入水中，倏然不见。琼急急地说："恐怕它们不会再浮出水面了，下水追踪吧。"

两人迅即下水，听见海岸警备队快艇上有喊叫声，似乎是在命令他们待在船上听候检查，但两人都没理会。海豚的速度很快，一会儿就失去踪影了。两人在岸边的红树林中和乱石中徒劳地寻找了十几分钟，终于失望了。琼懊丧地说："找不到了，回航吧。"

就在这时，甘又明忽然发现前边有一个狭窄的洞口。那两只海豚正一前一后从洞口钻出来，径直向大海游回去。它们身上已没有了挽具和那个流线型的物体，但他分明觉得它们就是原来那两只。从它们从容不迫的神情看，似乎已经完成了邮递任务。甘又明拉着琼游近观察，洞穴非常幽深。他问琼："进洞看看？"

琼犹豫着，甘又明鼓动道："不会有危险的。既然海豚都能游进去又能游出来,何况咱们还带着氧气瓶。"他笑着补充,"更何况只是虚拟世界。"

"好吧。"

两人把面罩戴上,费力地钻进洞穴。进口相当狭小,但里面越来越宽,也越来越暗,几乎成了漆黑一团。他们继续前行,大约两公里后,前边出现了暗蓝色的微光。再往前游一会儿,海水逐渐变成清澈的天蓝色,浮光摇曳,色彩斑斓的各种鱼儿在蓝光中遨游。

琼惊喜地说:"太美啦,我在这儿当向导已经五年,一直没发现这个神奇的蓝洞。"

蓝光逐渐变淡,两人同时钻出水面,摘下面罩,好奇地打量着。这儿很像一个天井,水面离岸有几米高,头顶上方仍然是岩顶,岩洞四周卧着两三幢小房子。

忽然有人高喊:"水下有人!"随即响起凄厉的警报声,十几个人一下子冒出来,从岩边探下身,端着枪向他们瞄准。

两人知道这儿不是说理的地方,迅速戴上头盔,一个鱼跃,疾速向水下潜去。后边如开锅一样,无数子弹搅着海水。琼在通话器中气喘吁吁地说:"一定是贩毒分子!否则不会不问情由就开枪的!我们赶快返回!"

他们尽力向来路游回去。眼看快到洞口了,忽然唰啦一声,一个秘密栅栏门从洞壁上伸出来,把洞口封得严严实实。甘又明用力摇撼,粗如人臂的铁栅栏纹丝不动。琼惊慌地喊:"后边!他们追来了!"

十几个蛙人已经悄无声息地游过来,他们手中的长矛和弩箭闪闪发亮,有如鲨鱼口中的利齿。他们透过面罩阴森森地盯着两人,慢慢把包围圈在缩小。

在这生死关头,甘又明忽然长笑一声,大声喊道:"暂停!吴先生,场上队员要求暂停!"

眼前的景象呼啦一下子消失了,甘又明和琼仍坐在椅子上。甘又明抬起胳膊想去掉头盔,两个工作人员急忙过来帮助他。头盔取下后,面前仍是那间空旷的大厅,两人仍穿着那件白色的外壳。他大笑着站起身:"太奇妙了,太逼真了!我虽然明知道它是假的,但却看不出一丝破绽。我能感觉到海水的波动、子弹的尖啸和死亡的恐惧。那个蓝汪汪的洞穴实在美极了,还有那两个海豚邮递员!吴先生,真难为你编出这么生动的情节。"

琼也取下了头盔,笑问:"你在哪儿看出了破绽?"

甘又明微笑道:"你不要拿我的智力开玩笑。这是个非常逼真的故事,可惜没有开头——我们是突然跌入海水中的。稍有逻辑判断力的大脑,自然能做出正确的结论。"

从控制室出来的吴中一直没有说话,笑着看他,这时才问了一句:"什么蓝洞?"

甘又明惊奇地说:"你是开玩笑吧,你构思的情节会不知道?"

吴中微微一笑:"你太小觑我的系统了。告诉你,系统的信息来源是完全真实的,也几乎是无限的。但究竟把哪点信息用于这一次的虚拟环境——比如,你在海水里看到的是海豚还是噬人鲨——却是完全随机的。电脑根据这些信息随机地进行构思,所以系统内的情节绝不会重复。"他开玩笑地说,"我说过,我一直不忍心把这套技术公开,我怕它砸了所有小说家、剧作家的饭碗。"

"那么,我们在虚拟世界里游逛时,你并不知道我们的经历?"

"当然可以知道,不过我们一般懒得监视,你的进入只是千百个普通试验中的一个。"

这话使甘又明的自尊心颇受打击。他简要讲了当时的情形,吴中似乎对海豚和蓝洞的情节很感兴趣,盯着问了几个问题。然后他说:

"今天到这儿结束。让琼陪你去逛逛美国吧,你已经只剩下六天了。"

甘又明点点头,从身上慢慢剥下那件白色的外壳,穿上自己的衣服。从外壳的禁锢中解脱出来,他顿时觉得十分轻松。

尽管在电影、电视中对美国的夜生活已是耳熟能详,但只有亲身置于夜总会的环境中,才能真切地感受到那种世纪末的气氛。大厅里光线幽暗,烟雾腾腾,紫色、蓝色、血红色的光柱一波波扫过人群。高高的屋顶上垂下一架秋千,一个近乎裸体的妖艳女郎咯咯笑着,一下下荡过人群。大厅正中是一个高台,一对身穿白色紧身衣的男女疯狂地扭动着,做出种种猥亵的动作,他们的紧身衣颇似B基地里的外壳。甘又明不由得想起裸体的琼套着外壳时的情形。他扭头端详琼,她今晚的打扮也很性感,裸露的肩头和脊背十分润泽,穿着短裙,大腿修长白皙。

两人找到位置坐下,甘又明问:"喝点什么?"

"来杯威士忌。"

甘又明为自己要了三瓶矿泉水,一杯杯地往肚里灌。他解嘲地说:"早就渴坏了。"

琼呷了几口威士忌,问:"跳舞吗?我在等你邀请呢。"

甘又明说:"我去一趟洗手间。"他在挨肩擦背的人群中费力地挤过去。洗手间是男女合用的,便池各自独立,两名女子正对镜整妆。他拉开一间便池的门,忽然吃惊地后退一步,一个四十岁左右的黑人男子侧卧在便池上,眼睛像死鱼一样翻着,胳膊上的静脉血管插着一支注射器。

不用说,这是过量吸毒引起的猝死。那两名女子出门时也看到了尸体,但她们只漠然地扫了一眼,便若无其事地走了。甘又明厌恶地看着这个吸毒者,他一直生活在中国,对席卷全球的吸毒狂潮只有三个字的感受:不理解。他不理解竟然有数千万人屈服于这种诱惑,莫非末日审判的钟声已经敲响了?

他回到柜台前,向侍应生问清了报警电话,把电话打通。警察局的值班人员听了后回答:"谢谢,我们将在十分钟内赶到。请问你的名字,我们在哪儿可以找到你?"

"我叫甘又明,十分钟内不会离开这家夜总会,你可以到第七号餐桌前找我。"

回到桌旁,他看见座位已空,琼正同一个陌生男子跳舞,狂热地扭动着臀部和肩部。她的眼光仍留意着这边,见甘返回,向他做了一个抱歉的手势。甘又明向她摆摆手,坐到原位。

两个中年人忽然出现在他的面前,他们身着便衣,一个身材矮胖,手背上长满金色的软毛;另一个是瘦长个子,耳朵很大。矮个子彬彬有礼地问:"你是中国来的甘又明先生?"

甘又明狐疑地看着两人:"两位来得太快了吧,这不像是真实世界的速度。"他有意把这"真实"二字咬得特别重,"我报案才一分钟。再说,我在电话里并没说我是从中国来的呀?"

这下轮到那两人纳闷了:"你说什么报案?"

"你们不是警察?"

"我们是联邦警察,"两人出示了证件,"我们是联邦调查局派驻B基地的警官汤姆和戈华德。但你说什么报案?"

听了甘的解释,大耳朵的戈华德警官匆匆去洗手间处理那桩吸毒致死案。汤姆笑道:"一场误会,我们是为另一件事来的,要占用你一点时间,你不会介意吧?"

"我不会介意,但我首先要确认自己是不是在梦中。"他笑着问,"请二位向我解释一下,你们是如何在一个远离B基地的繁华小镇一下子就找到了我——一个刚来美国的外国人?"

"很容易。我们知道琼经常来这儿玩儿,又在停车场发现了她的汽车。"

甘又明"噢"了一声,觉得自己多疑了。他说:"那么请讲吧,什么事情我可以效劳?"

汤姆开门见山:"听说你和琼无意中发现了一条贩毒通道?"

甘又明哑然失笑:"先生,你是B基地常驻警官,难道对他们的虚拟技术一点也不了解?对,我们是发现了一条通道,还差点丧了命。但那只是一个虚拟的故事。"

汤姆微笑着说:"恐怕你本人还不了解虚拟技术。你是否知道,虚拟环境中所涉及的信息都是真实的,是从间谍卫星、水下拾音器、水下摄像机传输到电脑中的。海岸警备队在南部海岸线确实设了许多秘密摄像机,以便监督无孔不入的贩毒分子。所拍摄的数千英里长的胶片都经过电脑的处理,把有用的资料甄别出来,送到联邦缉毒署署长的办公桌上。但是,电脑不是万无一失的,它也有可能漏掉很重要的一段,又偶然被组织进那次的虚拟环境中去。我们尚未在浩如烟海的背景资料中查到这一部分,为了稳妥,请你帮我们复查一下。这也是吴先生的意见。"

"现在就去?"

"越快越好。"

"好吧,"他把最后半瓶矿泉水灌进肚里,"需要琼一块儿去吗?"

"当然。"

甘又明把琼从舞池中唤回来,戈华德正好也返回了。甘又明说:"我们走吧。"

琼迷惑地问:"到哪儿?"

"上车再说吧,走。"

警用快艇上已经备好了四套轻便潜水服和水下照明灯。甘又明很有把握地说:"我想我会很快找到的。当时我仔细记下了岸上的特征和水下岩石的特征。"

果然,不到一个小时,他已经在黝黑的水底找到了那个洞口,但洞口却看不见栅栏。甘又明低声说:"就是这儿,不会错的。余下的工作由你们去做吧,我可不想再被关进这个捕鼠笼子里被人捅死。"

戈华德游近洞口察看,他略带怀疑地低声问:"是这儿吗?洞口处没有安装栅栏的痕迹呀。甘先生,琼小姐,请你们再辨认一下。"

甘又明不相信自己会弄错,他和琼游过去,一眼就看到栅栏缩回的两排小圆洞。他猛然惊醒,但不等他做出反应,两名警官忽然用力把他们向洞里推去,同时按下一个按钮,铁门唰啦一声合拢了,把两人关在里面。

琼惊呼道:"上当了!他们一定和毒贩有勾结!"

两名警官在外面狞笑着:"聪明的姑娘,可惜你醒悟得晚了点儿。回头看看吧。"

后边唰地射来一道强光,两人本能地捂住双眼。等眼睛稍微适应了光亮,他们看到五六个蛙人正迅速逼近,手中的水手刀和水下步枪像鲨鱼的利齿。琼失声惊叫着,甘又明迅速地把她拖到身后。

但他知道这是徒劳的。蛙人正慢慢逼近,身后是坚固的栅栏,栅栏外面是虎视眈眈的敌人。甘又明用身体把琼压在栅栏上,忽然厉声喝道:"汤姆警官,临死前我有一个要求!"

汤姆戏弄地说:"请讲吧,我乐意做一个仁慈的行刑者。"

甘又明忽然笑起来,油头滑脑地说:"我想撒泡尿。"

汤姆愣了一下,恶狠狠地说:"我佩服你死到临头还有心情幽默,动手吧!"

几支长矛正要捅过来,甘又明急忙高喊:"暂停!吴哥,我要求暂停!"

两人又突然跌回现实中,他们仍坐在那两把椅子上,甘又明的双手还保持着篮球比赛的暂停动作。琼取下头盔,看着他的滑稽样子,扑哧一声笑了。

吴中从控制室走出来,微笑着问:"你真是个机灵鬼,从哪儿看出了破绽?"

甘又明也取下头盔,笑嘻嘻地说:"我是否可以不回答?我不想削弱自己取胜的机会。"但一分钟后他就忍不住了,笑道,"很简单,我在夜总会有意猛灌几瓶水,可是一小时后还不觉得膀胱憋胀。这可不符合常情。所以我理所当然地得出结论:那几瓶水并没有真正灌进我的肚里,也就是说,我仍是在虚拟世界里。"

吴中忍不住大笑起来,琼和几名工作人员也笑个不停。吴中忍住笑说:"你很聪明,用一泡尿戏弄了超级电脑。不过,我要给你一个忠告,实际上电脑里有尽善尽美的程序,可以根据你的进食或饮水等情况,及时发出饱胀感或憋尿感信号。这只是一次丢脸的疏忽,我再也不会让它出这样的纰漏了。现在你可以脱下外壳,让琼真的领你去看看美国社会。"

甘又明忽然想到一件事:"顺便问一句,在这次的虚拟场景中,汤姆警官说的是真实情况吗?那个蓝洞真的有可能存在吗?"

"他说得不错。我的确在十分钟前向汤姆警官通报过这件事。"吴中笑着说,"而且,这两位警官也确实是你在虚拟环境中见过的尊容。既然身边有现成的模特儿,我何必舍近求远或凭空臆造呢?"

工作人员小心地帮助他们脱下外壳。这种由银丝和碳纳米管混织而成的白色连体服是世界上最昂贵的衣服,甚至超过了每件价值3000万美元的太空服。甘又明斜睨着裸体的琼,咕哝道:"我一定还没跳出虚拟世界。在真实世界里,我绝不敢这样坦然地看着一个姑娘的裸体。"

琼慢慢地穿着衣服,也一直在斜睨着他,她的脑袋泛着青光。甘又明受不了她目光的烧灼,尴尬地说:"你为什么一直盯着我?想和我比一比谁的脑袋更亮吗?"

琼含笑不语,突然说:"谢谢,甘,谢谢你。"

"为什么?"

"谢谢你在危急关头总是把我掩藏到身后。纵然只是在虚拟世界里,也能看出你的骑士风度。"稍停她又加了一句,"我希望能有机会让我给予回报。"

甘又明笑嘻嘻地说:"你上当了,那时我已经判断出我们是在虚拟环境中,乐得冒充一下好汉。"

琼摇摇头说:"你何必装得比实际上坏呢。"

甘又明有点尴尬,忽然笑道:"你愿意回报吗?现在就可以。"

琼误解了他的意思,吃惊地说:"现在?在这儿?"

甘又明把赤裸的左臂伸过去:"喂,咬上一口,狠狠咬上一口。这就是你的回报。"

琼迷惑地笑道:"你怎么啦?"

"老实说,我对这种虚拟世界已经心怀畏惧了。在刚才那层虚拟中,我分明感到我已经脱下了外壳,可是实际上它仍然紧紧地箍着我。现在我又把它脱下了，谁知这回是真是假？你咬我一口，看我知道疼不，用力咬！"

琼笑着，真的用力咬了一口。甘又明疼得大叫一声，低头看看，胳膊上四个深深的牙印，略有出血。

甘又明笑道："好，好，这下子我真的脱下那层外壳了。你说对吗，琼？"

琼含笑不语。甘又明苦笑道："我知道你只能做一个超然的向导，不会帮我做出判断。我也知道自己是自我安慰。即使这会儿外壳仍套在身上，也同样能造出这样逼真的痛觉和视觉效果。"他把琼的手臂拉过来，用手摩挲着。姑娘的皮肤光滑柔软，滑腻如酥，他感到有一种麻麻的电击感，"真希望我现在触摸到的是真正的你，而不是那种比真实还要真实的虚拟效果。"

琼被他话中蕴含的情意所感动，轻轻握住他的手。突然甘又明的目光变冷了，他紧盯着琼的臂弯，那白皙的皮肤上有两个黑色的针孔。那分明是静脉注射毒品的痕迹。他没再说话，默然穿上衣服，走出大厅。

琼自然感觉到了他突然的冷淡，走出大厅后她说："愿意逛逛夜总会吗？"

甘又明客气地说："不，谢谢。我今天累了，想早点休息。"

琼犹豫好久，抬起头说："请到我的公寓里坐一会儿，好吗？我住在基地外的一所公寓里，离这儿不远。"

甘又明犹豫着，他不忍心断然拒绝琼的邀请，他知道琼是想对他做一番解释。他迟疑地说："好吧。"

琼驾着汽车开了大约十五分钟,前边又出现了辉煌的灯火。琼放慢车速开进这个小镇。她告诉甘又明:"这儿是红灯区。基地的男人们在周末常到这里寻欢作乐。"

街道很窄,勉强可容两辆车交错行驶。琼耐心地在人群中穿行。左边一个白人男子在大声吆喝着,对过往车辆做着手势。他头上的霓虹女郎慢慢地脱着最后一件衣服。琼告诉他,这里面是表演脱衣舞的地方,老板和演员都是法国人。甘又明瞥见几个年轻人聚在街角唧唧咕咕,有黑人也有白人,他们的头发大都染成火红色,蓄着爆炸式的发型。琼告诉他,这是吸毒者和毒品小贩在做生意,对这些零星的贩毒,警方是管不及的。忽然一个人头出现在他们的车窗旁,这是一个眉清目秀的白人青年男子,但戴着耳环,嘴唇涂着淡色唇膏,对着车内一个劲儿搔首弄姿。甘又明厌恶地扭过了头。

汽车终于穿过红灯区,甘又明觉得汽车似乎又掉头开了一会儿,停在一幢整洁的公寓楼外。几个小孩儿在绿草坪上骑自行车,暮色苍茫中,听见他们在兴奋地尖叫。琼掏出磁卡打开院门,停好汽车,又用磁卡打开公寓门。

公寓很大,也很静,只洗衣房里有一个女佣在洗衣。琼把他安顿到客厅,告诉他,公寓里的客厅、洗衣房、健身房是公用的,这里住客很少,几个护士又常上夜班,所以今晚只剩下她一个人。

她端来两杯咖啡,坐在他对面的沙发上,笑问:"今天我有意绕了一段路,领你去看看红灯区。有什么观感吗?"

甘又明沉吟一会儿,说道:"浮光掠影地看一眼,说不上什么观感。我对美国的感情是很矛盾的,一方面,我非常敬慕美国的科技,羡慕美国人在思想上永葆青春的活力,常常觉得美国的精英社会已经提前跨入了21世纪;另一方面,我又非常厌恶美国社会中道德和人性的沦丧:吸毒、纵欲、群交……简直是世界末日的景象。这种堕落是不是和高科技密不可分?因为科学无情地粉碎了人类对自然的敬畏,对生命的敬畏。如果美国的今天就是其他国家的明天,那就太令人灰心了!"

琼沉默了很久,冷淡地说:"不必那么偏激吧。我知道中国南北朝时,士大夫就嗜好一种毒品——五石散;明清的士大夫盛行养娈童。中国人比西方人摩登得更早呢。"

甘又明冷笑道:"我很为那些不争气的祖先脸红!差堪告慰的是,我们早已把这些抛弃了。美国呢,据统计,全国服用过一次以上毒品的有6600万人!对了,你刚才还忘了提中国清末的嗜食鸦片呢,那是满口仁义道德的西方人一手造成的,现在他们的子孙吸毒成癖,也许是冥冥中得到了报应!"

琼久久不说话,一种敌意在屋内弥漫。很久之后,琼走过来坐在甘又明旁边,握住他的手说:"请原谅,我并不想冒犯你。坦率地讲,从一见面我就很喜欢你,你的清新质朴是我不多见的。我不瞒你,我确实偶尔也服用毒品,这在美国是很普遍的事。在西班牙等国家,吸毒甚至已经合法化。不过,我知道你在以礼仪著称的国度长大,对此一定很反感。如果……我答应你从此戒掉毒品呢?"

甘又明听出她话中的情意,很感动,但他最终用玩笑来应付:"那首先要确定我自己是否仍在虚拟环境中。谁知道呢,也许你是假的,我也是假的,你身上的针孔连同这会儿说的话都是假的。怎么样,能不能在这上面偷偷帮我一点忙?"

琼笑了:"我不能违反自己的职业道德。"

甘又明笑着站起身,琼却没有起身,微笑道:"你可以不走的。"她补充道,"你可以睡沙发,或者我为你另开一间。"

"不,我还是走吧,我怕抵挡不住诱惑。"

两人都笑了。甘又明又说:"你不必送我,我可以叫一辆出租。"

"不,还是我送你吧。"

两人刚打开房门,正好两个警察用力挤进来,把两人挤靠在墙上,他们出示了证件:"警察!请退回房间中去!"警察把两人逼回客厅,甘又明立即认出这正是在虚拟世界里见过的汤姆和戈华德。

汤姆冷冷地说:"琼小姐,据线人说你屋里藏了大量毒品,我们奉命搜查。"

琼和甘又明吃惊地面面相觑,琼说:"不,我从来没有藏过大宗毒品!"

汤姆用力扳过她的胳膊,厌恶地说:"那么,这些针孔是怎么回事?"他不再理会琼,径自进卧室去搜查。十分钟后,他提着两袋白色药品走出来,怒气冲冲地说:"是高纯度的快克,足有两公斤!"

琼非常震惊,瞪大眼睛盯着他手中的药品,忽然愤怒地嚷道:"这是栽赃!这两袋毒品一定是你刚放进去的!"汤姆走过来,狠狠抽了她一耳光。鲜血从她嘴角沁出来。

她又转身对甘又明说:"请你相信我,他们一定是栽赃,一定是为了那个蓝洞报复我!"

戈华德奇怪地问:"什么蓝洞?"

甘又明蓦然惊觉,他急忙问戈华德:"你不知道蓝洞吗?就是贩毒集团的秘密通道。是我们无意中发现的,吴中先生说他已通知了汤姆警官。"

戈华德警觉地回头看看汤姆,但晚了一步。后者已从腋下拔出一把旋着消音器的手枪,一声轻微的枪响,戈华德警官的额头上钻了一个洞,鲜血猛烈喷射,他沉重地倒在地上。琼惊叫一声,第二颗子弹已击中她的胸膛,立时她的T恤衫一片鲜红。甘又明猛扑过去,把她掩在身下,抬起头绝望地面对枪口。

汤姆狞笑着说:"谁知道蓝洞的秘密,谁就得死!你那位吴中也活不过今天晚上。"他把枪口抵在甘又明的嘴里。甘恐惧地盯着他,忽然口齿不清地喊:"暂停!斯托恩·吴先生,暂停!"

工作人员为两人取下头盔,两人都面色苍白,惊魂未定。琼下意识地用手按着胸部,甘又明也提心吊胆地紧盯着那儿。不过,当白色的外壳慢慢脱下后,那儿仍然白皙光滑,并没有一丝伤痕。

吴中已经站在他们身后,笑问:"小甘,你这个鬼灵精,这次又在哪儿看出了破绽?"

甘又明喘息一会儿,才苦笑道:"不,我只是侥幸。我并没有完全确定自己是在虚拟环境中。我只是想,如果戈华德先生是一个循规蹈矩的警官,他就不会到不是自己值勤区域的地方去办案;汤姆如果想杀我们灭口,就不必拉着并非同伙的戈华德同去。不过,这段推理并不严密,很容易找到其他解释。"

琼的灵魂仍未归窍，甘又明勉强打起精神问："琼，你是虚拟世界的向导，你怎么也会相信它呢？"

琼苦笑道："有时我也难辨真假。"

甘又明分明觉得，他所经历的虚拟环境中的阴暗气息正逐渐渗入他的心田。他压着怒气冷嘲道："吴先生，虚拟世界是从好莱坞请的导演吗？我看这里怎么尽是好莱坞的暴力、血腥、毒品和美女！"

吴中摇摇头："不，我们不必请什么导演，我说过，虚拟技术很快能抢掉他们的饭碗。该系统的超级电脑有很强的学习能力，我们只需把近二十年来美国每年的十大畅销片输进去，它就能学会他们的导演手法，并远远超过他们。"

甘又明刻薄地说："怪不得这些情节十分眼熟呢。"那层无影无形的 SHELL 似乎一直在裹着他，箍得他无法喘息，他疲倦阴郁地说，"我要休息了，想睡个好觉再干下去。我的住处在哪儿？"

"就在对面的白领人员公寓里，103 号。"

"你在那儿吗？"

"对，118 号，我们离得不远。琼，今天的工作就到这儿结束吧，谢谢。"

琼同甘又明告别，披上外衣走出大厅，她还要赶回自己的公寓。

晚上，甘又明在床上辗转难眠。倒不是因为下午"身历"的血腥场面，而是因为他不敢确认自己身上那件外壳是否真的已经去掉，他对姐夫的虚拟技术已有深深的畏惧，就像害怕一个摆脱不掉的幽灵。比如说，这会儿吴中没有邀请他去屋里做客，就不符合真实世界的常理，毕竟他是万里之外来的客人呀。

不过,也许这是西方世界的习俗,也许是吴先生的屋里还藏着一个情人,也许……还有别的秘密。

他一跃而起,他要去姐夫的屋里看一看才放心。尽管知道自己的决定有点神经质,他还是来到118号房前。门铃响后很久,姐夫才打开房门,问:"是你,还没有睡吗?"

姐夫穿着睡衣,脸上是冷淡的客气,分明不欢迎他进屋。他佯装糊涂,径自闯进去。没有等他的侦察工作开始,卧室中就传来嗲声嗲气的声音:"亲爱的,快进来吧。"

一个浓妆艳抹的裸体男人扭着腰肢从浴室里走出来,一只硕大的耳环在耳垂下游荡,正是在红灯区拉客的那只兔子!甘又明扭头瞪着姐夫,他十分痛心姐夫的堕落,但最使他痛心的甚至不是这件事情本身,而是姐夫那种冷静的厌烦的神情,他肯定是讨厌这位多事的小舅子。甘又明狂怒地喊道:"我知道这不是真的!暂停!"

工作人员为他取下头盔,吴中微笑着走过来,没等他开口说话,甘又明已经愤懑地喊:"我退出这个游戏!我要回家去!"

吴中和刚取下头盔的琼都吃惊地看着他,想要劝阻,但甘又明厉声喝道:"不要说了,我要回国!"

看来吴中很不乐意,他冷淡地说:"这是你的最后决定吗?那好,我让秘书安排明天的机票。"

第二天,琼陪着他坐上了中国民航的波音747班机。甘又明曾冷淡地执意不让琼陪同。琼小心解释:"甘先生,这是我作为向导的职责,只有在你确定自己回到了真实世界的时刻,我才能离开你。

十八个小时的航行中,甘又明一直紧闭双眼,不吃也不喝。直到出租车把他送到北京芳古园公寓,他才睁开了眼。

他急急地敲响了姐姐的房门。姐姐惊喜地喊:"小明,这么快就回来了?这一位是……"

甘又明不回答,在屋里神经质地走来走去,目光疑虑地仔细打量着屋内的摆设。琼只好向女主人做了自我介绍,两人时而用英语时而又用汉语亲切地交谈着。甘又明在博古架前停住,突兀地问:"姐姐,我送的花瓶呢?"

姐姐迷惑地问:"什么花瓶?"

"你们结婚那天我送的花瓶!"

"没有啊,那天你是从老家下火车直接到我这儿,只带了一些家乡的土产。"

甘又明烦躁地说:"我送了,我肯定送了!"在他脑海中,对几天前的回忆似乎隔着一层薄雾。他清楚地记得自己送过一只精致的花瓶,那是件晶莹剔透的玻璃工艺品,但他又怕这只是虚拟的记忆,是逼真的虚假。

这种无能为力的感觉使他狂躁郁闷,他忽然冷笑道:"姐姐,非常遗憾,那位吴先生不是什么好东西……不不,我和他没什么实际接触,这几天实际我一直是在虚拟世界里和他打交道。但仅凭虚拟环境中的阴暗情节,我也可以断定创作者的人品。"

姐姐沉默很久才委婉地说:"小明,你怎么能这样说姐夫呢,你和他一块儿相处总共不过五天。五天能了解一个人吗?再说,虚拟世界是超级电脑根据美国高科技社会的现状为蓝本构筑的,他即使是首席科学家也无能为力。"

甘又明立即胜利地喊道:"这不是你的话,是吴中的话!我仍是在虚拟世界里,暂停!"

工作人员为两人取下头盔,甘又明一直紧闭双眼,不断地重复着:"我要回国,回我的家乡。"

吴中和琼担心地交换目光后,说:"好吧,我们马上送你回国。"

破旧的大客车在碎石路上颠簸着。车里大多是皮肤粗糙的农民,他们一直好奇地盯着那位漂亮的金发白人姑娘。她身旁是一个脑袋锃光的中国小伙子,他一直闭着双眼,似乎是一个病人。姑娘小心地照护着他。

直到下了车,走进那个山脚下的小村庄时,甘又明才睁开眼,他指点着:"看,前边那株弯腰枣树下就是我家。"

琼饶有兴趣地打量着这个农家院落,大门上贴的春联已经褪色,茂盛的枣树遮蔽了半个院子。墙角堆着农具,墙上挂着苞米穗子,院里还有一口手压井。甘又明比她更仔细地端详着院子,他的目光中是病态的疑虑和狂热。

他妈妈从后院喂完猪回来,看见他们,惊喜地喊:"明娃,你咋回来啦?哟,你咋成了光瓢和尚?"她欢天喜地把两人让进屋,不眨眼地盯着那个洋妞。停了一会儿,她冲了两碗鸡蛋茶端出来,瞅空偷偷问儿子:"明娃,这个美国妞是谁?"

甘又明一直表情复杂地看着妈妈,既有亲切,更有疑虑。听见这句问话，他立即睁大眼睛，劈头盖脸地问："你怎么知道她是美国人？谁告诉你的？"

妈妈让这质问弄蒙了，她怯生生地问："我说错话了吗？打眼一瞅，任谁也知道她不是中国妞啊。"

甘又明不禁哑然失笑，他知道自己多疑了，他忘了妈妈的习惯：凡不是中国人，她都叫作美国人。他和解地笑道："没错，妈，你没说错。这位姑娘的确是美国人，她叫琼。你问我们回来干什么？琼想听你讲讲我小时候的事儿，一定讲那些我自己也忘记了的事儿，好吗？"

妈妈笑嘻嘻地看着儿子，他们巴巴地从北京赶回来就是为了这事儿？不用说，这个美国妞是儿子的对象，是他的心肝儿宝贝，哼一声也是圣旨。她笑着说："好，我就讲讲你小时候的英雄事儿，只要你不怕丢面子。姑娘能听懂中国话吗？"

"她能听懂中国话，听不懂的地方我给她翻译。"

"你八岁那年，在洄水潭差点丢了命……"

"这事我知道，讲别的，讲我不知道的。"

妈妈想了半天，嘴角透出笑意："行，就讲一个你不知道的，我从来没告诉过你。小学六年级时，有一天你在梦中喊李苏李苏。我知道李苏是你的同班同学，模样儿很标致，对不？"

甘又明如遭雷殛，他一下子想起来了。李苏是个性情爽朗的姑娘，一笑便露出一口白牙。那时他对李苏的友情中一定掺杂着特别的成分，但他把这种感情紧紧关闭在十二岁小男子汉的心灵中，从未向任何人泄露过。他一直不知道自己在梦中喊过李苏的名字，也不知道大大咧咧的妈妈竟然能把这件事记上十几年。

李苏在初二时就患血癌去世了。同学们到医院去和她告别时,她的神志还清醒,她那双深陷的大眼睛里透着深深的绝望。当时甘又明一直躲在同学们后边,隐藏着自己又红又肿的眼睛,也从此埋葬了那段称不上初恋的情感。

妈妈看见儿子表情痛楚,两滴泪珠慢慢溢出来。她想一定是自己的话勾起儿子的伤心,忙赔笑道:"明娃,你咋啦?都怪妈,不该提那个可怜的姑娘。"

甘又明伏到妈妈怀里,哽声道:"妈,现在我才相信你真的是妈了。"

妈妈又是好气又是好笑又是担心:"你发魔怔了?我不是你妈,谁是你妈!"

甘又明没有辩解,他回头对琼说:"琼,现在我可以确认了,我已经跳出了虚拟环境。"

琼笑着掏出一张支票,"祝贺你,你终于用思维的惯性证实了这一点。吴先生说,如果你能确认,让我把一万元奖金交给你。"

从这一刻起,两人都如释重负。妈妈开始做午饭,她在厨房里大声问:"明娃,你能在家住几天?"

甘又明问琼:"我娘问咱们能住几天,看你的意见吧。你是否愿意多住几天,领略一下异国情调?"

"当然乐意。我还在认真考虑,是否把根扎在这儿呢。"

甘又明当然听出了她的话意。自打摆脱了外壳的禁锢,他觉得心情异常轻松,几天来对琼的好感也复活了,他笑着把琼拥入怀中。妈妈端着菜盘进屋，瞅见那个美国丫头偎在儿子怀里，翘着嘴唇等着那一吻，她偷偷笑笑，赶紧退回去。

甘又明把手指插在琼金黄色的长发里，扳过她的脑袋，在她嘴唇上用力印上一吻。琼低声说："你把我的头发揪疼了。"

在这一刹那，她觉得甘的身体忽然僵硬了。他不易觉察地然而又是坚决地把怀中的姑娘慢慢推出去，他的身体又明显地套上了一层冰冷的外壳。琼奇怪地问："你怎么了？"

甘又明勉强地说："没什么。"停一会儿，他把目光转向别处，低声用英语问，"琼，请告诉我，你吸毒吗？"

琼看看他的侧影，平静地说："我不想瞒你，几年前我曾偶然服用过大麻，现在已经戒了。这在美国的青年中是很普遍的，不过我从来没有静脉注射过快克。喏，你看我的肘弯。"

她白皙的肘弯处的确没有什么针孔。甘又明仅冷漠地扫一眼，又问："斯托恩·吴……真的是一个同性恋者？请你如实告诉我。"

琼摇摇头："我不知道。我不是瞒你，我真的不知道。在B基地，除了工作上的交往，我和他没什么接触。同性恋在美国是普遍的社会现象，有公开的同性恋组织和定期的公开集会，某些州法律已经承认同性恋为合法。但华人中尤其是高层次的华人中，有此癖好的极少。吴先生大概不会吧。"

甘又明阴郁地沉默了很久，突兀地问："你的头发不是假发？在进入虚拟世界之前，在套上那件SHELL之前，我看见你剃光了头发。"

琼迟疑了很久才回答："这是一个复杂的技术问题……"

甘又明烦躁地摆摆手，不想听她说下去。他清楚地记得，光脑壳的琼是他在进入虚拟环境之前看到的，也就是说，这件事情是真实的。那么，他就不该在这会儿的真实世界里看到一个满头金发的姑娘。他苦涩地自语："我已经剥掉了六层 SHELL，谁知道还有没有第七层？也许我得剁掉一个手指头才能证实。"

琼吃惊地喊："你千万不要胡来！我告诉你，你真的已经跳出了虚拟世界，真的！"

甘又明冷淡地说："对，按照电脑的逻辑规则，一个堕入情网的女向导是会这样说的。"

琼唯有苦笑。她知道两人之间刚刚萌生的爱情之芽已经夭折了。午饭后，她很客气地同甘又明的母亲告别。

甘的妈妈极力挽留了很久，但姑娘的去意很坚决，儿子冷着脸，丝毫不做挽留，似乎是一个局外人。她十分纳闷儿，不知道这一对年轻人为什么无缘无故地翻了脸。

两个小时后，琼已经坐上了到北京的特快列车，并在车站邮局向北京机场预定了第二天早上去旧金山的班机。她还给斯托恩·吴先生打了一个越洋电话，说甘已赢得了一万元奖金，但对甘又明在赢得奖金之后对自己态度的变化，她未置片语。

她听见吴先生在大洋彼岸语调平淡地说："谢谢你的工作，再见。"便挂上了电话。

一掷赌生死

飞船"摩纳哥号"。

女士们,先生们:

这里是拉斯维加星。我们热忱欢迎来自母星的移民。自从地球人定居在本星球后,你们是第一批来自故土的亲人。拉斯维加星上已经准备了面包、盐、哈达和桂冠来欢迎尊贵的客人,也为你们准备好了房间和热水,让你们洗去一路的征尘。

以下介绍本星球的概况:拉斯维加星是地球第一个成功的太阳系外殖民地,距地球324光年。1200年前,巨型亚光速飞船"轩辕三光号"载着88473名富有冒险精神的勇士,开始了人类第一次无预案飞行(注:指没有预定目的地的飞行)。飞船历时989年(注:指飞船外静止时间)后,幸运地遇到了与地球状况极为相似的本星,并在此定居。经过211年的开发,这儿已经建成了先进的拉星文明,人口发展到1480万。

拉星的公转和自转周期与地球极为接近,为避免时间换算上的不便,在拉星文明建立后,已经用人工方法把上述周期调整得与地球完全同步。所以,你们到达拉星后将有宾至如归的感觉。

再次热烈欢迎你们。拉星的100辆太空巴士已经出发,10分钟后将与"摩纳哥号"会合。顺便播送一个通知:贵船"摩纳哥号"已经被拉星政府征用,经过一月左右的维修和加注燃料,将立即开始新的飞行,它将是又一次生死未卜的无预案飞行。船员初定为80000人,将从拉星居民的259万报名者中以抽签方式选出这些幸运者。贵船乘客如果愿意继续旅行,也可报名参加抽签。为了表示东道主的心意,对所有贵船乘客凡在着陆前报名者,抽签时给予三倍的加权系数。拉星政府博彩登记人将乘第一辆太空巴士抵达贵船,受理登记事宜。

"摩纳哥号"是"轩辕三光号"启程之后从地球出发的第28艘飞船,这28艘中有两艘已经确认为失事,其他25艘则杳无音信。有可能它们安全抵达了某个星球并在那儿扎根,但因种种原因未能与母星建立联系,不过这种可能性几乎为零。所以从这个角度上说,"摩纳哥号",还有1200年前的"轩辕三光号",都是蒙幸运女神特别眷顾的。

"摩纳哥号"是在"轩辕三光号"699年之后出发的,历时501年(注:指飞船外静止时间)到达拉星,速度比它的兄长快得多。尽管如此,501年仍是非常漫长的时间,所以途中乘客仍采用休眠方式。不过乘客们的思维并没有休息,在休眠前,所有乘客的思维被导入飞船SWW(思维网)中,一直在学习、交往、娱乐,包括虚拟的恋爱、结婚、生子。

现在,"摩纳哥号"已经泊在拉星近地轨道上。当来自拉星的问候在"摩纳哥号"的船舱里响起时,大部分乘客还没完全醒过来呢。值班船长已经提前三天启动了休眠复苏程序,然后把SWW网中与各人有关的记忆分离,再分别回输到各人脑中。不过,复苏得有个生理上的滞后期,回输的巨量信息也得有一个消化过程,所以,等拉星的几位博彩登记人匆匆进入飞船、用带着拉星口音的地球语言开始喊话时,飞船乘客的神经反应都赶不上他们的语速:

"拉斯维加星欢迎来自母星的客人!有参加本飞船后续飞行的请即刻报名!三倍的加权系数,相当于一个人可以参加三次抽签!优惠期在太空巴士着陆后即截止!本登记人有国家颁发的正式资格证书!"

……

"摩纳哥号"上的80050名乘客每50人分为一组,被分散到拉星社会中。刚明军所在的小组内有他的四个熟人:朴智远、朴智英兄妹,他们的父母朴云山夫妇。刚家和朴家在登上飞船前就是邻居,旅途中三个年轻人在 SWW 网中又是须臾不离的玩友。不过,小刚的父母刚书野夫妇在旅途中已经去世了。

拉星政府的安排非常周到,每个小组内配了一位导师,在一年时间内与小组成员生活在一起,帮助他们尽快融入本地社会中。小刚所在小组的导师是谢米纳契先生,今年 150 岁。拉星人平均寿命为 210 岁,所以 150 岁正好相当于古地球人的"知天命之年"。谢米纳契先生非常尽职,而且友善宽厚,小组成员立刻就喜欢上他了。第一次见面时,他先在组员中找到了刚明军:

"首先向刚先生表示慰问。你的父母在旅途中不幸以身殉职,他们将英名永存。拉星政府已经将他们的名字载入探险英烈榜中。"

小刚看着窗外低声说:"他们是自杀,不是殉职。"

谢米纳契温和地反驳:"我看不出两者的区别。我知道当值班船长的艰难,长达 100 年的枯燥旅行,窗外是一成不变的宇宙背景,舱内是休眠如僵死的同伴,太孤单了,非常容易造成值班者的心理崩溃。所以,我认为他们二位就是殉职。"

刚书野夫妇是"摩纳哥号"第一任值班船长及值班科学官,他们尽职地工作了 100 年,然后唤醒第二任值班船长,与他做了详细的交班。但卸职后的两人并没有进入休眠,而是随即自杀了。这是 401 年前的事,小刚在 SWW 网中早就知道了这个噩耗,他简单地说:

"我已经是 18 岁的成人了——或者 519 岁,如果加上网络年龄的话——我自己会处理这件事。谢谢你的慰问,不过请谈其他事吧。"

谢米纳契先生深深地看了小刚一眼,把话题转开了。

他用一天的时间详细介绍了有关拉星社会的 ABC。随后他说:"当然不可能光凭纸上谈兵就完全了解拉星社会,得有一个实践的过程。你们以后不论遇上什么问题尽管找我,我会尽力相助。"他发给每人一张银行卡,此卡在一年内可以"无限透支"。一般来说,一年后新移民就会基本熟悉拉星社会,那时可以自由挑选一个职业,也就有稳定的收入了。

他的第一期辅导就要结束了,他停顿片刻,郑重地说:

"下面我要谈的仅是我个人的意见。因为拉星社会保障信仰自由,政府不好对以下问题公开表达什么意见,但我想以个人身份郑重提醒大家。正如你们已经看到的,拉斯维加星上已经建立了非常先进的文明、非常强大的科技,但光明之中总会有阴影。这 100 年来,各届拉星政府最头疼的事情就是势力强大的'上帝之骰教'……"

几个组员同时问:"什么教?上帝什么教?"

"上帝之骰教,即赌博中'掷骰子'的'骰'。"

智远奇怪地说:"这可是个奇特的名字。"

"往下听你就不奇怪了,这个名字和它的教义是密切相连的。该教派信徒数量达到拉星人口总数的百分之二十,即近 300 万。他们每个周日举行献祭仪式,与会人数为 20 万以上,以掷骰子的方式选中 100 个'升天者',被选中者当场献出自己的生命。每周日都是如此啊,据政府统计,从这个教派兴起至今,已经有 522100 人丧生。"

"50万!"朴云山震惊地说,"在地球上它肯定会被定性为邪教,被政府取缔。"

谢米纳契摇摇头:"我们不愿称它为邪教,因为这些信徒确实是为了实践自己的信仰而不是出于邪恶的目的。这个教派没有常任的领导人,每周用掷骰子的办法选出一个领导者,称为庄家,负责下一星期的宗教活动。该庄家的生命也就这七天了,因为,在下一星期的 100 个升天者中他是当然的一员。所以……他们的献身狂热十分可怕,确实可怕,5000 多代庄家接踵赴死,从没中断。"

听他辅导的 50 个组员都不寒而栗。

"它是一种极其危险的毒品,只要接触一次就有百分之二十的上瘾率,并且上瘾后基本不能摆脱,因为它的教义暗合了人类的冒险天性,"谢米纳契叹了口气,"你们应该知道,人类的赌徒性格是根深蒂固的。所以,要想避免陷进去,唯一的办法是彻底躲开它,远远地躲开它,不要被好奇心所害。"他再次强调,"你们一定要记住我的话!"

他特意拍拍小刚的肩膀:"小刚你要记住我的话啊。"

其实他心里清楚,尽管他苦口婆心,反复劝诫,仍然会有抑制不住好奇心的人。这是由天性和概率所决定的,非人力所能扭转。比如这位小刚,如果他的性格和他自杀的父母相似,很可能就属于那百分之二十的范围。

谢米纳契已经通过 SWW 网查到了他父母自杀的真正原因。

英子紧张地问:"谢米纳契先生,你让我们避开这些人,我们也愿意按你说的去做。可是，怎样从人群中辨认他们？"

"这倒是非常简单的。首先，信徒们都比较瘦，即使胖人在入教后也会拼命减肥。因为据他们说，升天时要通过的'天之眼'是相当狭窄的。"

"噢，那我们在交往中会首先警惕瘦子。"

"还有一个更容易的辨认办法：信徒们在周日参加献祭仪式时，一定会戴上这么一个徽章，喏，就这样的。"

他取出一个小小的徽章，图案是一枚六面体骰子，每个面上有从1到6的不同点数，与地球上赌徒们用的骰子完全一样。徽章是用高科技方法制成，图案中那个骰子并不是死的，而是不停地跳动着，依次展示着不同的点数。在它背后是无限广袤的、缓缓变化的背景。小刚从他手里拈起这个徽章，好奇地观察着。看着它，就像是透过飞船舷窗看深邃的宇宙——或者是有一只独眼正从宇宙深处看他，这要看你站在哪个角度上了。但无论是哪个角度，这个徽章确实令人入迷。他央求谢米纳契先生：

"这个徽章真精巧。先生，让我玩几天吧，我要拿它去和教徒们的徽章做比较。"

谢米纳契不忍拒绝这个孤儿，挥挥手，答应了他的央求。

小组成员们对谢米纳契的警告印象深刻，大伙儿都答应一定牢记他的关照。小刚捏着口袋里硬硬的徽章，心想：这么一个每周杀死100人的邪教，它的活动方式竟是如此明目张胆啊。

每位移民都得到了自己的房子，彼此留下联系电话，分散回家了。朴氏夫妇很同情失去父母的小刚，劝他住到朴家来，但小刚婉辞了，他想用自己的方法走出对父母的思念。随后的一个月内，小刚和朴氏兄妹几乎没有正经在家里待过。想想吧，一张可以无限透支的信用卡！无数地球上没见过的新鲜玩法！三个年轻人绝不会放过这个天赐良机的，连朴家父母都在外边玩得乐不思蜀了。

三个朋友最爱玩的新玩意儿，一个是空中滑板，形状和地球上的陆地滑板相似，但能悬空滑行。它无疑也是磁悬浮作用，但能悬浮到膝盖高度，又没有明显的动力来源，无疑拉星的科技水平要远远高于地球（至少是"摩纳哥号"启程前的那个地球）。另一个玩意儿是"虫洞旅行大变脸"，两个透明球由弹性管相连，管径很细，玩家要努力顶开弹性管钻过去。人钻到弹性管之后，它就开始发疯般地扭动，把其中的人扭得像洗衣机里的衣服。等好容易钻到另一个球内，那个看似透明的圆球原来暗含机关，从外边看，里边的人是原型经过拓扑变换后的形象，至于如何变换则是完全随机的。小刚被变成一个打结的人，而朴智远则更恐怖，把身体内腔翻到体外了（这是拓扑变换规则允许的），各种器官密密麻麻地悬挂着。外边的小英吓得捂住眼睛，而里边的哥哥还在急切地问："我变成什么样子了？变成什么样子了？"

三个星期后，他们又发现一种新玩意儿——最高通感乐透透。摊主是一位十八九岁的年轻姑娘，年龄比小刚他们略大一些。她非常漂亮，细腰盈盈一握，彩色头发扎成两个冲天辫，吊带小背心，超短裙，身上挂满了小姑娘们喜欢的饰件。看见三人过来，她高声吆喝：

"乐透透节日大酬宾！庆祝地球飞船胜利抵达拉斯维加星！一月内八折优惠！"

小刚走过去，笑着说："那你得对我们更优惠一点儿，我们仨都是'摩纳哥号'的乘员。"

"是吗？你挺厉害的，不到一个月，拉星话已经说得很顺溜啦。好吧，对你们七折优惠。"她把三位客人迎进来，又加了一句，"其实对你们不必优惠的，反正新移民们都拿着一张无限透支信用卡。"

不过她还是用七折优惠让三个人玩了乐透透。是一个类似宇航头盔的玩意儿，戴上它，经过十几分钟的调谐，玩家就能得到最高的快感，是一个人在一生中所能享受的快感的综合：婴儿吃母乳时的快感；婴儿被妈妈轻抚脸蛋的快感；与恋人接吻的快感；极度饥渴时进食饮水的快感；大成功后的喜悦；享受蓝天白云、清风山泉时的喜悦；等等，当然也少不了性快感。它们综合到一块儿，成了"痛彻心脾"的快乐，同时又是很温和的，不带烟火气。三个人都沉溺其中不愿离开，但女摊主只让每人玩半个小时，说这是法律严格规定的，每天不能超过半个小时，否则它就变成最厉害的毒品了。临走时小刚有点儿恋恋不舍，倒不是舍不得这种玩法，而是离开这个漂亮快乐的姑娘。他说：

"能告诉我你的名字和电话吗？"

"当然可以。你叫我阿凌就行，我的电话在招牌上写着呢。"

小刚介绍了这边三个人的姓名和电话。"那，我能不能请你吃顿饭？"

"我当然乐意。"阿凌笑着说，"我知道你们有无限透支卡，一年内有效,所以在这一年内你尽可以多请我几次,我决不会嫌麻烦的。不过今天不行,哪天我有空的吧。"

智远说:"那我们下周来找你吧,我们仨轮流请你。"三人离开了这个小店,小英撇着嘴说:

"小刚,刚先生,你对姑娘们的进攻非常果断啊。"

小刚笑着说,这也属于谢米纳契先生所说的男人的冒险天性。小英反驳说,谢米纳契只说"人的冒险天性",可没专指男人。小刚笑着说:"这就对了,女人也有冒险天性的,那你干吗不对你中意的男孩子主动进攻?"

第二天,他们在街上邂逅了阿凌,她仍是那身时尚打扮,只是外面套了一件淡青色的风衣。看见三人她首先打招呼:

"喂,你们三位好。我还惦记着你们的请呢。"

小刚高兴地说,那咱们现在就去饭店吧。阿凌歉然摇头:

"不行,我今天有重要的事情,抽不开身。以后吧,下周吧。"她嫣然一笑,"如果下周我们还能见面的话。再见。"

最后这句话有点儿没头没脑,未等三个朋友醒过来劲,她就匆匆离开了。小刚一直专注地望着她的苗条背影,小英有点儿恼火,用肘部推推他,说:

"小刚哥,你别看啦,你的心上人已经走远啦。"

小刚扭回头,严肃地说:"你们没发现?她的风衣上戴着一枚'上帝之骰'的徽章。"

"真的?我没看见。"

智远说他也没注意到。小刚说："我看见了，不会错的，就在她风衣的翻领旁。今天是星期几？对，是星期日，她一定是参加那个献祭仪式去了。刚才她说什么来着？她说'如果我们下周还能见面的话'——她已经做好赴死的准备了！"

朴氏兄妹相当吃惊，没想到谢米纳契的警告在不到一月中就应验了。小英恍然大悟：

"噢，你看她很瘦的，符合信徒的特征。"

小刚沉思片刻，果断地摸出那枚徽章，戴在胸前："我要跟她去，看看那个教派到底在干什么。"

"不行的，不行的！"小英震惊地说，"谢米纳契先生说得再清楚不过了，那沾不得的，一沾上就会上瘾。"

智远也竭力阻止他，但小刚不在意地说："我总不至于没有一点儿自控力吧。我一定要去，这么一个灿烂快乐的年轻生命，我不能眼看着她送命。"

他拔步追上去，朴氏兄妹紧跟在后边，努力劝他，小英急得要哭，但小刚一点儿不为所动。那件淡青色的风衣在人群中时隐时现，三人一直追到一家大游乐园，密密的各种游戏摊点中夹着一个不大起眼的电梯门。这会儿门前已经排起长队，来这儿的人仍然络绎不绝。三人注意观察，来人果然都戴着那种徽章。电梯门开了，阿凌和众人走进去，门又合上，门边的红箭头开始闪亮。小刚拦住他的两个朋友，不让他们再跟着，因为两人没戴徽章，再走近可能引起怀疑的。然后他用力握握两人的手，走近电梯门。

这是那种循环式的电梯，此刻方向只能向下。门又打开了，小刚和前边的十几个人走进去。他心里忐忑不安，生怕被人认出是冒牌货，实际上根本没人注意他。电梯里的人都微笑着用眼神互相致意，但却一言不发。电梯嗡嗡地飞速下沉，似乎已经来到很深的地下。它终于停住了，门打开，人们鱼贯而出。

眼前的景象大出小刚的预料。他原以为这个献祭之地一定阴暗诡秘，或者庄严肃穆令人敬畏，谁知他看到的仍是一个大游乐场。这是一个大溶洞，空间极为广阔，穹顶几不可见。场内彩灯辉煌，笑语喧天，大分贝的音乐轰鸣着，几万个（或者是几十万个，小刚对这么多人在数量上没有概念）盛装的男人女人在尽情地玩闹，跳街舞、恰恰、伦巴、芭蕾，抖空竹翻筋斗，打醉拳舞太极，反正一句话，是把地球上的全球狂欢节挪到这儿了。阿凌早就消失在人群中，就像溶入大海的一滴水，根本甭想找出来。

小刚在密密的人群中困难地穿行，观察着四周。他原来担心这里戒备森严，其实即使不戴徽章也不会有人注意的。他挤到了广场中间，惊奇地发现这儿有一个魔幻般的玩意儿：一个黑色的球状物，静静地悬空飘浮着，黑球黑得非常深，似乎有无形的黑浪在里边不停地翻滚。小刚想，这就是谢米纳契先生说的"天之眼"吧，信徒们要通过它来升天。小刚在科学世家中长大，从不相信世界上有什么超自然的灵物，便想挨近去仔细看。但在距离黑球相当远的地方，他被一道无形的屏障阻住了。屏障是半球状的，把那个悬空的黑球严密地包在里面。这当然不是上帝的法术，无疑是某种高科技的东西。

小刚入迷地看着这个悬空的黑球，抚摸那道无形的屏障。他想，眼前的这一切绝非儿戏。

音乐声突然停止,世界就像在这一瞬间突然停住了。狂欢的人们停止了动作,气喘吁吁地看着上方。从几不可见的穹顶上打来一束耀眼的光柱,打到广场中央的一座高台上。高台边有一支乐队,已经准备就绪。一个男人走到光柱中,向众人举起双手,大声宣布:

"我,上帝之骰教第5222任庄家,现在主持本次升天仪式。请大家就位!"

地灯亮了,把场地分成无数个棋盘格。下边一阵骚动,每人都做了轻微的移动,站到一个格子里,小刚也学大家站到一格中。

庄家再次扬起手:"孩子们,向万能的上帝祈祷吧!"

下边响起一片吟哦声。小刚赶紧学起南郭先生,哼哼唧唧地应付着。他很快就听清了大家念的祈祷词,原来翻来覆去只是一句话:

"我向万能的上帝祈祷,望上帝之骰能完成你老人家无力完成的事情。"

小刚怀疑地咂摸着:这句祈祷词怎么不是味儿。信徒们不像是在膜拜上帝,倒像在调侃他老人家!没错,小刚注意地看看四周,吟哦的信徒们远远说不上肃穆虔诚,他们眼里都闪着顽皮的光芒。祈祷结束,庄家庄严地发问:

"孩子们,你们都做好升天的准备了吗?没有做好准备的请退出圈外!"

下边像小学生一样整齐地回答:"我——们——做——好——

准——备——了——"

这会儿小刚真想退出圈外——他可不想参加什么"升天",把自己的命搭在里面。但他不想引起怀疑,咬咬牙,站在原地没有动。

庄家开始掷骰子了。在他脚下的高台上放着一个精致的金属盘,银光闪亮。投光设备把它投影到天幕上,显示出其上密密麻麻的棋盘格,这些格子和众人所处的格子是一一对应的。庄家拿出一个黑色的骰子,上面有1到6各个数字,不过小刚随后知道,在这种掷骰方法中,点数实际是无用的。

第一次投掷开始。庄家把骰子投进金属盘里。骰子跳动着。它的弹性极好,跳了很长时间才停下来,静止在某个格子上。立时,与此格对应的广场中的那个格子唰地亮了,耀眼的光柱由地上射向穹顶,光度之强,似乎把格中那个人熔化了。乐队立即奏乐,鼓声钹声响成一片。乐声停歇后庄家宣布:

"向第一个幸运者祝贺!"

那是个30岁左右的男人,他兴高采烈地向大家挥手,离开原位走到高台上。下面是如涛般的欢呼声。

掷骰依次进行,几十个幸运者陆续聚到高台上,有男有女有老有少,不过以20岁左右的年轻人居多。下一次掷骰子出了点儿麻烦,骰子停住后,鼓声钹声响起来,但广场上有两个棋盘格同时亮起又同时熄灭。下边响起一片"咦"声。庄家低头在金属盘里查看一番,笑着宣布:

"噢,是一次巧合。骰子完全均等地压到两个格的中间线上,其均分的精度超过了仪器所能分辨的限度,无法四舍五入。现在怎么办?如果宣布此次掷骰无效,对这二位无疑是不公平的,我想应在二人中选一个。但是该如何选,是由大伙儿投票决定,还是让他们二位单独对决?"

下边响起一片声浪:"由大家投票决定!投票决定!"

庄家同意了,请那两人上台发表竞选演说,但只能说一句。两人中那个男的先走上台,向大家行了礼,简短地说:

"当然应该选我,请大家回忆一下地球上有史以来所有探险家的性别!"

下边轰然响起叫好声,当然主要是男声。演讲者得意地向四周鞠躬致谢。那位女的随即上台,说:

"那么我也请大家回忆一下地球绅士的高贵传统:女士优先!"

又是轰然的叫好声,这回男声女声都有。庄家说:

"下边开始投票。凡是赞成这位女士的就请拍拍手,凡是赞成这位男士的就请跺跺脚!"

众人兴高采烈地拍手跺脚,天幕上的投票数字飞速上升。不过,显然有些捣蛋鬼暗地里达成了某种共识。这会儿天幕上的数字变换放缓了速度,一边数字蹦上去几个,紧跟着另一边的数字就蹦上去几个。投票终于结束了:134293 对 134293,一票弃权。人群中轰然笑起来。在鼓钹声中,庄家为难地说:

"又是一个平局!只好让他们二位单独对决了。当然不是用剑,仍然用骰子。我宣布规则如下:一掷定胜负,大点为胜。二位请吧。"

两人走近金属盘,女的从庄家手里接过骰子,撒到盘里。骰子蹦了一会儿，定住了，6点！鼓钹声响成一片，姑娘激动地跳起来说：

"上帝偏爱我！"

小伙子看来要输，但他仍气度从容地掷出骰子。骰子跳动着，似乎要停到3点上，但它在最后一刻又弹了一下，把6个黑点停到上面。小伙子大声笑道：

"上帝对我也不差！"

不过毕竟上帝对那姑娘更偏爱一些，在第二次掷骰中，姑娘赢了。她兴奋地走到高台上幸运者的队伍里，小伙子则懊丧地回到台下的原位。

在热热闹闹的仪式中，小刚几乎忘了自己也是参与者。所以，等到第99次掷骰，他脚下的方格忽然亮起时，他没有一点儿心理准备。在众人的欢呼声中，他几乎是无意识地走上高台，排在队的末尾，并没决定一会儿自己是否跟别人一块儿"升天"。

第100次掷骰子不再是选升天者，而是选下一届的庄家，这次选中一位须眉皆白的老人。本届庄家拥抱了下届庄家，做了简单的交接，然后向大家挥手告别：

"永别了，愿幸运与我同在！"

他走到幸运者队伍的第一个位置，开始脱衣服。后来小刚知道，每人成功通过天眼的概率与其信息总量（粗略地讲就是体重）的指数成反比，所以升天者除了尽量减肥，还要去掉所有身外之物。赤裸的卸任庄家已经站到那堵无形的屏障前，刚才它曾经阻止小刚往前走，现在它暂时打开了，庄家一闪身走进去。下面的场景让小刚目瞪口呆，因为那具身体一越过那道无形的界线后，就立即悬浮起来，朝上方的黑球飞过去，或者说是被黑球吸过去。他的速度越来越快，眨眼间已经被黑球吞没。在吞没前的瞬间，可以看出他的身体已经被黑洞潮汐力拉得相当细长。

小小的黑球吞没了这个人，照旧不露声色地悬浮在场地中央。

到这时小刚才意识到，他所目睹的并不是闹剧或魔术。不管刚才的掷骰子程序是否有猫腻，反正信徒们的死亡是货真价实的。头顶飘浮的这个黑球无疑是个货真价实的黑洞，而拉星的科技水平已经能激发并控制这样的黑洞了。

排在队伍第二位的升天者也脱光了衣服，安详地向台下人群挥手，然后跨过那道死亡之线。大厅中的人群跟随升天者的告别辞，平静地吟哦着：

"永别了，愿幸运与我同在！"

"永别了，愿幸运与我同在！"

……

不过小刚觉得，这刻意的平静下涌动着悲凉的暗潮。

黑洞吞吃了几十个人，仍然无喜无怒，用它的黑色独目冷眼看人。

小刚飞速地思索着。他不知道眼前看到的东西有多少是真的、多少是假的。至少他对一点有所怀疑，自己第一次走进这座大厅就被选中，"运气"未免太好了吧，要知道这是268586人中选100个，只有2685分之一的概率啊。也许——有人发现他是窥探者，故意在骰子上捣了鬼？对于拉星的高科技来说，这是再简单不过的事……身后的老庄家轻轻推推他,原来,前边的 99 个人都已经"升天"完毕,轮到他了。他可不想糊里糊涂把性命送到这个黑洞中,仓促中他脱口喊道:

"我不愿升天!我不愿死!"

全厅愕然!20 多万双目光汇到他身上,快把他点燃了。他想愤怒的信徒们马上会怒吼着扑上来,把自己撕碎,不过这一幕并没有发生。人们只是盯着他,目光中充满轻蔑不屑。他身后的下任庄家,那个老人,更是真诚地不解。他走过来轻声问:

"你既然不愿升天,刚才庄家在做'最后询问'时,你为什么不退到圈外?"

小刚面红耳赤,没法儿回答。好在有人及时打破了他的尴尬——是阿凌,她一直隐在人海中,这会儿露面了。她匆匆跑上台,对大伙儿说:

"我认识他,他是从'摩纳哥号'来的新移民,不知道咱们的规矩。其实他根本不能参加升天的,他肯定没通过提升呢。"

小刚不知道什么叫"提升",但阿凌的救场显然缓和了大家的情绪。老庄家怀疑地看看小刚身上佩戴的"上帝之骰"徽章,不过没有再难为他,只是温和地让他退到台下。小刚狼狈地退下来,虽然他没脱衣服,但这会儿觉得自己是赤身裸体,无数目光烙在他的后背上。

老庄家回头面向大厅:"这可是 5222 次升天中头一次碰见的意外,我只好提前进入庄家的角色了。现在咱们怎么办?我想应该再掷骰子选一个,我们不能留下一次不完美的升天。"

下面立即有人喊:"不用再选了!不用了!"那人快步走上来,原来是刚才二选一被淘汰的小伙子,他对大伙儿说:

"你们一定没忘记刚才那个不幸的落选者吧,他曾与对手战成三次平局,在最后一关不幸被淘汰。仁慈的教友们哪,为什么不把这次机会赐予他呢。"

下面轰然同意,老庄家也慈爱地点了点头。于是,这个落选者脱去衣服,跨过生死之线,高兴地喊道:

"永别了,愿幸运与我同在!"

老庄家宣布这次祭礼结束,26万人如水泻般井然有序地散去,只剩下小刚一人,孤零零地站在空旷的大厅内。本来他很怜悯这群愚昧的教徒,但这会儿他觉得该怜悯的倒是自己。没说的,在大家眼里,他是个临阵脱逃的怕死鬼,被万夫所指万人所骂。这一切都是他自找的。大厅里的灯光忽然熄灭,这儿变成绝对的黑暗,黑得连他自己的肢体似乎都不存在了。只能看见那个黑洞仍在原地悬浮着翻滚着——之所以能看见它,不是因为它会发光,而是因为它比四周的黑暗更黑。小刚慌了,一步也不敢迈。他焦急地喊:"有人吗?有人吗?"但声音被无边的黑暗吞没了。

忽然灯亮了,电梯门随即打开,阿凌匆匆跑出来,笑着说:

"电脑统计显示少上来一个人,我心想肯定是你了。来,跟我走。"

她拉着小刚走进电梯。电梯平稳地上升,耳边是轻微的嗡嗡声。在电梯上升的途中,小刚非常尴尬,他想向阿凌做一番解释,但试

了几次都张不开口——他根本没办法为自己的行为辩解。倒是阿凌体会到他的心情,平淡地说:

"没关系的,我知道你并不是信徒,只是溜进来玩的,误打误撞被选上了。你不想升天是可以理解的,没人说你是胆小鬼。"

小刚只有苦笑。

电梯停了,门打开,智远和智英焦灼地守在那儿,一看见小刚就惊喜地大叫起来,甚至不敢相信自己的眼睛,拉着小刚又是捏又是摸的。在他们看来,小刚身入"魔窟"竟然能全身而退,简直不可思议。阿凌立在旁边,笑眯眯地看着三人,等他们的情感发泄告一段落,她过来说:

"我要走了,再见。以后去找我玩——还有,别忘了请我吃饭。"临走她补充一句,"小刚,你以后不要戴那枚徽章了,我是说,在你没成信徒前不要戴它。这在拉星社会中是犯忌的。"

小刚一下子面红耳赤。

阿凌走了,小刚向两个朋友详细讲了进洞后的经历,讲了那个神秘的黑球,讲了100个人奇诡的死亡方式,也讲了自己临"升天"前的退缩。英子是个怀疑派,认为小刚被骰子选中肯定是有人捣鬼,是想除掉他这个"间谍"。小刚摇摇头,说:

"我曾经这样想过,现在不这样想了。如果真是这样,恐怕他们不会轻易就放我一马。"

而智远的怀疑集中在另一个点上:"这些信徒们为什么甘愿赴死?即使是邪教,也得有个说得过去的提法吧。小刚,咱们去问问谢米纳契先生。"

小刚不想问,他知道谢米纳契会生气的,不过最终他还是把电话打了过去。果然,得知小刚去参加了升天仪式,谢米纳契先生非常恼火:

"你这个孩子,为什么不听我的嘱咐!"他叹了口气,"也好,也好,也许这是好事。既然你能在升天前决然退出,也许以后你就有免疫力了。"

小刚一个劲儿赔笑:"是的,是的,以后我肯定有免疫力了,再不会受它的蛊惑了。所以,你可以把'上帝之散教'的真相全部告诉我了,没关系的。"

谢米纳契没有上当,冷冷地说:"这次你没有送命,该感谢上帝的恩典了。听我的话,再不要和他们有任何接触,更不要打听它的教义。"

他挂了电话。小刚无奈地说:"只好找阿凌问了,想来她不会隐瞒的。"电话打过去,阿凌打趣地说:

"是小刚?是不是请我吃饭?感谢你经历了生死之劫后还记得对我的承诺。不过今天我还是没时间,明天'摩纳哥号'就要出发了,我父母都是它的乘员,我要和他们共度最后的一天。"她补充道,"他俩是飞船第一任值班船长和值班科学官,和你的父母一样。"

三个朋友十分吃惊。这种无预案飞行生死难料,而且即使"摩纳哥号"能顺利找到一个可移民的星球,反正阿凌和她的父母是不可能再见面了,此次生离即为死别。所以,移民者一般都是以家庭为单位的,她的父母为什么不带女儿一块儿去呢?不过他们没有谈这件事，不想搅乱阿凌的心情。小刚只是说："那我们就不打扰了，明天我们也去发射场送行。"

第二天他们赶到发射场，100架太空巴士已经准备完毕，齐齐地排在那儿。电磁加速轨道像一把长剑，斜斜地伸到天外。阿凌及其父母在第一辆巴士附近，阿凌向父母介绍了三个新朋友，父母拥抱了三个人，同他们道别。从他们脸上看不出生离死别的悲戚，阿凌爸反倒安慰小刚，问他是否已经走出父母去世的阴影。又说，在飞船离开后，希望三个朋友多到阿凌那儿陪陪她。英子一直在为阿凌难过，忍不住问：

"伯伯，阿姨，你们为什么抛下阿凌？你们至少应该带她一块儿走的。"

这句问话不能说很得体，有点儿"专往痛处捅刀子"的味道。小刚和智远都有点儿尴尬，拿眼色制止英子。阿凌妈笑着说：

"孩子，阿凌不愿同我们一道去的。我们宁愿早走一步离开她，也不愿见到她先离开我们啊。"

她说的阿凌"先离开"无疑是指"上帝之骰教"信徒的升天。这句话里多少透露了夫妇两个的悲戚。

出发时间到了，他们最后一次拥别，阿凌父母走进第一号太空巴士，穿上抗荷服。指挥台一声令下，太空巴士在电磁力的加速下，嗖嗖地射出去，消失在蓝天中。不久，空巴士返回，从屏幕上看到轨道中的巨型飞船开始加速，离开拉星，飞向无垠的宇宙。

一切都是1200年前第一批太空移民离开地球那个场景的重演。

小刚父母自杀前在 SWW 网中同儿子（当然是虚拟的电子小刚）有过一次长谈，坦率地讲述了他们决定自杀的心路历程。他们说，人类对未知的探索，或者说是人类的冒险天性，从另一个角度看实际上是逃离，是对某种囚笼的逃离。猿人学会直立，从树上走下来，是对森林囚笼的逃离；学会用火和工具，是对蒙昧囚笼的逃离；学会说话，是对无声囚笼的逃离；发展了医学，是对疾病囚笼的逃离；从非洲向其他地方迁徙，直到走出地球，是对地理囚笼的逃离……整个人类文明史就是这样一次又一次成功的逃离。但科学家最终发现，有一个囚笼是绝对无法逃离的，那就是宇宙本身。宇宙必然灭亡，人类所有的文明之花都会在那时枯萎，即使在我们的宇宙之外或之后仍有新宇宙，也不可能把人类文明的种子播撒到那里。人类在成功逃离一个个囚笼、自信心空前膨胀之后，却发现她仍处在一个最大的笼子里，一个和宇宙一样大的笼子，绝对不可逾越……

"孩子，请你原谅，你的父母都是懦夫。在 100 年枯燥的旅途中，这个念头一天比一天更重地压在我们心头，让我们心灰意冷、沮丧悲怆。既然最终的宿命不可更改，我们的奋斗又有什么意义呢。最后，我们只好以死亡来逃离这个心理的囚笼。

"刚儿，爹妈对不起你！我们走了，留下你一个人去面对陌生的世界。希望你不要做爹妈这样的懦夫，而要成为一个勇士，勇敢地活下去！"

"很可惜，你爸妈如果活到飞船抵达拉星就好了，在这儿他们会知道，那个宇宙之笼并不是绝对不可逃离的。"阿凌兴致勃勃地说。这是"摩纳哥号"启程之后，她和三个朋友坐在一家饭店里。"相信到那时候，你爸妈一定会成为'上帝之骰教'最虔诚的信徒。"

"你是说，宇宙之笼也可以逃离？"

"对。当然老宇宙会灭亡，这是毫无疑问的，再先进的科技也无法改变。但科学能在母宇宙中激发出一个婴儿宇宙，就像是在橡胶薄膜上吹起一个小泡泡。小泡泡逐渐长大，最终与母宇宙脱离，形成一个封闭的新宇宙。告诉你们吧，拉星人在100年前已经激发出一个婴儿宇宙，而且能让它与母宇宙之间保持一个始终相连的蛀洞。这种蛀洞的进口是黑洞，出口是白洞，小刚那天在地下溶洞中看到的那个空中悬浮的黑球，实际就是蛀洞的进口。""你们……'上帝之骰教'的升天……是在逃离这个宇宙，向另一宇宙迁徙？"三个朋友都十分震惊，七嘴八舌地问。

阿凌笑了："别性急，你们得听我慢慢讲，这里边的事儿非常复杂哩。虽然拉星人已经能让两个宇宙通过蛀洞相连，但不幸的是，我们也同时确认了'宇宙不可通'的金科玉律。它是什么意思呢？浅显地说是这样的：两个宇宙之间如果能有任何信息的传递，那两者之间仍然是一体，有同样的命运，会在同样的时刻灭亡；真正独立的婴儿宇宙则完全关闭了与母宇宙的信息通道，不可能有任何的信息传递过去。你们知道，任何生命，任何文明，其实质就是信息。所以，这个'宇宙不可通'定律，其实也关死了人类逃离母宇宙的任何可能的通路。事实确实如此，凡想通过蛀洞到达新宇宙的任何有机体，都会在蛀洞中被彻底打碎，回到最原始的物质状态，再从白洞中喷出去。所以，组成你的物质虽然到了新宇宙，但和原来的你已经没有任何联系了。"

小刚非常失望，拉长声音说："噢，说了半天，还是不可能啊。"

"你又着急了不是？你再打岔，我就不给你讲了。"三个朋友连忙保证再不打岔，阿凌才继续说下去，"但这时万能的量子力学来救驾了。量子力学说，宇宙中任何不可能的事都是可能的，只是概率的高低而已。所以一个有机体也可能通过蛀洞，带着完整的信息到达新宇宙，只是机会非常非常小。这个概率与通过蛀洞的信息总量有关，粗略地说与该有机体的质量有关。经过计算得知，如果人来进行蛀洞旅行，存活的概率是一万亿分之一。"她看见小刚张张嘴想说什么，忙说："你一定说这违反了'宇宙不可通'的定律，不，并没有违反。虽然一个人连同他脑中的科学知识（这同样是信息）可以到达新宇宙，但这只是理论上的可能。实际上，他究竟能否活着抵达，抵达后会变成什么样子，能否在新宇宙繁衍生息，等等，在母宇宙中是永远不可知的。于是，量子力学与'宇宙不可通'定律以这种奇怪的方式保持了统一。"

英子困惑地问："哥哥，你听懂了没有？"

智远尴尬地摇头："听懂了一点儿，但不全懂。"

"小刚，你呢？"

小刚听懂了，但听懂的同时也不寒而栗。他喃喃地说："一万亿分之一的概率。每星期有100人升天，大致是两亿年之后能凑够一万亿人。那时才可能有一个人活着抵达新宇宙。"

"你算得没错。当然这只是概率数，实际上可能今天已经有一个人活着抵达了，甚至可能第一个人就活着抵达了，但也可能200亿年后还没有一个成功者。"

小刚敏锐地说："而且这边永远不会知道！正如你说的，可能今天已经有了一个成功者，也可能200亿年内都没有成功者，但老宇宙这边永远不会知道的。所以，不管这种升天的成效如何，你们只能晕着头继续升天，让概率数的分母一天天增大，尽量加大成功的可能。"

阿凌微笑着说："这正是'上帝之骰教'信徒们的信念。我们有勇气来实践自己的信仰。"

朴氏兄妹终于听懂了，也像小刚一样不寒而栗。一万亿分之一的概率！"上帝之骰教"的信徒们前仆后继地"升天"，只是为了这一万亿分之一的成功率，而且这是个永远无法验证的概率。这些赌徒们的胆量未免太大了。阿凌知道三个朋友的心思，笑着说：

"这有什么嘛。这不过像地球人买彩票，中头彩的概率是几十万甚至几百万分之一，绝大多数人买一辈子也不会赢一次的，但这些失败者们仍然会前仆后继。"

"那是几百万分之一，你的概率可是万亿分之一啊。"

"这是上帝在掷骰子，想赌赢当然会更难一些。小刚，就拿你父母说吧，他们肯定乐意成为'上帝之骰教'的信徒的。他们死都不怕，还怕跟上帝打一个赌？"

三个朋友无话可说了。智远不好意思地问："我想问一个问题，可能是个傻问题。既然通过蛀洞的概率与质量的指数成反比，为什么不拿低等生物先做实验呢，像病毒啦、细菌啦、昆虫啦、青蛙啦，它们肯定容易通过蛀洞。"

"谁说我们没做?正像上帝造万物的日程一样,一星期中有六天是在造其他生物——向蛀洞的入口中大量倾倒各种低等生物,只有最后一天才是'造人'。你说得对,低等生物成功通过蛀洞的概率比人大得多,所以,等哪天终于有一个人成功抵达那儿时,他可能发现那儿已经是个热热闹闹的生物世界了。当然,人类绝不会只让低等生物占领新宇宙而让自己缺位。你可以回忆一下,人类在刚刚迈出宇宙航行的第一步时,就急于让人类登月。那和今天是一样的道理。"

第二天谢米纳契先生找上门来了,是朴氏夫妇把他喊来的,他们从儿女那儿知道了三个人同阿凌的交往,非常担心。而且——不知道为什么,他们最担心的是小刚。他们认为,如果三个年轻人被"上帝之骰教"所蛊惑,肯定小刚首当其冲。

谢米纳契也是同样的看法,找到三人之后,他的矛头首先是对着小刚的。他生气地说:"你们把我的关照全扔到脑后了。小刚,你辜负了我的心意。"

小刚尴尬地说:"对不起,谢米纳契先生。不过我们已经知道了,'上帝之骰教'并不是邪教,相反,他们都是最虔诚的科学信徒,是最勇敢的探险家。"

几天前谢米纳契曾说"上帝之骰教"不是邪教,但这会儿他说:"他们不是邪教,也与邪教相差无几了。你们已经知道,成功通过蛀洞的概率只有一万亿分之一。这个概率是通过理论推算的,咱们可以相信。但即使一个人能够到达新宇宙，他在那儿活下去的概率又是多少？他可能在通过虫洞时变成一个傻瓜或失去四肢五官；他可能落到恒星的核火焰中而灰飞烟灭；或掉到一个氯化氢的气态星球上，找不到可食用的食物和可呼吸的空气，更别说找到配偶来繁衍生息；等等。总的来说，他即使能成功到达，活下来的可能也只有一万亿分之一。两个万亿分之一相乘，结果又是多少呢。"他叹息着，"我不怀疑量子力学对那个概率的计算，我知道那是经过多少科学家验证过的，非常严格。但——严格的科学最终却演化到这一步，不得不让成功的希望建立在掷骰子上，岂不是莫大的讽刺。科学发展到这时已经不是科学了，是走火入魔。"

小刚辩解道："阿凌说了，凡是参加升天的人，事前一定要经过严格的提升，也就是学会在一个新宇宙中生存的技能，比如，用克隆方法繁衍，或者从无机物中制造食物。"

谢米纳契哼了一声："那只是画饼充饥罢了。对于一个根本不了解也永远不能了解的世界，你所做的训练有什么用？说好听一些，那只是一种心理安慰。"他摇摇头，加重语气说，"小刚，虽然可能为时已晚，我还要再劝你们一句：赶紧中断与阿凌的来往，否则你们很难逃过'上帝之骰教'的蛊惑。"

小刚说："谢米纳契先生，我想劝阿凌退出那个组织，我不忍心看着她送命。"

"你能办到吗？你对她的影响能超过她的父母吗？如果她父母能够劝转她，也就不会报名参加这次无预案宇宙航行了。无预案宇航也是冒险，但毕竟是可以预测的冒险。"

小刚犹豫着没有回答，英子着急地说："小刚，咱们应该听谢米纳契先生的话。先生，伯伯，我们一定听你的话，不再与阿凌来往了。"

谢米纳契长叹一声："但愿如此吧。"其实他已经不抱什么希望了，像小刚这样的人，一旦陷进去，很难再脱身而出。因为——公平地说，在"上帝之骰教"中洋溢的那种激情，非常纯洁的殉道者的激情，对热血青年们是很有诱惑力的。

三个朋友倒是认真听取了谢米纳契先生的劝告，在第二个星期里直到周日，小刚没有去找过阿凌，更没有参加他们的升天仪式，虽然这么做很难，因为——想想吧，当你躲在一边玩耍、聊天和吃喝时，那枚"上帝之骰"可能已经落到阿凌头上了！

……鼓声和钹声再一次响起，阿凌站的那个格子里的灯光忽然亮了起来。她从耀眼的光柱中走出来，笑着向大家招手，走向高台，回过身大声说：

"永别了，愿幸运与我同在！"

然后脱去衣服，就要越过那道无形屏障。她忽然停住，向四周寻找，喃喃地说："小刚呢，智远和英子呢，我想在死前再见见我的朋友。这是我唯一的心愿了。"

小刚这时在岩洞之外远远地看着她。小刚知道她其实不想死，她是很留恋这个世界的。他想回应她的呼唤，想跑过去把阿凌拉回来，但不知道为什么，他被魇住了，一动也不能动，只能眼睁睁看着阿凌，看着她失望地回过身，越过了那道屏障，立即被黑洞的引力撕碎……

小刚猛然惊醒,冷汗涔涔。

他想自己再也不能躲避了,明天一定要去找阿凌。至于找到阿凌做什么,他心中还没数。第二天,他硬拉着智远兄妹去找阿凌,智远和英子努力劝阻他。正在这时阿凌的电话先来了,她说她不上班了,不再管那个"最高通感乐透透"的摊点了,想和三个朋友痛痛快快地玩一个星期。英子还在犹豫,但小刚立即答应了。

四个朋友在游乐场见面。一见面,阿凌就喜气洋洋地说:"告诉你们一个好消息,昨天的升天仪式上,我已经被选为这一周的庄家了!"

小刚的脸唰地白了,英子和智远则愣了片刻才悟出阿凌的话意——她已经被选为"上帝之骰教"的庄家了,下个周日她就要主持本周的升天仪式,然后第一个投身到那个吃人不眨眼的黑洞中。怪不得她要"痛痛快快地玩一星期",这也是她待在这个世界的全部时间了。三个朋友都一言不发,锥骨剜心一样地难过。英子忍不住,大颗的泪珠子滚出来。阿凌喊起来:

"干吗呀?干吗呀?你们该为我庆祝的,怎么哭起来了?"

英子抽噎着说:"阿凌姐……你真的……不害怕?你……不留恋……这个世界?"

阿凌想想,老实说:"我当然留恋,要不我干吗约你们痛痛快快玩一星期呢。不过,从加入'上帝之骰教'那天起我就做好了准备,那是我应负的责任。"她笑着说,"也许我去的那个世界比这儿更好玩呢。"

智远忍不住说:"我们昨天见了谢米纳契先生,他说……"

阿凌打断了他的话:"我知道,我知道,他说的一切我都知道。但我,和所有的信徒们都相信一点:你如果不去做,连那万亿分之一的机会也不会有;如果去做,毕竟还有非常小的成功机会。在我们看来,'非常小'和'零'是有天壤之别的。"

她笑着告诉三个朋友:她已经怀孕了,当然是人工受孕,医生在她体内植入了两个没有亲缘关系的受精卵。如果她能平安抵达新宇宙中,把这两个儿女生下来,他们将成为新宇宙中人类的始祖。英子很不理解,问:

"那以后呢?这对兄妹长大以后可以结婚,因为他们实际是没有亲缘关系的。但他们的后代去和谁结婚?"

阿凌放声大笑,说:"英子,你考虑得真长远啊,不过这件事实际根本不必担心的,地球上已经有先例——想想亚当和夏娃的后代和谁结婚就行了。"

英子和智远无话可说,都看着小刚。这一阵小刚一直没有说话,独自在愣神。这时他开口了:

"阿凌,我已经考虑好了,我要和你一块儿升天,一块儿去新宇宙——你别打断我的话,我知道你们的升天是由掷骰子决定的,但无论地球或是拉星上,都允许夫妻,或家庭,作为一个单位去参加抽签,你父母就是这样嘛。我们可以在这一星期内结婚,然后共同出发。如果能够到达新宇宙,两人的力量毕竟比一个人大,彼此也是个照应。"

智远兄妹没料到小刚能做出这个决定,一时愣了。阿凌也愣了

片刻,再次放声大笑,走过来,结结实实地吻了小刚:

"谢谢你的情意,太让我感动啦。这说明,古典的骑士精神是长留天地间的。"她收起笑谑,认真地说,"小刚,真的感谢你,但你说的事情是行不通的。首先'上帝之骰教'并没有这样的规定,即使有也不行。咱俩如果作为一体去升天,成功的概率会大大降低——你知道的,成功概率与通过蛀洞的信息总量的指数成反比;还有,你还没有经过提升,没有能力去面对那个全新的世界。"

小刚平静地说:"你说的这些道理我全都知道,不过——你刚才说过的:如果不去做,连那万亿分之一的机会也不会有;如果去做,毕竟还有非常小的成功机会。在我看来,'非常小'和'零'是有天壤之别的。"

阿凌搔搔脑袋:"原来你在这儿等着我哩。"不过她仍坚决地拒绝了,"不行,我决不会同意你的想法。"

"我不光是为你,也是为了我的父母,是替他们行这件事——'逃离母宇宙之笼'。他们如果知道有这个'万亿分之一的机会',也一定会来赌一赌的。"

"很高兴你能这样想。那么,作为本届的庄家,我欢迎你参加'上帝之骰教'。但你必须经过正式的提升——大概需要一年的时间,然后参加升天仪式中的正式遴选,靠那枚'上帝之骰'决定你的命运。"

"一掷赌生死?"

"对。"

小刚想了想:"好吧。喂,阿远,英子,咱们不说这个话题了,好好陪阿凌玩吧。"

一星期的时间很快就过去了,这些天他们玩得很痛快,谁也没有提及与"升天"有关的话题。周日,阿凌要走了,三个朋友陪着她一块儿到了那个溶洞里。智远兄妹是第一次来,对这个奇大无比的溶洞,对那个在空中悬浮的鬼魅似的黑球,还有20多万快快活活的人们(要知道他们都是来这儿一赌生死的),都充满了好奇。

升天仪式开始了,阿凌同朋友们告别后,走上高台,照老规矩开始主持升天仪式。她领着大家念诵了那段祷辞:"我向万能的上帝祈祷,望上帝之骰能完成你老人家无力完成的事情。"然后大声问:

"孩子们,你们都做好升天的准备了吗?没有做好准备的请退出圈外!"

智远兄妹乖乖地退出圈外。虽然由阿凌这个小姑娘称呼信徒为"孩子们",让他们感到好笑,但在肃穆的气氛中,他们笑不出来。英子焦急地问:"小刚呢,他怎么没退出圈子?"他们在人群中找到了小刚,他已经把那枚徽章戴到衣服上,像大伙儿一样,静静地站在一个方格里,等着那2600分之一的幸运降到他头上,这样他就可以同阿凌一块儿出发了。在台上主持仪式的阿凌发现圈外只有两个人,稍稍犹豫,在惯常的主持词中加了一句:

"孩子们,你们都经过提升训练了吗?没有经过提升的请退出圈外!"

她扫视着下面的人群。虽然她没有看见小刚(在20多万人中无法找到他的),但站在下边的小刚感受到她锋利的目光,只好乖乖地退出来了。阿凌高兴地笑了，开始向金属盘中掷骰子。

随着骰子的一次次掷出，99个幸运者陆续来到高台上，最后一掷选中了下周的庄家，阿凌同新庄家做了交接，向大家挥手：

"永别了，愿幸运与我同在！"

她开始脱衣服，忽然发现一个人匆匆走上高台，是小刚，胸前戴着那枚"上帝之骰"的徽章。小刚走过来同她拥抱，大声说：

"等着我，一年之后！"

阿凌笑了："我会等着你，一年之后！"

当然他们不可能再见面了。一个人成功抵达新宇宙的概率只有万亿分之一，两人同时抵达的概率又会有多少呢？再说还有一年的迟滞，它也许意味着在新宇宙里100亿光年的空间距离或100亿年的时间距离。何况，一年只是对小刚进行提升所需的时间，提升后他可以参加遴选了，但那枚"上帝之骰"不知道何时才能垂青他呢。总之一句话，两人重逢的机会虽然不是绝对的零，也是非常小、非常小的。不过两人都说得很随意、很笃定，就像一对去海滨度假但没同时出发的夫妻，约定若干天后在某家饭店会面。

小刚长久地抱着她，舍不得放手。鼓声钹声响起来，台下人群中也泛起一波波声浪，大家都在为这对恋人祝福。后来阿凌吻吻小刚，从他怀里挣出来，脱去衣服，迈过那道无形的屏障，然后飞快地投身到那个黑洞中。

何夕

　　这就是死亡吗？像飘浮在云层里，又像是沉浸在温暖的海水中。斑驳的阴影在眼前四处跳荡，宛如一幅让人不明就里的抽象画。

——何夕《人生不相见》

我是谁

1

我是谁?那天,当何夕生平第一次想到这个问题的时候,事情已经很糟糕了。当时,他坐在一只样子乖巧的小圆凳上,两手并拢放在膝上随着膝盖一起颤抖。只要他仰起头来,就能够见到四五张凶神恶煞的脸,他们都是保安人员。这些人从头到尾就问何夕一句话:你是谁?

"我是何夕,身份代码015123711207。"何夕从头到尾也只会说这一句话。他不仅这样说,同时还把衣兜里所有的物品都翻了个底朝天,以此来证明自己的身份。里面有他的名片、公司发的员工证、他的手绢,甚至还有他的手纸,所有能找到的东西何夕都一股脑儿地把它们掏了出来,满满当当地摆了一桌子,仿佛是办一个杂物展览。

尽管何夕忙了半天才搜出这些东西,但是保安们连看都懒得看一眼。其中一个胖子摆摆手说:"别找啦,这些没用,我问你,你的'号'到哪儿去了?"

于是,何夕立刻便像一只泄了气的皮球般瘫软下来。

是的,何夕的"号"丢了。不知道是什么原因,也不知道在什么时候,总之他把它弄丢了,现在想来他倒宁愿把自己弄丢。不过这实际上差不多,因为没有了"号"也就等于把自己弄丢了,甚至于还要糟糕得多。

何夕不知道从什么时候人们开始启用现在的身份制度,听说那是一套叫作"谛听"的人类身份识别系统。总之,打他记事起,他就知道那个看不见也摸不着的"号"可是件了不得的东西,其重要性绝对超过贾宝玉的通灵宝玉,说它是命根子一点都不为过——因为这是一个人在世界上唯一可以用来证明自己身份的东西。

当一个孩子不小心降临到这个吵吵嚷嚷的世界上来的第一刻起,他或她就面临着这个时代的难题,即要怎么证明自己就是自己。这并不是一句有意饶舌的话,因为这是个伟大的时代,技术的进步使得人们已经可以近于随心所欲地创制出任何事物来。这样讲抽象了点,有些难以理解,其实意思很简单。比方说,千百年以来,我们总是靠一个人的容貌来辨认他,后来我们又会通过查证一个人的指纹来指认他,而在100年前的亚科技时代,我们还常常通过声音分析或是DNA鉴定等方法来确定某人的身份。问题在于,这些方法在现今的时代里统统失去了用场:容貌自不消说,可以通过手术变更，而只需戴上一双定做的手套便能改变指纹；声音可以通过在喉部加装微型处理设备加以改变，而 DNA 鉴定法在这个克隆术普及的时代已经全面失效（实际上，对于同卵孪生子来说，DNA 鉴定法早就无用了）。于是问题也就来了，在这种情况下，一个人又该如何证明自己是谁呢？谁能证明自己就是自己而不是别的什么人，并且还得让别人相信这一点？不过有句话说得好，伟大时代造就的问题只能由伟大的时代来解决。几乎在人们表现出这种担心的同时，新一代人类身份识别系统启用了，这就是"号"。

"号"其实是一组对应着每个人的密码。有一个事实也许表明，当初造物主将人类带到这个世界上来的时候就已经想到了这一天，那就是人类的 DNA 双螺旋链并不是全连续的，上面有大段无意义的空白碱基对，而这正好可以被用作"号"。大约在 30 年前，"谛听"系统开始启用，当时，上自九十九下至刚会走的每一个人都接受了一次手术。过程相当简单，即从每个人体内取出少量造血干细胞，将此人独有的识别码以加密的形式修补到这些细胞中的 DNA 链上的无意义段中，然后再将其送回人体。由于干细胞具有造血机能，一段时间之后，大量具有这一识别码的血细胞遍布全身。剩下的事情就简单多了，比方说，两人见面握手的动作就可以让各人身上与神经相连的超微型识别器获得足够多的信息识别出对方的身份。政府每过三年就将密码及算法升级——据称这种频度其实是不必要的，这使得想要冒充他人身份的意图从理论上也成为不可能了。

就拿何夕来说，他的名字是父母起的，但细想起来，这个名字根本就没有用，谁都能够叫这个名字。这个世界上叫何夕的人何止万千，就算加上一些附带的描述性词语，也仍然是一笔糊涂账。在何夕心中，对自己的详细说明大致是以下的样子：一位有几分帅气的名叫何夕的中国血统男士。但是这能够说明什么问题呢？而015123711207这个数字就不同了，它是全球唯一的代码，在这个生活着几十亿人的星球上，这个数字只属于何夕一个人。当然，别人也可以宣称自己就是015123711207，但身份识别器能够在0.1秒内就戳穿他的谎言。说到底，所谓姓名之类只是人类原始的身份识别手段，何夕一向认为它应该被淘汰，而现在已经到了淘汰它的时候了。现在绝大多数人同何夕的主张一样，不过，也有少数人还在留恋名字这种无用的玩意儿。前一种通常被称作革新派，以便与被称作保守派的后一种人相对应。两派遇到一块儿的时候常常为此发生争论，性子烈的还会动动老拳。不过，这是一场力量悬殊并且注定会越来越悬殊的比赛，革新派几乎每一次都占尽上风，普遍的意见是，本次系统升级之后便会永久性地取缔个人原始名。这件事一直让何夕感到挺得意，因为他显然站对了立场。

  现在何夕回想起来，一切都发生得太突然了。当时，他抽空到常去的那家店里想吃点东西。开始一切都是好好的，刚一推门（这个动作足以让门上的微型识别器辨认出何夕的身份），热情的侍者便打招呼说"下午好，何夕先生"，片刻之后，何夕便一边享受他最喜欢的重度烘焙的炭烧咖啡，一边看新闻了。整个过程中，何夕根本不用说一句话，身份一经识别，包括他的口味习惯、对器具的要求以及资信程度等信息都能够从全球个人数据库中获得，需要他做的事情只是舒舒服服地坐下来享受，所有的花费都将自动记入他的账户。电视里正在播放对商维梓博士的专访,他是"谛听"系统的本地区节点负责人之一。从画面上来看,他四十出头,目光睿智,对记者的提问对答如流。今年又轮到三年一次的密码升级年,每到这种时候,电视里就会报道一些相关的新闻。不过已经没什么人会对此感兴趣了,因为几十年来,大家对这件事情早已经见惯不惊,对商维梓的采访差不多只能算是例行公事地发布一则消息罢了。何夕不想看新闻了,他开始拨打楚琴的电话想商量一下婚期的事。电话号码是02492721029,这也正是楚琴的身份码。现在标准的做法是,人们生活中用到的各种数字都和自己的身份码相同,如说社会福利号以及个人银行账户号码等,又方便又省事。这听起来好像没什么,可你知道这意味着什么吗?正是到了这一步,每个人才终于成了这个世界上独一无二并且绝对不会被混淆的个体!即使一个人死了,他的身份码也仍然属于他,以便让后世的人们很准确地提起他,避免以前那些小仲马大仲马之类的疑难。而就在何夕刚同楚琴说了几句话之后,那件事情发生了。先是电话突然断线,接着,座椅右侧闪起了红灯,刺耳的警报声响了起来。

那位衣饰整洁、态度可人的侍者立刻走了过来,他惊诧莫名地盯着何夕,就像是看到了世界上最可怕的怪物。"你是谁?"他厉声问道。

何夕被座椅的尖叫声吓得跳了起来,而就在他的身体离开座椅的一刹那,警报声便停了下来。"我是谁?我当然是何夕。"他有些语无伦次地对侍者说道,"我每天都来,你认识我的。"

侍者满脸狐疑地握了下何夕的手,然后他就像是被火烧一样缩了回去。"不,你不是何夕,你是个冒牌货!"侍者果断地朝总台挥了挥手,"保安,请过来一下。"

"我真的是何夕,身份代码015123711207。"何夕脸色煞白地辩解道。他环视着四周,看到公司里一位同事碰巧也在场。"老刘!"何夕像是捞着救命稻草般喊道,"你来告诉他们我是谁。"

老刘迟疑地走过来,怯生生地将手伸给何夕,仿佛何夕不是共事了几年的知根知底的同事,而是一个陌生人。他接下来的反应同那位侍者一模一样——惊叫,缩手。

何夕这才觉得事情有点麻烦了,然而还没等到他想出办法来,全副武装的保安已经围拢来捉住了他。

2

我不能待在这儿。何夕暗暗想着。他环视着这间临时用来拘禁他的办公室。保安守在外面,他们已经报了警,再过一会儿警察就会到来。何夕想,自己这次麻烦大了,天知道是怎么回事。警察对冒名者可是不会客气的,说不定还会让他受皮肉之苦。准是有人陷害自己,如果不洗清冤屈的话,搞不好会当屈死鬼的。何夕朝窗户看过去,窗户很大,人过去是没有问题的,但这是在二楼。何夕的目光停在了窗帘布上。

……

楚琴刚进汽车,一道人影便冲过来挡在了前面。是何夕。

"你下来,我有事找你。"何夕使劲挥手。

"你干吗不上车来说?"楚琴有些奇怪地问,她记得半小时前何夕跟她通电话时突然断了线,这是从来没有过的事情。

何夕的表情有些古怪:"我不能上来,车座上的识别器会报警的。还有,你暂时别碰我。"

"你说什么?"楚琴如坠迷雾。她从车窗伸出手去,但何夕立即朝后退去,与她保持一定的距离。

"到底发生了什么事?"楚琴意识到何夕不像是在开玩笑。

"我不知道。"何夕的额头汗津津的,"就在我跟你通电话的时候,突然发生了奇怪的事情。"何夕咽了口唾沫,"总之我现在被认为是一个冒牌货。"

楚琴这才注意到何夕身上披着一张奇怪的薄膜,连双手也包在里面,模样显得很滑稽。"别开玩笑了。"楚琴没好气地摇摇头,记忆中,何夕常常都会玩些新花样,"我正准备回家,一起走吧。"

"我不是开玩笑。"何夕着急地说,"一定是有人害我,毁了我的身份识别码。我现在回不了家了,碰什么都报警。"

楚琴有些发愣,她觉得何夕不像是在说笑。她迟疑地揭起薄膜握住何夕的手。刹那间,她的面色变得惨白,口里蓦地发出惊叫。"你是谁?"她尖声问道,手闪电般地回缩,就像是碰到了一条蛇。

何夕的脸色比楚琴更加苍白:"连你也这样问……"他喃喃地道,"你难道也不能确定我是谁吗?我们已经交往了两年多,而且还计划下个月四日就举行婚礼。"

"你怎么知道我的婚期?"楚琴稍稍镇定了些,"这是刚刚才商量好的事。"

何夕只有苦笑:"不仅如此,还有很多事都是只有你和我才知道的。这还不能说明我就是何夕吗？不信的话，你可以拿这些问题来验证我的话。"

楚琴紧张地转动着眼珠："我来问你，我们计划到哪里去度蜜月？"

何夕想都不想便开口道："复活节岛，这是我先提议的。"

楚琴轻轻地吁出口气："可是怎么会出这种事？我同你握手时，只感觉到一片空白，我得不到你的身份号，也得不到密码确认。那种感觉——"楚琴的神情变得古怪，"让人觉得害怕。这辈子我还从来没有碰到过这种事。"

"我也不知道是怎么回事。"何夕摇摇头，"不过我只想说一点，我真的就是何夕，这一点你该相信吧？"

楚琴还没有回答，车载收音机里的音乐播放突然中断了，一个急促的男中音传了出来："现在插播新闻：现有一男子冒充联邦公民015123711207，原始名何夕。此人长相与声音均酷似何夕本人，并且盗用了何夕的一些证件。唯一可供识别之处在于，此人不具有何夕的身份密码。警方分析何夕本人可能已被此人藏匿。此人曾被抓获，但之后又脱逃，现下落不明。请市民们小心防范。"

何夕绝望地看着楚琴变得恐惧的双眼，看着自己如何成为她眼里的陌生人。他纵身想抓住门上车再作解释，但这个动作起了适得其反的效果——他只抓到了小车卷起的一溜灰尘。"你听我说——"何夕边跑边嚷，"我真的就是何夕啊！"何夕身上的那层薄膜绊住了他的脚，他的身体平飞起来，然后重重地跌在了路上。

3

一阵痒痒的感觉将何夕从短暂的黑暗中唤醒,那是一股温热的气息。何夕睁开眼,映入视线的是一双充满友好的又大又黑的眼睛。

"原来是你,贼胖。"何夕一边挠挠隐隐作痛的头,一边撑起身。一只胖乎乎、圆滚滚的黑色小狗惬意地在他脚下撒着欢儿,这正是楚琴的宠物,看来是刚才从车里跑出来的。

"总算还有你能认得我,不枉我以前喂了你那么多骨头。"何夕喃喃地说道,心里说不出是什么样的滋味。何夕俯下身,贼胖温顺地任由他抱起,并且很亲热地舔着他的大拇指。何夕有些凄凉地将脸偎到贼胖那浓密的毛上,一滴泪水从他的眼角沁了出来。

"我是何夕!我就是何夕!"何夕突然神经质地朝着天空大吼几声,吓得贼胖一个翻身从他怀里跳到了地上。这时,一个大胆的想法从何夕的脑海里冒了出来,他想会不会真的有人打算冒充他,从而侵入"谛听"系统进行破坏呢?说不定过几天就会有一个同他长得一模一样的人冒出来,凭着篡改的身份密码占有原本属于他的一切。到时候,那个人就会代替何夕在这个世界上存在,而真正的何夕却失去了一切,成为一只丧家狗到处流浪。这个突然冒出来的念头如同一只鬼手般攫住了何夕的心脏,令他透不过气来。这个时候,何夕突然想起了他慈爱的母亲,这样的情形下,也许只有母亲还认得自己,但是她已经离开了人世。那是多久以前的事情了?七年,也许八年。当时,他正在一座陌生的城市里出差,突然收到信息称00132819014去世了，何夕对着这个数字看了半天才想起这是母亲的身份代码，而他的泪水这才不受抑制地流了下来。母亲的归宿同其他人一样都是电子公墓，在那里，她的编号仍然是00132819014，只要输入这个号码，关于她的一切资料便都会显现在屏幕上，供人瞻仰。但何夕很肯定，如果母亲地下有知，对此定不会高兴，就如同她在世时并不喜欢那个加在她身上的号码一样。她的这种观点并不奇怪，因为与何夕不同的是，那一代人是在人生过了一小段的时候才有了那个号。而何夕就不一样了，从他记事时起，身份代码已经完全普及，从小的经验便是对一个人的判断必须以身份代码确认为准。

　　何夕至今还记得在他四岁时发生的一件事情。那是一个雨天的傍晚，何夕在幼儿园里等待着母亲。后来，他见到母亲笑容满面地朝自己走来，他奔跑着朝母亲扑过去，带着满脸的委屈。但当他扑进母亲温暖的怀抱时，却突然觉得自己触摸到的是一块冰凉滑腻的石头，带着难以言说的空洞。他惊恐地抬起头，却看到一丝诡异的神色在母亲脸上掠过。几乎在一刹那间，何夕幼小的心灵就明白了这是一个阴谋，这不是他的母亲。后来的事实证明何夕是正确的，这只是一个精于易容术的试图拐骗儿童的惯犯。这件事给何夕的印象是如此之深，以至于二十多年后的今天，他仍然能够回想起那一天的雨声，空气里那种潮湿的味道，以及那种让人脊背发凉的空洞感觉。从这个意义出发，何夕完全理解楚琴的反应，如果是他处于那样的位置，也只会那样做，因为那是来源于人生最真实可靠的经验。

可问题的关键在于何夕居然弄丢了号,这个号越重要,何夕现在的处境就越糟糕。何夕弯下腰重新抱起贼胖——它是这个世界上唯一认得他的生灵了。何夕不知道自己下一步该去哪儿,他现在甚至不能回到自己位于檀木街十号的家,他根本就进不了门。

"我们去哪儿?"何夕望着贼胖说,他的语气里满是无奈。贼胖友好地看着何夕,目光里的信任一如从前,湿热的小舌头一伸一伸的。

"要不我们去找你的主人?"何夕建议道,他立刻便被这个提议所鼓动,是的,他应该去找楚琴,她说不定会给他一个解释的机会。再说,他首要的任务便是取得楚琴的认可,相对来说,这应该算是容易一点的,毕竟他们相处过那么长的时间。不过,楚琴刚才的反应无法让何夕感到乐观,因为他知道这实际上是在向楚琴与生俱来的世界观挑战。

4

下午的太阳依然保持了相当的热度。

何夕擦着汗,他的衣服已经湿透了。贼胖赖在他的怀里不肯下地,如果强行这样做的话,它便委屈地在地上呜咽着,蜷缩成一团。也难怪,过去的一个小时它已经走了很长的路。何夕不敢坐车,幸好路面上没有装微型识别器(当初这种无处不在的令他生活舒适的东西正是他现在最大的敌人),否则他连路都没法走。

何夕的目的地是楚琴的家。他其实也没把握一定能在那里见到楚琴,但是他没有别的办法,他甚至无法预先打个电话了解楚琴的行踪。现在的情况是,他认得这个世界,但这个世界却压根儿不认得他。一句话,除了一双手两只脚之外,何夕此时没有任何可以仰仗的东西。

大约步行了一个半小时之后,何夕见到了楚琴,但何夕只能远远地站在对面墙边从窗外望着她,因为她身旁一直跟着一名高个子的女警,看来她报了警,这个发现让何夕感到泄气——楚琴真的将他当成了歹徒。这个发现让何夕有些不满,但他无法发泄这种情绪。

何夕苦恼地谋划着下一步的行动,他突然想起贼胖就在自己怀里,这下他有主意了。何夕拿出纸笔飞快地写下几行字,然后将字条塞在贼胖的耳朵里将它放下地。贼胖高兴地吠了一声便蹿了出去。

太阳已经落山了,随之而来的黑暗正在逐渐笼罩这个世界。何夕这才觉得置身黑暗居然会带给人一种安全感,但他马上想到,这正是古往今来的诸如盗贼之类的人的感受。现在何夕一身臭汗,肚子里更是饥肠辘辘。但是他没有任何办法可以改变这种处境,他有生以来的全部人生经验都无法应付此时的状况。不远之外的街灯亮处,几家餐馆飘来阵阵诱人的香味,这更加深了何夕的饥饿感。现金钞票早就被淘汰了,所有的消费都依赖于个人信用度,而何夕现在的信用度就算还存在,也肯定接近于零。何夕咽了口唾沫,强行将目光从那个方向收回来。这时,浓浓的倦意逐渐袭上来,他倚着墙壁蹲下,头慢慢地垂了下去。

……

"何夕，是你吗？"

一个声音将何夕从短寐中惊醒，他本能地朝声音的来处望去。楚琴就站在离他三米开外的地方，怀里抱着贼胖。

"我知道你一定会来的。"何夕高兴地低呼，他撑起身，由于动作过快加上饥饿，竟然两眼发黑险些栽倒在地，他连忙扶住墙壁稳住身体。

楚琴关切地看着何夕，脚挪动了一下，但很快止住了，仍然站在三米开外。

何夕禁不住苦笑一声："看来你还是信不过我。"他的目光瞟了眼楚琴的身后，"不过你总算没有带警察来。"

楚琴怔怔地看着何夕，声音小而颤抖："我报了警，我实在不知道应该怎么办才好。你根本不知道当我碰到你的手时是一种什么样的感觉。"

何夕哼了一声："感觉？我的手上有刺还是有毒？"

楚琴摇摇头："不是那样的，比那更让人害怕。"她想了想，似乎在找一个词来形容，"就像是摸到了一团虚空，不知道那是什么。没有响应，没有任何可知的东西。我不知道为什么会这样。"

"你不会是说在你面前我就像一个幽灵吧？"何夕有些自嘲地说。

但是楚琴却立时僵住了，她的表情有些发呆："幽灵……"她重复着这个词，"是的，就是这种感觉。"

何夕彻底愣住了。他不相信地看着自己的双手。它们很红润，肌肤也挺柔滑，而且很温暖。但现在有人却说它们摸上去就像是幽灵的双手，而且说这话的人是自己的未婚妻。

5

"这不是真的。"何夕痛苦地叹口气,"我真的是何夕,我不知道发生了什么事,但我的的确确是你认识的那个何夕。我记得我们之间发生的每一件事,你可以问我,我能证明给你看。"

"本来我也是这么想的。"楚琴说,"我对警察说,你似乎对我与何夕之间的一些秘密知道得很清楚,但他们说那可能都是你逼迫何夕告诉你的。"

何夕沉默了几秒钟。这时,贼胖急切地从楚琴的怀中挣脱下地,蹦跳着跑到何夕跟前热切地吠着,乐此不疲地朝何夕的膝头上一扑一扑地蹿动。何夕抱起贼胖,听任它湿漉漉的舌头舔着自己的手背:"只有它认得我。"何夕自嘲地笑了笑说,"幸好上帝没有让世上的狗学会数学。"

楚琴轻轻拢了拢长发,俏丽的脸庞显得镇定了许多。她看着贼胖在何夕身上嗅来嗅去,这曾经熟悉的场面让她觉得心里踏实了不少。这时,她才想起自己一直都忘了一件事。她拿出一个纸袋,一阵诱人的食物香味从中散发出来:"我给你带了吃的,吃吧。"她柔声道。

何夕一把接过,动作之粗鲁就像是抢劫。何夕整个头都埋进了纸袋里,大口咀嚼吞咽着,喉结一上一下就像是开足了马力的机器,而那种呼哧呼哧的不雅声音足以让贼胖也生出些优越感来的。

吃完这顿有生以来最香的晚餐,何夕的精神明显好了些。他这才发现楚琴的双眼竟然有些湿润了。何夕抹抹嘴,这才感到几分害臊。不过，楚琴的目光已经变了许多，不再像刚才那样充满了警惕和提防。两人的距离也从三米开外不知不觉地缩短到了一米左右。

楚琴摇摇头，仿佛做了决定般地说道："你真的很像何夕。"

"你到底要怎样才能百分之百地相信我就是何夕？"何夕带点怨气地说。

"百分之百？除非……你有何夕的'号'。"楚琴有些为难但是很坚决地说。

"那好吧。"何夕妥协地摆摆手，"不过你总算有些相信我了。只要你能帮忙，我很快就可以洗清冤屈。我现在什么都没有，哪儿也不敢去。说实话，如果没有人帮助，我要么活活饿死，要么就活活憋闷死。"

楚琴忍不住抿嘴一笑，至少到目前为止，除了"号"之外，这个何夕与她记忆中的何夕并无二致。"我当然会帮你。"她说，"不过今天太晚了，我想还是等明天吧。我给你带了一个睡袋，你先将就一晚再说。"楚琴看了眼时间，"我该走了，明天见。"

楚琴转身欲走，但又突然止住了脚步。她回过头有些迟疑地说："有件事……我还想试试。我想再同你握次手。"

"为什么？"何夕不解地问。

楚琴有点不好意思地低下头："也许那种感觉多几次就不会显得那么可怕了。我知道下午的时候我表现得很不好，当时，我从汽车后视镜里看到你摔了一跤，但是我不敢停下来。真对不起。"

何夕犹豫了一下但还是伸出手去："先说好，不许尖叫。"他很严肃地警告。

但是何夕没有想到,两手相握的瞬间发出惊声尖叫的人并不是楚琴,而是他自己,同时,他就像是一匹遭受火烙的野马般惊跳起来,立时一溜烟跑得不见了踪影。

6

雨声。空气里潮湿的味道。让人脊背发凉的空洞的感觉。露出诡异笑容的妇人。手。楚琴的手。红润的肌肤,光滑而柔软。但是——空洞,只有一片空洞。就像是一个人突然回过头来,脸上却空空荡荡的,没有面目。

四周一片黑暗。何夕停下已不知跑了多久的脚步,大声地喘息着,他的眼前一阵阵地发黑。出什么事情了?他在脑海里问自己,直到这时他才恢复了一点思考能力。他想起自己今天与楚琴或其他人接触时总是对方反应惊恐,但是自己却没有异样的感觉。何夕紧张地回忆着,不放过任何一个细节。是的,答案出来了,他一直都能认出对方。也就是说,他身上的识别器能够采集他人信息并做出对方的身份判断,所差之处只是自己的身份无法被别人确认。但是刚才,当楚琴与他握手的瞬间,他却突然无法做出判断了,他的感觉就像是握住了一块石头,如果说那是一双手的话,那也只能是幽灵的手。

大滴大滴的汗水从何夕额上淌下来,他感到呼吸困难。越是接近分析结果,他越是感到害怕。尽管他不愿相信,但事实已经摆在了他的面前,那就是——楚琴刚刚也失去了她的"号"!所以何夕才会有那种怪异的感觉。这是唯一合乎逻辑的解释了,但叫何夕如何面对这样的处境呢？本来何夕还指望楚琴的帮助，毕竟她是正常人，现在看来情况简直糟到了极点。楚琴还不知道这一点，她现在也许只是诧异何夕为何会突然跑开。何夕突然有些站立不稳——楚琴一定会回家，而那个警察现在就在她家中。不行，得阻止她，否则她会被抓起来的。何夕急急忙忙地转身朝来处奔去。谢天谢地，楚琴还站在原地。看来她也是被何夕的举动搞蒙了，不知道出了什么事。看到何夕重新露面，她有些埋怨地问道："你又在搞什么花样？都什么时候了还开玩笑！"

何夕默不作声地盯着楚琴。她看上去和几分钟前并没什么不同，齐肩的黑发，小小的脸庞，白色的长裙。但是何夕忍不住上下打量她，总觉得仿佛有什么地方显得不大对。

"你干吗老盯着我？"楚琴的脸微微红了，目光也有些躲闪。

"你是谁？"何夕突然喃喃地道，他显得有点魂不守舍。

"你问我是谁？"楚琴吃惊地看着何夕，"什么意思？"

何夕回过神来："噢，没什么。"他转开话题，"还是商量下明天的安排吧。"

"先等等再说。"楚琴依然关注着何夕之前的那句话，"我听见你问我是谁——你怎么这样问？"

何夕搔搔头皮："我没问。你听错了。"

"我没听错。"楚琴很坚持，"你一定是有事瞒着我。"她紧张地回想着，突然她的脸色变得煞白，"难道刚才你跑开是因为……"

何夕无力地瘫坐在了地上，他的目光已经证实了楚琴的猜测。

"不会的。"楚琴摇头，她用尽力气露出笑容，"不可能的，你是在开玩笑。"

"我没有开玩笑。"何夕终于开口，"你很可能也失去了'号'。刚才握手时，我得不到你的身份信息。"

"肯定是因为你自己的原因才会这样。"楚琴想了一下说。

"我只是无法被别人识别，但一直都能识别别人的身份。"何夕认真地说，"不过为了确定，你可以到一处安装有识别器的地方去试一下。对了，你打个电话试试。"

这句话提醒了楚琴，她掏出口袋里的手机——但是，尖锐的报警声立刻响了起来，伴随着一个发飚的电子合成音："身份不符。请将电话交还主人。"

楚琴立刻僵在了当场："这不可能，这不是真的。"她反复地说着这句话，"我该怎么办？"她望着何夕说。

"让我想想。"何夕也有点乱了方寸，他死盯着楚琴的脸看，"让我来分析一下。你能肯定自己是楚琴吗？"

"那还用说？"楚琴急得顿足，"我当然是楚琴。"

"但是不能排除别的可能性。"何夕忙着分析，"谁能保证这一点呢？我今天下午跟楚琴握过一次手，当时那个楚琴肯定是真的，但她未必是你。从那之后我有一段时间没见过她，说不定楚琴今晚根本就没有来，来的只是一个……"何夕稍停了一下，声音很低但是很清晰地吐出三个字："冒名者"。

楚琴急得要哭了："你胡说！亏得我还给你带了晚饭来，早知道真该饿死你这个没良心的！"

"说的也是。"何夕深以为然地点点头，"你冒充楚琴来见我也的确没什么好处。好啦,我姑且相信你就是楚琴。现在该谈谈咱们俩的处境了。情况很明显,由于某种未知原因,我们两人的'号'都丢了。如果不解决这个问题,我们肯定不会有好日子过,至于这种日子会有多坏我多少有点体会。"

"我还能回家吗?"楚琴问了个她最关心的问题。

"肯定不行。"何夕回答得很干脆,"门禁系统是最早引入身份识别器的,你只要走近家门,马上就会警声大作。这一点我最有发言权。"

"那我该怎么办?"楚琴可怜兮兮地望着何夕,两滴泪珠在眼眶里转啊转的。

楚琴的这副模样让何夕禁不住生出想要揽她入怀的想法,实际上,他真的这样做了。楚琴的头一碰到他的胸膛便立刻爆发出一阵地动山摇的号啕大哭,就像是一个受尽委屈的孩子:"我们怎么办呀?"她一边哭一边问,泪水在何夕的胸前濡湿了很大的一片。

"别这样……"何夕有些手忙脚乱,他不怎么会应付这种场面。他们以前几乎没有像眼下这样直接地交流过,在现代的身份识别模式下,人们已经很少有机会这样直接地表达情感,实际上也没必要这样做。何夕同楚琴成为恋人是出自中心计算机的匹配建议,作为身份识别系统的副产品,包括爱好以及性格等个人资料全部储存在计算机里。当一个人希望交友时,计算机将会提出合适的建议,实践证明这样做的效果远远好过一个人自己到处瞎撞,可以减少许多"恨不相逢未嫁时"的遗憾。比方说,何夕对于楚琴成为自己的未婚妻这件事情一直都是非常满意的。

何夕掏出纸巾擦拭着楚琴的脸,他感觉触手所及仿佛美玉,令他怦然心动。脑中照例是一片空洞之感,但何夕不想理会。而他的另一只手正与楚琴柔滑的小手相握,何夕心里此时只剩下奇怪——这样的小手居然会吓得自己落荒而逃。楚琴平静了一些,她泪眼婆娑地仰视着何夕,目光里充满信任。

7

"这样行不行啊?"楚琴害怕地左右四顾。在她面前并没有人,只有一辆车,有一双脚从车底伸出来。

"就快好了。"是何夕的声音,车下的人正是他,"嗯,弄妥啦。"何夕从车底钻出来,脸上很脏。

楚琴满脸狐疑地看着这辆古董汽车,"我们就坐这个?"

"不坐这个又坐什么?"何夕摊开手,"至少它上面的识别器全都不管用啦。看来是天无绝人之路,居然能在这个修车场里让咱们找到这么一辆。我已经给它加了点油,开始不能加多,怕出事。"

"我们去哪儿?"楚琴不安地问,她发现有一种陌生的神色在何夕脸上浮动着,这让她感到有些害怕。楚琴从没想到何夕身上还有自己不了解的东西。当她还没有见过何夕的时候,便已经通过全球数据库认识了他,当时,计算机将何夕推荐为她的朋友,他们拥有许多共同的兴趣爱好,自动匹配系统给出了 95 分的高分。后来与真实的何夕见了面,这不过像是计算机信息的实物化,因为这和楚琴在数据库里认识的那个何夕没有任何不同:高大,文雅,有教养,有稳定的工作和收入,还有偶尔的脸红。这些全都一样。但是现在，楚琴却发现何夕身上竟然还有一些自己不曾了解的东西，比方说他居然会——偷车？！尽管是辆值不了几个钱的破车。

"我们只能靠自己洗清冤屈。"何夕的目光紧盯着前方的路面，像是蛮有主意的样子。何夕的这副模样倒是同先前相比发生了很大的变化，也只有他知道这番变化的原因。他一直在思考不久前发生的那一幕：究竟是什么缘故会令他握着楚琴那又柔软又温暖的小手时会吓得落荒而逃？何夕觉得这真是一个越想越有趣的问题，他甚至一边想一边笑出声来。

"你笑什么？"楚琴不安地问，她不明白何夕为何一脸古怪表情，"你不该是这样的。"她小声地嘀咕。

何夕又笑了笑："那你说我该是什么样的？"他看来很愿意谈这个话题。

楚琴想想说："你的礼貌值是97，怪僻值只有4，不良记录为0。"

"对啊。"何夕一边开车一边点头，"你的记性不坏。对了，我记得你的智商值是109。"

"可是……"楚琴局促地说，"你居然会偷车，而且，还古怪地笑。当然，我知道这不算什么，我只是说你不该是这样的。"

何夕怔了两秒钟："我懂你的意思了。看来这里有个问题你弄反了。"何夕认真地看了眼楚琴，"我是个什么样的人在先，计算机数据库里将我描述成什么样的人在后，我这样说没错吧？要说这中间有什么地方出了差错，那错也不在我。"

"可是，可是……"楚琴嗫嚅着不再往下说，但她眼里的疑虑却是一望便知。

何夕腾出一只手,猛地抓住楚琴的胳膊,动作近乎粗鲁。他感觉那一瞬间楚琴全身的肌肉都不由自主地颤抖了一下。"对,你的反应很正常。"何夕大声说,"不管你在心里多么愿意相信我就是何夕,不管你的情感怎么告诉你我就是何夕,但是这都控制不了你的身体发出自然的颤抖。但问题在于,你是愿意相信自己身上的识别器,还是愿意相信自己的心灵?我们是不是把一切都弄得反过来了?刚才我为什么会发笑?因为我实在不明白你的那双小手怎么会吓得我像是撞了鬼一样地逃走。我们认识很久了,知道彼此的爱好、资信程度、社会地位。不只这些,还有彼此的年龄、住址、电子邮箱、爱喝哪种牌子的咖啡、爱穿哪种品牌的服装。我们是一对恋人!《诗经》里描绘恋人的语句是'执子之手,与子偕老',可是,今天当我们握着对方的手时竟然会吓得惨叫……"

何夕突然止住,他已经没有力气往下说。楚琴目瞪口呆地盯着他,仿佛重新认识他一般。过了良久,楚琴幽幽开口道:"我有些明白你的意思了。是我不好,是我最先不相信你的。"

何夕稍愣,突然又大笑起来。

楚琴不解地望着何夕:"你又笑什么?我哪里又说错了?"

"不是不是。"何夕摆摆手,"我只是想起全球数据库里面说你性格很倔强,从来没有当面认错的记录。"

楚琴也禁不住笑了,她记得好像是有这么一条:"算啦,说正题吧,我们现在是往哪儿去?"

"找人问清楚这到底是怎么一回事。"何夕恨恨地说。

8

商维梓出门前照例会看看电视新闻。时间还早,他不用太急。这个周日过得真是愉快,周末的聚会让人回味。商维梓是那种能够将工作与生活彻底割裂开的人,也就是说,当他置身于朋友聚会时,能够完全忘记自己是一名行政人员,反过来也是一样。其实这也是一种长期锻炼后才具有的本领,对于像他这样常常面对繁重工作的人来说,如果不能在假日里尽情放松的话,那么人生就真的太乏味了。

近两天出了一桩与身份代码有关的事件。先是一名叫何夕的男子突然失踪,但马上就有一个人试图冒充他,却没有身份代码。当然,谁也不会去怀疑身份识别系统出了什么问题,虽然当前正在进行代码升级,但相同的操作在过去几十年中已经做过许多次了,从来都没出过差错。所以当昨天有人问到这个问题时,商维梓的反应是不屑一顾。

商维梓看看表,该动身了,还有几十公里路程。几分钟后,商维梓已经风驰电掣地朝办公地进发了。和许多人一样,他选择住在乡间,这让他能够时常欣赏到美景,即使在上班途中也不例外。乡间的道路一般很少堵车,但这次似乎是个例外,前面那辆车好像坏掉了。商维梓用力摁响喇叭,如果旁边不是靠河的话他就绕过去了。对方没有反应,商维梓只好下车去看个究竟,但他刚一下车便立刻被一只不知从哪里冒出来的拳头打倒在地,然后又像一只麻袋般被扔进了前面那辆车里。

"你们是什么人?"商维梓清醒过来后,才看到劫持自己的是一男一女，看上去并不十分剽悍，不大像是强盗，但刚才的手法却是干净利落堪称典范。

"我是何夕。"那个男人恶狠狠地回过头来，"你大概听说过我吧，这两天我的照片很上镜的。"

商维梓抚着隐隐作痛的腮帮子："你不是失踪了吗？"他突然想起了什么，不自觉地往后瑟缩着身体，"你是——那个冒充者？"

"看来你也不怎么聪明。"何夕说，"如果没有何夕的身份代码又怎么冒充他？谁会这么笨？你为什么就不能设想一下我也许就是何夕本人，而出错的原因在你们那里，是你们的系统出了差错？"

商维梓哑然失笑："这不可能，'谛听'系统从来没有出过错。像代码升级这种常规操作已经有了很多次实践经验，想出点错都难。你肯定是冒充者。"

何夕恨不得当场掐死这个冥顽不灵的家伙，他用尽全身力气才管住自己没有一巴掌扇过去："去你的狗屁系统！"何夕大叫起来，"我是何夕，我是015123711207，这不需要证明，我生下来就是何夕。这事谁都知道！"

"你没有何夕的身份代码，"商维梓摇摇头，"你不是何夕。"

"你这头猪！"何夕恼怒地瞪着商维梓，"真该让你也遇到这种事情，到时你就会知道什么叫作后悔了，连这条狗都比你明事理。"何夕指着贼胖说，"亏你还是专家，你的判断力连动物都不如。你和那个什么系统都是傻瓜！"

商维梓并不恼怒，他不紧不慢地说："你可以贬低我，但请尊重人类身份识别系统。这是值得载入人类史册的伟大成就，正是基于这个系统，我们每个人才真正成了唯一的一个，它提供给了世人无数的便捷，避免了无数的犯罪。同时也请不要拿我跟动物相比。其实动物大多具有自己的身份识别系统，只不过你们不知道而已。"

楚琴不相信地问道："你说动物界有这样的例子？这怎么可能？"

商维梓有些倨傲地说："大多数动物都同人一样有视觉触觉嗅觉，但它们常常将其中一种视为最高的依据。如果你走近一只带着小鸡崽的火鸡，它马上就会为了保护小鸡而攻击你。这时，你一定会因为它深厚的母爱而感叹。但是，我在实验中曾亲眼见到雌火鸡极其残忍地啄死了它的每一个孩子，原因很简单——我们破坏了它的听觉。雌火鸡对入侵者的判断是'任何在自己巢穴附近活动却不能发出小火鸡叫声的物体'，这是奥地利动物学家沃尔夫冈·施莱特最先发现的。尽管那些小火鸡不仅看起来像小火鸡，动作像小火鸡，而且像小火鸡那样充满信任地跑向它们的妈妈，但却成为雌火鸡对入侵者所下严格定义的牺牲品。它为了保护它们，最终却把它们全部杀死了。"

"会有这样的事？"楚琴喃喃地说。

"这种事情在生物界其实非常普遍。"商维梓接着说，"在许多昆虫之间也会发生类似的事情。蜜蜂的触角上有一些感觉细胞对油酸很敏感，死去的蜜蜂尸体上会产生油酸，刺激蜜蜂把死尸从蜂巢中清除出去。实验者往一只活蜜蜂身上涂了一滴油酸，虽然这只蜜蜂明显活得挺精神，但还是蹬着腿挣扎着被拖出去，和死蜜蜂扔在一起。还有狼，这种动物对事物的判断总是以嗅觉为第一位。如果气味令它觉得陌生的话，它会毫不犹豫地咬断自己亲生孩儿的喉管。"

"等等！"何夕大叫着打断商维梓，"这不正好说明这些所谓的身份识别系统有问题吗？"

商维梓摇摇头："问题在于，这是自然界亿万年进化演变的结果。火鸡也好蜜蜂也好，正是凭着这样的身份识别系统才延续到今天，如果没有这样的身份识别系统，这些物种也许早就灭绝了。就算这种系统偶尔会造成个别的悲剧，但是谁也不能否认它的合理性。如果一个物种没有一个有效的身份识别系统，那么对外将无法抵御侵害，对内则无法延续种族。这个道理你们还不明白吗？"

何夕的额上沁出了冷汗，他有种张不开嘴的感觉。可是这太荒谬了，自己是无辜的受害者，但却面临着被说服的境地。他回头看楚琴，发现她也是张口结舌目瞪口呆。

"所以，对包括人类在内的所有物种来说，有一种有效的身份识别系统是相当必要的。"商维梓不紧不慢地接着说，"现代科技的发展使得人类原有的那些相对低级的识别系统面临全面失效的危险，而'谛听'识别系统正是在这种情况下应运而生的。其实正是因为'谛听'系统的存在，我们的这个世界才能稳定地运行这么多年，否则早就因为秩序混乱而全面崩溃了。"

9

同所有的"谛听"二级节点一样，M206实验室具有相当大的自主权力。即使是市政府，也只能对它提出要求而不能直接下命令，在行政上，它只从属于更高一级的"谛听"节点。道理很简单，因为就连市长本人的身份也必须经由"谛听"确认后才有效，否则他立刻就会被人从办公室里赶出去。

早上八点，商维梓准时来到中心，脸上像往常一样不苟言笑。与往常不一样的是，这次他身后跟着两个衣着很奇怪的人，他们身上都罩着一层塑料薄膜。当然，由于商维梓作为严厉上司的形象给人留下的印象太深，所以没有一个人上前了解这是怎么回事。

办公室的门关上了，商维梓这才喘口气瘫坐在椅子上："只能到这里了。"他对那两个正在脱掉塑料衣服的人说，"我早说过你们是不可能得逞的，靠那层薄膜你们最多只能够到达这里，想进入中心实验室根本不可能。"商维梓稍作停顿，目光变得有些调侃意味，"到时候会要求你们全裸通过五米长的检查走廊。"

但是商维梓没料到何夕突然笑了，这笑声令他心里发虚："你笑什么？"商维梓有些不安地问。

何夕没有回答，而是径自开启了桌上的一台电脑。何夕偏头看着商维梓说："我估计这台电脑和本节点中心计算机是联网的吧。我知道这肯定有违规定，不过人总是想贪图方便的。"商维梓刹那间的脸红让何夕证实了自己的猜想，他有几分得意地舒了口气，"不用我再教你怎么联上中心计算机吧。"

"可这根本没有用！"商维梓大声说，"我们只是二级节点，不要说更改数据了，就连只读访问也是受到许多限制的。你们想让我更改数据库以便让你们具有合法身份，这根本是办不到的。"

"你在撒谎。"何夕打断商维梓的话，"我不相信这是真的，你肯定有办法。"但是何夕的声音渐渐变低了，几滴汗珠顺着他的额头往下淌。楚琴一言不发地愣立在一旁，看上去像是没了主张。

"我没撒谎。"商维梓苦笑道,"其实,'谛听'系统采用的是一种相当传统但却相当完善的加密算法 RSA,你们应该知道这种算法吧?"

"我只是听说过。"何夕老实地回答,"我的数学一向不大好。"

"看来我要多说几句了。"商维梓擦了擦头上的汗,"数学中的许多函数都具有某种'单向性',这就是说,有许多运算本身很简单,但如果你想做逆运算就极其困难了。最简单的例子是除法比乘法难,而开方又比乘方难。在 RSA 算法中,首先要选择足够大的两个素数,也就是两个只能被自己和 1 整除的数,算出它们的乘积,再通过系列运算后得出两套数字,其中一套是公开密钥,另一套则是秘密密钥。用公开密钥加密的信息只有用秘密密钥才能解开,反过来也一样。每个人可以选择一个独有的公开密钥,并公之于世,而秘密密钥则只有自己知晓。当别人与你通信时则利用公开密钥将信息加密,你收信后便用秘密密钥将其解开。他人即使截取了密文也无关紧要,因为只有你自己才知道唯一能够将其解码的秘密密钥。同时,由于 RSA 算法具有的对称性,所以它还能用作数字签名,这实际上就是所谓的身份识别。在'谛听'里正是这样做的。"

"我不太明白。"何夕插话道,"能说详细点吗?"

"我举个例吧。"商维梓理解地点点头,"比如说何夕的身份代码是 015123711207,这是我们大家都知道的。不过谁都可以宣称自己就是 015123711207,我们又该如何鉴别呢?其实只需任意选择一段信息,比方说指定'12345'这个数,然后请对方用他的秘密密钥将这个数加密成密文。只要我用何夕所独有的公开密钥能够将密文正确地还原为'12345'这个数字,则证明此人货真价实,否则就是一个冒牌货。这一点正是'谛听'系统的基础，只不过为了方便起见，系统将很多操作都屏蔽在后台。比方说，何夕的公开密钥已经存放在了中心计算机里，同时，一系列的运算过程也是自动进行的，对一个人来说，完全察觉不到中间的过程。虽然从理论上讲，通过两个素数的乘积可以运用分解因数的方法求出这两个素数，但问题在于，对大素数乘积进行因数分解的计算量非常非常大，用最快的计算机也不可能在合理的时间内算出来。当前'谛听'系统的密钥长度是8192位，中国人拍马屁的最高水平便是祝对方'寿与天齐'，而现在看来，即使寿与天齐也无法攻破'谛听'，因为就算以当今运行速度最快的计算机来破译这个密码，所需的时间也超过已知宇宙的寿命。"

何夕点点头，表示自己还跟得上。楚琴却已然是一头雾水。

"每个人的秘密密钥都被嵌套在了部分血细胞的空白基因链上，这是相当安全的。"商维梓接着说，"这些知识你们如果平时稍有留意的话应该听说过一些。当然，对于另一些个体来说会有些差异。比方说，对于机器人的身份识别也基于同样的原理，只不过密钥的载体不同而已。"

"如果有人输入了他人的血液，会不会造成混乱？"何夕插话道。

"不会。现在医院里都是使用人造血液，而即使发生你说的情况也不会出现差错。因为那时，人体内将出现带两种不同密码的血细胞，系统将自动做出正确的取舍。也就是说，在这种情况下，仍然只有人体原有的密码被作为判断依据。"商维梓的语气变得像是宣判，"我说了这么多其实只是想强调一点，那就是'谛听'的正确性绝对不容置疑。"

10

屋子里真正地安静下来了，几乎能够听到每个人的心跳。

应该说，商维梓具有相当不错的讲解才能，在这么短的时间里让何夕这样的门外汉也懂得了不少有关"谛听"系统的知识。但是，何夕却宁愿自己一点都不懂才好，因为他发现自己对"谛听"的了解越多，就越是感到绝望。何夕到现在才真正理解为何商维梓会那么自信地嘲笑任何更改系统数据的企图，因为那的的确确是一种痴心妄想。

何夕的脸色白得像纸，精神看上去很虚弱，如果此时他手里有武器的话，他肯定会毫不犹豫地把所有的子弹都朝着"谛听"节点所在的方向疯狂射去。他转头凶狠地瞪着商维梓，像是在诅咒他。楚琴依旧不知所措地愣立着。商维梓有些害怕地朝椅子上靠了靠，他不知道这个正在失去控制的冒名者下一步会做些什么。这时，一个奇怪的念头从商维梓脑海中冒出来，他想，眼前这个人也许真的就是何夕本人。如果说这真是一个冒名者的话，那么他的演技就太精良了，简直是大师级的水平。但是，立刻有一个坚定的声音从商维梓脑子里传出来并且盖过了其他的一切：这个人没有何夕的密钥，他不可能是何夕。商维梓突然有些自惭，为自己片刻间的动摇——怀疑"谛听"？！还是等自己活到宇宙终结那一天再说吧。

何夕一语不发地面朝着计算机坐下，注视着屏幕上的画面。过了一会儿，何夕转过头来看着商维梓，用目光示意他来操作。商维梓无可奈何地走上前，嘴里嘀咕着："你应该相信我，这是根本做不到的事情。"

何夕拿出口袋里的手机，电话立刻发出报警声。何夕面无表情地对商维梓说："我不管你用什么方法，反正你必须让我能够像以前一样安静地使用这个家伙。"

商维梓再次苦笑，"我肯定办不到。除非你是015123711207本人，或者'谛听'系统的中心计算机学会了像人一样贪赃枉法。"

"我再问一句，"何夕的声音已经有些变调，"难道那个所谓的什么系统就真的不会出现误认的情况吗？我敢保证这一次它真的弄错了。你不要啰唆了，快做该做的事！"

"这样做是没有意义的。"商维梓加上一句，然后开始操作。但这一次他并没有说实话，因为试图非法入侵的举动并不是无意义的，这样做会触发反入侵系统。只需几秒钟的时间，"谛听"系统便能测知非法入侵行为的发生地，虽然从理论上讲，这种试图闯入的行为不可能得逞，但按照法律将会受到严厉的惩罚。

四下里看不出异样，但商维梓知道反入侵程序很可能已经启动，全副武装的警察此时正在向这间办公室的四周集结，说不定此时这间屋子里的每个人已经处在几十支武器的瞄准之下。商维梓尽力让自己镇定，不露出任何让人起疑的神色。现在看来，那两个人似乎都未意识到危险已经临近，他们只是眼睛一眨不眨地盯着屏幕，目光里充满了渴望。尤其是那个何夕的冒名者，他的双手一直合十，就像是在祈祷。商维梓急速地扫视了一眼左方，透过百叶窗的缝隙，他看到有几个人影一闪而过。看来事情正如他预料的那样，胜券已经稳稳地握在了他这一边。但是商维梓突然想到一件事，他张口惊呼了一声。

"什么事？"何夕被吓了一跳。

"没什么。"商维梓镇定了些，"我刚才差点触发报警系统，不过总算绕过去了。"

其实只有商维梓自己才知道他为何发出惊呼，按照法律，对于公然危害"谛听"系统安全的行为，警察有权采取任何必要的措施，包括击毙入侵者。本来像这种最极端的措施是不大可能用上的，但是现在的情形却很难说。因为这两个人没有密码，警察将无法确定他们的人类身份，而这在"谛听"时代就意味着他们将不会被当作人来看待。商维梓无法确定室外的警察是些什么人，但他知道现在有超过半数的警察是机器人。对于人类警察来说，开枪射击一个人形的个体多少会有些犹豫——即使他没有身份，但对于机器警察来说，这根本就是用不着考虑的事情，甚至在它事后的作战日志里也不会留下曾经射击过人类的记录：在它看来，这只不过是击中了一个会动的物体而已。

商维梓想到这里时禁不住冒出了冷汗，尽管以他的知识可以判定这两个人就是冒名者，但一想到他们被打成马蜂窝后血肉模糊的模样，还是感到阵阵心悸。这时，窗帘方向突然传来一阵轻微的机械的咔嗒声，商维梓悚然一惊，他大喝道："谁？"

"你们已经被包围了。"屋外立刻传来喊话声，听上去是一名机器警察的声音，"请立即交出武器投降。"

何夕被这突如其来的喊话声惊得蒙了，他第一个反应是拿枪指着窗户的方向。

"不要这样,快放下武器!"商维梓惊叫道。但是已经晚了,受控于"谛听"系统的严密逻辑之下的某一名机器警察手里的武器发射了。何夕手里的枪当的一声掉在地板上,巨大的震动让他的整条右手臂都麻木了。楚琴发出尖叫,不顾一切地向何夕扑过去,她要帮助他。

何夕很奇怪地竟然没有感到害怕,像所有受到攻击的人一样,他的反应是弯腰去捡枪,这只是一个本能的行为,但他根本没有意识到这个举动实际上是在自杀。商维梓想要阻止但是却来不及了,他眼睁睁地看到何夕的左手已经抓住了地上的枪,而就在这时,楚琴也正好扑在了何夕的身上。商维梓无奈地低叹一声闭上双眼,不忍目睹两个冒名者横尸当场。

他看得出,他们是一对恋人。

11

警铃声大作。

商维梓睁开眼,他看到两位冒名者脸贴着脸紧紧拥抱在一起,他们似乎并不在乎周围发生了什么事。商维梓不知道此时他们心里是什么感受,就商维梓的经验而言,与一个没有"号"的人发生身体接触是一件相当可怕的事情。眼前的两个人都没有"号",但却抱得那么紧,似乎要把自己的身体融入对方的身体里面去,他们看上去很亲密——亲密?商维梓愣了一下,是的,就是这个词。原来这就叫作亲密。

百叶窗帘已经掉在了地上,可以透过窗户看到屋外的情况。至少有20名警察守在各个角落，其中大约有一半是机器人。但是不知为何，他们都僵在了当场，震耳欲聋的警报声是他们手中的武器发出的。

"身份不符。请将武器交还主人。"

"身份不符。武器无法使用。"

"不符……"

"不符……"

商维梓有些发呆地看着这一切，他不明白出什么事情了。这时，一阵近在耳畔的警报声惊动了他，那是他的手机发出的。

"身份不符。请将电话交还主人。"

商维梓撑住额头，大颗的汗水从他的脸上滴落下来。呆若木鸡的警察面面相觑，让人发疯的警报声此起彼伏，巨大的声浪几乎要将整幢大楼淹没。

"不符……""不符……""不符……"

不仅是这幢大楼，包括整个街区、整座城市在内的世界都已经被这种声音淹没了。武器、工具、办公室里的桌椅，还有每个人随身携带的各种小玩意儿都不约而同地发出了警报声。惊慌失措的人流开始向大街上涌去，而原本在街上的人群却又朝建筑物里挤进来，谁都不知道发生什么事了。相识的人们本能地想走到一处，但身体刚一碰触便立刻白日撞鬼般弹开，脸上也是一副撞鬼般的神情。

你是谁？满世界都响着同一句话——你是谁？

银行账户全部失效了。一大半的人都被关在了自己的家门外（其余的人则被关在了家里）。工厂瘫痪了，商业活动也全部终止。全球每一条公路上都挤满了失灵的汽车，交通全面堵塞。亿万富翁转眼间一文不名，而负债累累的人却陡然浑身轻松。无法支付费用的急诊病人死在了医院里。一些正在服刑的犯人冲出失常的监狱大门，肆无忌惮地趁火打劫，由于武器失灵，警察对此无能为力。食物锁在了装着钛合金门的仓库里，而门外的人却饿得发昏。

你是谁？所有人都声嘶力竭地问遇见的每一个人。你他妈到底是谁？是谁？！

世界成了一个巨大的问号。

唯一与众不同的一幕是一对亲密的恋人依然沉浸在拥抱里，他们浑然忘记了身外的一切。是的，他们没有"号"，他没有，她也没有。可这又有什么关系呢？他们的胸膛都很温暖，他们的头发散发出阵阵幽香，他们的脸庞很光洁，他们的嘴唇又湿润又柔软。她知道他是何夕，他知道她是楚琴，尽管这得不到承认，但是这并不重要，只要他们自己知道就行了。他的气息灌进她的鼻孔，她的容颜刺激着他的视网膜细胞，他们几乎同时明白了一件事情，那就是从这一刻起，他们才是真正的相识相知了，而从今往后，他们各自的心灵里将再也无法抹去对方的身影。

商维梓注视着眼前这反差强烈的一幕，一时间他的大脑不能思考，更不能判断，只剩下一片空白，这在他的专业生涯里是从未有过的事情。

你是谁？你是谁？谁？

……

这场史称"密钥之乱"的意外事件持续了三个小时，根据事后的调查，造成此次事件的原因是"谛听"系统升级中的错误。此次升级有一个与以前很不一样的地方，即除了例行的密码升级外，还应绝大多数公众的要求，增加了取缔个人原始名这项内容，由于相应的操作没有设计周详，终于酿成了这场大事故。据估计，全球当年的经济总量将因此降低百分之七，何夕与楚琴的遭遇只是整个灾难事件中小小的前奏。

不过，一切还是慢慢平静了下来。"谛听"中枢以最快的速度排除了故障，三个小时后秩序开始恢复。父母认出了自己的子女，丈夫找到了妻子，正在打官司的不共戴天的仇人也重新揪住了对方。人们争先恐后地察看自己账户金额。重新装备上武器的警察很快便收拾了那些逃犯。办公室里的同事们开始热烈地相互拥抱，庆幸灾难已经过去，同时用最夸张的语言表示对彼此的关心。

事件的相关责任人均被判以重刑，以此来保证今后不再发生类似事件。整个"谛听"系统重新进行了最严格的安全测试，任何细微的地方都没有放过，按照验收专家组的测评，改造后"谛听"系统的年事故发生概率为10^{-11}，这意味着1000亿年才可能有一次事故，这个时间已经数倍于宇宙的年龄。

世界重新归于和谐，就像什么事都没有发生过，而且看起来再也不会出什么事情了。

尾声

檀木街十号是一幢稍稍显得老式的房子。

从街道的一侧能够看到院子里一家人正在享受他们的幸福时光。

一个胖嘟嘟的男孩兴奋地提着浇花的水壶疯跑着，嘴里咯咯笑着，全然不顾水淋得一身都是。好脾气的祖母宽容地看着后辈，脸上带着满足的笑容。已经上了岁数的男主人惬意地蜷在躺椅上，头上戴着耳机，眼睛盯着面前的袖珍电脑，口里念念有词，皱纹密布的眼角蕴含着笑意。一些带着货币符号的数字从屏幕上闪过，看来他是在抽空打理财产。

这时，一辆车开了过来，下来一个穿绿色制服的邮差。他四下瞅了瞅，将一沓东西放进了信箱。

男主人冲着那个疯跑的胖男孩嚷嚷："128013644103，去把报纸拿过来。"

但是胖男孩正玩儿得起劲，没有理会祖父的安排。男主人无奈地起身，朝信箱走过去。他的手轻放在编号为015123711207的信箱上，信箱门立刻自动打开了。男主人伸手进去拿出一摞报纸。这时，一封信从报纸中滑落到了地上。

男主人有些意外地捡起这封表面已经变得发黄的信件，邮戳上的日期是好些年前了，看来这是封补投的死信。地址很模糊，但仔细辨认能看出写的是檀木街十号，这应该没错，但问题出在收信人上。

"何夕……"男主人有些拗口地念叨着信封上的这个名字，花白的头发在微风中晃动着。

"何夕是谁？"他茫然地看了一眼四周，低声自语道。

蛇发族

1

空气越来越潮湿了，而且带着一股浓浓的水腥味。呼吸着这样的空气，感觉就像是在长满了水藻的池塘里游泳，而那些水藻长长的身躯正在不断地朝你缠绕过来，如同无数只黏糊糊的手。

何夕有些夸张地大口吐气，他觉得浑身都不自在，像是要窒息了。这家医院里的设施很好，至少何夕应该这样认为，因为他的身体是在这里修复的。作为一名探险爱好者，何夕的生命一直充满传奇色彩——何夕同那些与他一样狂热的爱好者一道在广漠的宇宙空间里四处流浪。

同传统的能源加时间的宇航概念不同，何夕他们选择了另外一种更刺激、更疯狂，几乎算得上玩命的流浪方式，那就是虫洞。虫洞是宇宙间的一种特殊空间结构，人类对它的研究只能说刚刚起步，比方说，知道虫洞连接着距离以光年计算的两处空间，就可能通过它瞬间在两地之间穿梭往来。

当虫洞这些奇异的特点几乎还只能算作猜想的时候，那些一生都在追求心跳感觉的宇宙流浪者便开始行动了。他们安排好身后的一切，就驾驶着飞船在理论公式推导出的最可能出现虫洞结构的区域里踟蹰徘徊，虔诚祈祷上苍的垂怜。在这个过程中，大多数人最终都退却了，回到地球度过自己安稳而平庸的余生。而另一些人则仍然坚持着，就如同古往今来的那些寻宝者一样。有关虫洞的情况渐渐开始明朗，大约在40年前出现了第一位成功穿越虫洞者，当他平安归来宣布自己的壮举时，简直就像是引发了一场地震。地球联邦为发现者塑造了纯金的雕像，他的名字载入了人类史册。此后，立即有更多的人投入到历险中去，但是，绝大多数人收获的只是满身伤痕，很多人甚至搭上了自己的性命，成为茫茫宇宙里飘浮的垃圾。

原因只有一个：虫洞是极其稀少的时空结构。这么多年来，人们仅仅发现了四个虫洞，而其中真正有价值的只有一个，该虫洞通向与太阳系结构类似的恒星系（另外几处虫洞的目的地则只有寂如死灰的原始尘埃），令人稍稍感到遗憾的是，这个恒星系已经生存有智慧生命体，人类不能随意占有那里的资源或移民，只能从事星际外交和外贸，但这已经足以让经历了亿万年孤独的人类为之欢呼了，这处虫洞的两位发现者理所当然地被视为人类英雄。在当年盛大的欢庆仪式上，他们站在100米高的纪念塔顶端向望不到边的人群挥手致意，修长壮硕的身躯沐浴在夕阳的万丈光芒里，宛如两尊金色的天神。少年何夕那时就站在无边的人潮里用尽全身力气呼喊，一时间，他觉得自己和周围的人群都变得很小，小到几乎不存在，而天地间只剩下那两尊伟岸非凡的金色天神……

"嗨，你又在想什么好事了？是不是在想那个大眼睛美杜莎？"

一个声音将何夕从沉思中惊醒，他转头看向声音的来处。在病房左边的一张床上躺着一个看上去很奇怪的人，说他奇怪，主要是他身体左侧的肢体都比右侧的小很多，就像是一个成年人却长了婴儿的左手与左脚。现在，这个怪人正慵懒地倚在床头打量何夕，脸上带着几分难以捉摸的笑容。

何夕不屑地哼了声，有些夸张地掉过头对着墙壁。何夕这么做是因为他知道，如果随便搭腔的话，那个叫陈天石的家伙会越说越来劲儿，对付他最好的办法就是冷处理。何夕实在是太了解陈天石了，他们是少年时的同学、成年后的同事、冒险生涯的同伴，以及现在事故发生后的同病相怜者。

"不理我！"陈天石的脸上显出气愤的表情，"我早知道你厌烦我在跟前碍着你的事儿了，要不我申请换病房？我就想不通，你右腿的伤明明不轻，怎么恢复得比我快几倍，你都能满地跑了我还哪儿也去不了。一定是美杜莎偷着让人给你用了什么值钱的好药。"

"好啦好啦，算我怕你。"何夕无奈地走下病床，安慰地拍拍陈天石那只正常的右手，"我天天用药都当着你的面，哪有这种事儿？恢复快慢肯定是由于咱俩体质不同造成的。以后别乱开玩笑，盖娅是来帮助我们的，怎么能用美杜莎这种女妖的名字来称呼她？"

"这一点你就不如我了。"陈天石面带得意的神色,"在古希腊早期神话里,美杜莎、斯忒诺、欧律阿勒是三姐妹,她们住在遥远的西方。美杜莎背生双翅,头发上缠绕着毒蛇,谁见了她的面孔和目光就会变成石头。但在后来的神话里,美杜莎却是美丽的少女,后来成为海神波塞冬的爱人。我只是觉得盖娅的头发太像传说中的美杜莎了。"陈天石稍停一下,又补充道,"不仅是她,这里所有人都长着蛇一样的头发,真的很奇怪。"

"最好别乱打听。"何夕正色提醒道,"还记得前几天我问盖娅这个问题时她的反应吗?这里的人似乎都不大愿意回答这个问题。"

陈天石下意识地点点头:"我总觉得这里有些让人不明白的地方,很怪。空气的湿度和温度都很不正常,而且我看那些人似乎也并不习惯这种天气。"他的肩膀抖动了一下,"所有人都显得很忙乱,好像要发生什么大事情似的。还有一件事……"陈天石有点不自信地开口,"也许是我多心了,我总觉得天空中太阳划过的轨迹线不太对劲儿。有时候下午的太阳看上去比中午还高,真是活见鬼了。"

何夕没有搭腔,他默默地朝窗外看去,映入眼帘的是一座壮观程度无法用任何地球语言来形容的菲星城市。

2

盖娅再一次到来已经是两天以后。何夕的伤腿已经好得差不多了,行动自如。而陈天石的情况的确要差些,他左侧的肢体还只相当于十来岁的少年,几乎连何夕自己都要怀疑陈天石那天的猜测究竟是不是真的了。关于这一点,陈天石的反应当然激烈,他一见到盖娅就毫不客气地抱怨起来。

盖娅淡淡地笑笑，用标准的地球语言说："你的伤就快好了，断肢生长需要时间。"随即，她的神情变得有些迷茫，"其实，我们更加希望你们能早日痊愈。"

"为什么？"何夕有些不解地问。

"因为……"盖娅稍停一下，"你们必须在五天之内离开。这次我来就是为了通知你们这件事。"说完，她转身离去。

何夕急忙追出去，他完全不明白这到底是怎么一回事。十天前，当他和陈天石几乎同时从短暂的昏迷中醒来那一刻，这才发现自己已经完成了穿越虫洞的疯狂壮举，代价是一只手和两条腿，而舷窗外是一颗同太阳别无二致的壮丽恒星。接下来的一切就像是在做梦，他们发出的无线电波竟然得到了回应，而且对方显然洞悉电波的编码方式，因为对方以相同的方式发了回电。何夕至今还记得着陆当日的盛大场面，热情的菲星人用最隆重的礼仪表达了对异星来客的欢迎。人们拥挤着拼命挥手，大声喊着刚刚学会的地球词汇：兄弟！兄弟！看着那一双双舞动的手，何夕一时间竟然有些伤感。他理解那种情感，理解那种身为智慧生命但千万年来在广漠宇宙里却难觅知音的沉重孤独。一位光彩照人的菲星女子缓步踏上舷梯朝何夕伸出手，这一刻，亿万年来生而隔绝的生命终于凭借着智慧的力量相会。这名菲星女子正是盖娅，那一刻的欢呼声犹在耳畔，但今天盖娅却下了逐客令。

从背影上看，盖娅的身躯显得很瘦，蛇样的褐色头发随着她的步伐轻微地起伏，就像是一丛随波摇曳的水草。几名神色机敏的警卫人员若即若离地伴随在她左右。何夕知道盖娅是菲星联邦政府要员，地位尊贵。不过眼下何夕顾不了这么多，他追上前几乎有些放肆地拖住了盖娅的手臂："你还没有告诉我为什么要我们离开。"

何夕听不懂盖娅对围上前来的警卫说了些什么，但警卫们立即退到了远处。盖娅这才皱眉说道："你弄疼我了。"她半真半假地扬了扬长着锋利指甲的左手，"如果逞强你是占不了便宜的。"

何夕急忙松手："对不起，是我太着急了。为什么要赶我们走？"

盖娅沉默了几秒钟："来这里后你没有发觉一些奇怪的现象吗？"

何夕一怔，第一个想到的便是越来越潮湿的空气，但是，这意味着什么呢？

"我来告诉你吧。菲星现在正面临极大的变故。不过说起来也算不了什么，同样的事情已经发生过很多次了。简单地说，就是菲星所有的陆地都会在不久以后被水淹没，成为一颗表面全部被液态水覆盖的星球。"

"为什么？"

"这正是菲星的宿命。"盖娅的语气像是在叙述一个年代久远的传说，"宇宙间几乎所有的行星都是扁圆的球状，如同你们的故乡。但菲星却是一颗特别扁的星球，这可能与几十亿年前菲星形成时的条件有关。这种形状使得它的两极面积很大、温度极低，过去十万年里，菲星上有超过半数的水都被冻结在两极，如果这些冰全部融化的话，整个菲星将不会剩下一块陆地。"

何夕倒吸一口气："你的意思好像是说那些冰就要融化了？是谁造成的？"

"和人无关。远在菲星人诞生之前，这样的变化就发生过很多次了。我曾经听你说过，你的故乡星球有一种叫作冰川期的周期性气候变化，你可以拿来同菲星作类比，只不过，菲星上的变故要大得多。每隔十万菲星年左右，菲星的自转轴线就会发生缓慢但幅度很大的震动，其形态有点像陀螺将要停止转动时发生的摇摆现象。这种震动会持续大约十万年。在这种情况下，菲星两极的光照会急剧增加，从而导致两极的气温大幅上升，所有的冰都会融化，并最终淹没每一块陆地。"盖娅幽幽地看了何夕一眼，"其实在你们到来之前变故就已经开始了，当你们从外层空间看到菲星第一眼时，它已经失去了接近三分之一的陆地。现在情况愈发恶劣，你也许不相信，当天你们着陆的那座基地现在已经是一片汪洋了。"

何夕听得出神，直到现在他才终于明白了所有问题的根源，想不到脚下这片土地将要面临灭顶的命运。在茫茫宇宙里有无数的星球，但孕育了生命的星球极其罕见，而像菲星与地球这样拥有智慧生命的星球更是如同沧海一粟。谁能知道造物主为何会有这样的安排，竟然要亲手毁灭自己最杰出的创造。

"那你们怎么办？"何夕急切地问，"你们有什么措施来阻止这一切？"

盖娅一愣，突然大声笑了起来："我们为什么要阻止它？这是自然规律，很正常的，就像天会刮风下雨一样。"

"难道你们就眼睁睁地……等死？"

"谁说我们会死？"盖娅吃惊地睁大眼睛，"是有一部分生物会灭亡，但菲星人不会，我们能在海底生存，而且……生活得更好。"

"你是说你们早已建好了海底城市?"

盖娅摇摇头(何夕猜想这个动作应该是盖娅学习的地球风俗)说:"在海底不会有什么城市,只有……"她稍稍想了一下接着说,"只有自然。"

3

陆路交通由于海平面不断上升已基本中断,菲星上所有的岛屿都已不复存在,而原有的曾经占菲星表面积百分之五十的九块大陆也有五块被淹没,剩下的六块陆地与其说是大陆,不如说是大的岛屿。这里的计算并没有出错,大陆只剩下四块,但其中两块大陆已被海水拦腰隔断。何夕从飞机上向下望去,映入眼帘的是望不到边的汹涌海浪。辉煌的母星停留在天顶,不断地将热量辐射到这颗溢满海水的星球。何夕从没想过被视作生命之源的水也有让人感到极度害怕的时候,但他现在的确感到了害怕。海水掀起数十米的巨浪扑向空中,如同一头头疯狂挣扎的猛兽。无数巨浪撞在一起,在撕裂空气的同时也将自己撕得粉碎,发出的声音远远盖过了飞机的轰鸣。在靠近陆地的地方则显得平静一些,但这只是表象,平静中不断上涨的海面具有更加令人胆寒的力量。海边那些曾经巍峨的建筑物大半只剩下小小的尖顶,正在心有不甘地走向它们最终的归宿——海底堡礁。

"想不到我们会在这里见面。"盖娅轻轻牵着何夕的手离开人群,来到一处僻静的角落,"我没料到你会专门来同我告别,谢谢你。"

何夕回头注视着不远处的人群,他听不懂那些人在说些什么,只看到每当一个人走到一处黑色的入口前,便不断有人上前同他依依不舍地拥抱,有的像是夫妻,有的像是父母与子女。

"他们在说什么?"何夕问。

"他们说来世再见。"盖娅的神情变得恍惚而忧伤,"其实就算可能的话,也会是很多个来世之后的事情了。"

"可你说过没人会死,而且还会过得更好。"

"我是说过,这是事实。"盖娅变得有些激动,蛇样的长发像是有生命般地跳动着,"海水提供无穷无尽的食物,环境永远温暖而湿润,海中没有任何生物具备攻击我们的能力,残酷的生存竞争与社会竞争同时消亡,繁衍更加迅速而便捷,我们的后代将遍布整颗星球……"

"既然这样,那些人又为何依依不舍呢?"

"因为他们将要放弃一样东西。"

"什么?"何夕陡然紧张起来,他感到已经接近了最终的答案。

"智慧,因为它很快就没有用了。"

何夕觉得自己的头有些晕,盖娅的话让他如坠迷雾。他第一次听到这样的奇谈怪论,而且出自一个智慧生命之口。

"不要这样看着我。"盖娅叹口气,"如果你今天没有来向我道别,我永远都不会同你说起菲星的这些秘密,但我现在已经当你是朋友,希望你能够保守秘密。你曾经对我讲述过你的故乡星球的历史,我想问你一个问题,你真的认为你们地球人类是因为智慧而成为万物之灵的吗?"

"当然是,我能肯定。"

"我是从你们带来的资料上了解到你们地球的历史的，结果发现它同菲星的历史有不少共同之处。你们对生命的发展有一个标准的说法，叫作进化。这种理论认为，生命必定经历从简单到复杂、从低级到高级的发展过程。我说得没错吧？"

何夕下意识地点点头，虽然他不太明白盖娅到底想说什么。

"但你想过没有，这种理论其实是有问题的。你肯定认为哺乳动物比六亿年前的三叶虫高级得多，但是，哺乳动物如果置身于几亿年前的世界能够生存吗？稀薄的氧气，致命的紫外线辐射，一片荒凉的陆地，在这样的环境里，如果这些高级生物的后代发生变异的话，更可能幸存的将会是那些结构趋向三叶虫这样的简单生命个体。那么这到底应该称为进化还是退化？再比如你们受伤后，我们给你们用的断肢生长剂便是采自所谓的低等生物，你总得承认至少在这方面它们表现得比人类更适应生存吧？"

何夕不屈地辩解道："进化理论里本来就强调适者生存，你最多可以说'进化'这个词不妥，我们可以改成'变化'。但总体趋势上，生命的形式的确越来越复杂和高级。"

盖娅的目光变得高深莫测，"那你能不能回答一个问题：宇宙中产生生命乃至出现智慧生命的意义是什么？从原始星云里诞生一颗恒星历时数亿年，然后是围绕它运行的行星。在绝大多数的情况下，事情到此为止，但出于我们永远无法知道的某些原因，在极个别的行星上，经过几十亿年的无数次漫无目的的物理化学变化竟然造就了一种亘古未有的物质形态。这些奇特的分子聚合体获得了从外界吸收能源的力量，凭借这种力量，它们终于从热力学定律为宇宙万物设定的宿命里挣脱出来。生命的产生与发展令人惊叹不已，但这一切到底有什么意义？相对于直径以百亿光年计的至高无上的宇宙而言，小如尘埃的几颗星球上存在的更渺小的那些生命个体又具有什么意义？难道宇宙里存在某种先验的精神，规定生命必须产生并且必须向着高级的方向发展？"

何夕觉得自己根本无法插话，他从来没有想过这样的问题。

"你们地球人类曾经观察到一颗叫木星的行星被一颗彗星撞击，其中一个坑洞的面积超过地球截面积三倍。如果这颗彗星撞向地球的话，你们那些关于地球生命将越来越高级的进化理论将会显得多么可笑啊！其实生命只是偶然产生，它最终也将偶然灭亡。有机生命的源头是无机世界，最后的归宿也一样。生命从来就不是宇宙的目的，智慧生命也不是什么万物之灵。在地球的恐龙时代，哺乳动物便已经诞生，从智力上讲，它们比恐龙高级，但至少在几百万年的时间里，它们一直是恐龙的美餐。如果没有后来突然的小行星撞击灾变，它们未必能够取代那些庞然大物。如同鸟类选择了翅膀、野兽选择了锋利的爪牙一样，地球人选择了智慧也很偶然。但这个选择成功了，因为它最终使得你们人类的基因遍布地球生物圈的各个角落。"

"既然你也同意智慧的选择带来了成功，那为什么你们又要放弃它？当你们回到海洋之后，继续保留智慧不好吗？"

盖娅没有立刻回答，她凝视着不远之外波澜壮阔的海洋，目光里流露出既依恋又迷茫的神色："根据我们的研究，菲星人已经经历了许多次类似的变故，也就是说，菲星人是以大约十万年为间隔轮流生活在陆地与海洋里。菲星生命与地球一样诞生于水中，当菲星人生活在温暖舒适的海洋里时，根本不用面临残酷的生存竞争。看见我的头发了吗？在海洋里它会散开成为巨大的叶子，我们自身就能够通过光合作用获取能量。在那样的情况下，智慧是不重要的，不仅如此，甚至一些感觉器官也变得多余，成为奢侈的累赘，就好比穴居动物常常放弃它们的视力一样。正如宇宙的目的不是生命一样，生命的目的也不是智慧，而是基因的传递。只要能够最大程度地传递基因信息，生命的形式根本不重要。这就好比地球上的病毒，按照你们的分类法，它们是最低等的生命，没有神经系统，当然就谈不上有什么智慧。但是，它们已经成功地生存了几十亿年，相比之下，人类区区几百万年的生存史根本不值一提。而且严格地讲，它们相对于人类而言一直扮演着捕食者的角色。我说得对不对？"

"应该……是吧。"何夕有些难堪地承认。

"还是说菲星上的事吧。"盖娅换了话题，"相比之下，陆地上有更丰富的信息刺激、更明亮的光线以及相对严酷得多的生存环境。当菲星人的祖先周期性地登上陆地生存时，他们必须面对这一切。"盖娅伸出手向何夕晃动着，"我们渐渐拥有了尖利的手指、强健的肌肉组织和敏锐的感官，以此来适应严酷的陆生环境。但我们最终却很偶然地选择了智慧，而正是这一点，使得菲星人超越了无数几乎同时登上陆地的物种，成为菲星的主宰。而当菲星人重回海洋之后，将只保留必需的很少部分的智慧。不过，我们已有的智慧器官并不会消失，只是暂时封存起来，代代相传，直到属于陆地的下一个十万年到来。"

直到这时,何夕才有点明白盖娅向他讲述的其实是菲星人的宇宙观和生命观,这和他熟知的地球人的观点是多么不同啊。这一切对于何夕来说是难以想象的,但盖娅的每一句话都令他难以反驳。

"我该走了。"盖娅拂了拂蛇样的长发,"如果你不介意的话,请帮我一个忙。"

"我很愿意。"

"看到那边的人群了吗?他们聚在一起互相帮助只是为了让不幸者能够得到安葬,而不是尸沉大海。菲星人重返海洋并不是没有风险的,有些人会在这个过程中死去,毕竟有些功能已经十万年没有用过了。"

"你的意思是……"何夕大吃一惊。

"我很荣幸能够得到一位外星人的帮助。"盖娅已经朝着大海走去,"如果十分钟后我的头发没有散开的话,你知道怎么做。你不必太担心,我应该没事的。"

何夕紧紧跟在盖娅身后,水越来越深,何夕眼看着盖娅的身体被水淹没,但她仍然义无反顾地朝造物主在冥冥中指引的方向走去。水漫过了她的腰,然后是胸,然后是肩。盖娅突然停住,她缓缓地回过头来望着何夕说:"我们……"

何夕仓促地回应:"我们……"

盖娅露出一个笑容说:"谢谢。"然后,她的身体猛然向下一沉。

何夕急忙划过去,透过水面,他看到盖娅的身体正在拼命地扭动,她的脸白得像纸,大串的气泡从她的口鼻里冒出来,蛇样的长发剧烈地摆动着，她的眼睛里装满了恐惧。但一切很快静止下来，盖娅停止了挣扎，双手朝上直立着漂浮在水面之下。何夕强迫自己平静地对待这一切，他几乎不敢眨一下眼睛。

时间过得很慢，但何夕却希望时间能够再慢一点。盖娅的长发如海草般散开，散开，越来越大，越来越宽，而她身体其余的部分却在明显地萎缩。陈天石说过，美杜莎是个美丽的少女，她后来成为海神波塞冬的爱人。而现在，美杜莎正在走向她的归宿。

4

太阳的光芒遥遥在望。

何夕几天来一直很沉默，除了工作以外，他几乎对任何事情都提不起兴趣。陈天石却是一副兴高采烈的样子。地球已经越来越近，现在凭肉眼也能看到它淡蓝色的外表了。

陈天石一直想让何夕开口，但总是没有什么效果。陈天石的手脚还没有完全康复，依然一副怪模样，不过他根本不在意这一点，相对于即将到来的成功，这点小事算不了什么。

"你再不理我的话，我可要使撒手锏了。"陈天石威胁道，说实话这些天他简直闷死了，一心就想找人说话。

何夕依然沉默。

"别以为我什么都不知道。"陈天石露出贼兮兮的笑容，"海边长谈，依依告别，好浪漫啊。"

"你怎么知道这些事？"何夕大吃一惊。

"那天我想知道你要干什么去，所以在你身上安了个窃听器。"

陈天石得意地笑了,"大家老朋友,我也是关心你。不过要不是这样,我哪能获得如此价值连城的信息呢?"

"什么价值连城?我不明白你的话。"

"看来感情的确会降低人的智商。想想看,菲星人既然放弃了智慧,那么菲星上便不再生存有智慧生物。而我们地球人作为智慧生物,理所当然就可以任意支配菲星上的所有资源,其意义将远远超出前几次的发现。我已经向地球发出信号报告了菲星的存在,我们将成为人类宇航史上最伟大的英雄。你明白我的意思吗?"

何夕猛然一震:"你把一切都告诉他们了吗?"

陈天石得意地笑,"我没那么傻。无线电波很容易被窃取。具体的情况得等到我们着陆以后,而且还得答应我们提出的条件才能给他们。"

"你的智商的确很高。"何夕慢吞吞地说,"你真的很聪明。"

"我得睡会儿了。"陈天石打了个呵欠,"最近休息不好,一睡着尽梦见到处选豪华别墅,唉,累死了。"

……

何夕呆呆地看着手里那个标着 X-35 的软瓶,他在下最后的决心。过了几分钟,他终于颤抖着挤出白色的药液混合到了另几只软瓶中。在何夕前方的操作屏上,一颗淡蓝色的星球几乎充斥了整个屏幕,下方有一行小字:目标已锁定。

可怕的智慧。何夕最后嘟哝了一声。

尾声

艾克将军简直不能相信自己的眼睛。从收到陈天石的报告起，联盟总部就沉浸在巨大的兴奋之中，但现在被抬下舷梯的却是两个只会流着口水傻笑的白痴。

"报告将军，"副手急匆匆地跑过来，"检查结果出来了，他们两人的智力受到大量 X-35 药剂的破坏，思维和记忆能力完全丧失，已经无法挽救。即便使用催眠或测谎仪器，也不可能起到任何效果。"

"查出来是什么人干的了吗？"

"无法查明。而且，我们找不到飞船的航行日志，从这个意义上讲，"副手的声音变得幽微，"他们的飞行根本就没有存在过。"